JULES TROUBAT

La Salle à manger

de Sainte-Beuve

DEUXIÈME ÉDITION

PARIS

MERCVRE DE FRANCE

XXVI, RVE DE CONDÉ, XXVI

MCMX

LA SALLE A MANGER

DE

SAINTE-BEUVE

DU MÊME AUTEUR

JULES TROUBAT

—

La Salle à manger

de Sainte-Beuve

DEUXIÈME ÉDITION

PARIS

MERCVRE DE FRANCE

XXVI, RVE DE CONDÉ, XXVI

—

MCMX

JUSTIFICATION DU TIRAGE

AVANT-PROPOS

A mon ami Charles Simond.

Dans la Notice qui va suivre, *Sainte-Beuve intime*, extraite du *Livre d'or de Sainte-Beuve*, le lecteur, s'il veut bien ne pas s'en tenir à ces premières pages et pousser plus loin la lecture de ce volume, sera sans doute frappé du retour de certains passages qui réapparaîtront çà et là, par la suite, comme des *leitmotive*, dans le courant de l'ouvrage. On ne donne pas ces répétitions pour des beautés, mais on les a maintenues comme autant de lignes essentielles d'un Portrait travaillé et châtié, écrit d'inspiration et composé de mémoire, auquel on avait mis tous ses soins.

Cet Essai, tel qu'il est, venu tout d'une pièce et d'un seul morceau, a paru digne de servir de frontispice à *la Salle à manger de Sainte-Beuve*, tableau de genre, où l'on s'est efforcé, avec plus ou moins de succès, de faire revivre la physionomie du « critique souriant »,

1.

comme l'appelait Monselet, de l'incomparable évoca-
teur de Portraits historiques et littéraires, et qui se
révélait un si merveilleux et humain moraliste, à chacun de ses *Portraits de Femmes*, — le plus exquis de
ses livres.

J. T.

SAINTE-BEUVE INTIME

Le vrai, le vrai seul...
(*Nouveaux Lundis*, t. IX,
article *Guizot*).

La banalité n'avait pas encore envahi, en 1869, la rue Montparnasse, sorte de champ d'asile où des penseurs célèbres trouvaient la paix et le recueillement nécessaires à leurs travaux. C'était un quartier de village, avec des saillies aux maisons, que l'alignement, cher à la voirie, en a fait retrancher depuis. Les lilas en fleurs débordaient par-dessus les murs au printemps, et le sol était jonché, comme aux jours lointains de la Fête-Dieu, en province, d'une flore de débris, que faisaient pleuvoir des arbres et arbustes de haute essence. Les passants pouvaient se compter dans la rue Montparnasse, car il n'était pas rare qu'à certaines heures de plein soleil et de pleine lumière, il n'y en eût qu'un seul.

Dans ce vaste musée lapidaire qu'offre Paris à chaque coin de rue, la fiction tient lieu quelquefois de la vérité historique. C'est ainsi que le nom de *Sainte-Beuve* a été donné à une rue nouvelle du

quartier Notre-Dame-des-Champs, qui n'est pas
celle où vécut l'illustre critique, de 1850, année de
la mort de sa mère, à 1869, année de sa propre
mort.

La vraie rue *Sainte-Beuve* devrait être la rue
Montparnasse, où sa maison, ornée depuis d'une
plaque commémorative, était devenue un centre et
un foyer de rayonnement intellectuel. Des lettres
de lui, récemment publiées, l'y montrent installé
dans ses habitudes de travail et d'incessante acti-
vité [1] :

Ma vie est maintenant celle-ci, écrivait-il le 24 juin
1852, à un ami de Lyon, Collombet, qui a laissé un
nom dans les bonnes Lettres et la philosophie chrétien-
nes (c'était son confident alors en matière de *Port-
Royal*); je suis retiré dans la petite maison qu'habitait
ma mère, d'où je compte bien ne plus déloger que
quand on m'emportera les pieds en avant...

Son vœu a été exaucé en effet, et l'haussmannie
ne l'en a pas délogé.

Toute la vie, continue-t-il, est employée à lire, puis
à écrire, puis à corriger les épreuves...

C'est bien ainsi que je l'y ai trouvé, quand je

1. *Lettres inédites de Sainte-Beuve à Collombet*, publiées
par C. Latreille et M. Roustan. 1 vol. gr. in-18, Paris, Société
française d'Imprimerie et de Librairie, ancienne librairie Le-
cène, Oudin et Cⁱᵉ, 15, rue de Cluny, 1903.

devins son secrétaire, en 1861, et que nous avons passé notre temps pendant les huit années qui lui restaient à vivre, si bien remplies par les *Nouveaux Lundis*, l'étude malheureusement inachevée sur *Proudhon*, ses vaillantes et courageuses campagnes du Sénat, et l'édition définitive de *Port-Royal*. — Pendant huit ans j'en eus la primeur, écrivant tout sous sa dictée ou collationnant ses épreuves et les relisant à haute voix. Tel fut mon rôle et mon emploi près de lui. — Répondant sans doute à un désir de son ami :

La littérature du *Constitutionnel*, écrivait-il dans la même lettre, commence à se grossir de quelques noms, et je n'y suis plus seul; mais tout cela ne fait pas une rédaction littéraire comme celle que vous vous figurez; on se connaît peu et on ne se voit pas. Je ne suis au journal, pour mon compte, que dans mon emploi des *Lundis*, ni plus ni moins; j'ai même remarqué que les petites notes qu'on fait glisser dans le journal étaient sujettes à difficultés ; car il y a régime industriel, régie, comme partout, d'annonces, réclames, etc.

Cette mise en rapport des colonnes d'un journal causa autrefois le duel d'Armand Carrel et d'Émile de Girardin : le journalisme entrait dans la vie pratique; mais, en 1832, on ne saurait rendre la liberté complice et responsable de ces petits métiers et commerces qui fournissaient à la presse le combustible et alimentaient la machine.

Le Constitutionnel était alors l'un des organes

de cette bonne et saine bourgeoisie française, aussi ennemie des perturbations sociales que de tout fanatisme, qui a tenu, de tout temps, le milieu entre tous les conservatismes, sous tous les régimes. Les *Causeries du Lundi* faisaient la fortune du *Constitutionnel*, et c'était un public centre gauche — ou centre droit, mais moyen et mitoyen — qui les lisait. Un autre organe du parti conservateur, *le Messager de l'Assemblée*, du 5 avril 1851, les saluait ainsi à leur apparition en volumes :

M. Sainte-Beuve a expliqué dans sa préface la troisième manière qui lui a réussi dans *le Constitutionnel*. Tous les jours se répète mille fois cette phrase banale : « Pourquoi faire de la littérature dans une époque troublée ? Qui la lit ? » En pleine révolution, les articles de M. Sainte-Beuve ont fait mentir les impuissants qui ont tout intérêt à répandre et à propager des bruits antilittéraires... Son talent sérieux va un peu contre les légèretés du feuilleton du journal. Rien que l'aspect de ces grandes colonnes, remplies de littérature, sans les ressources de l'alinéa, tenant la troisième page entière d'un grand journal, me faisait une grande joie...

L'article était de Champfleury.

Ces grandes colonnes, toutes remplies de littérature, qui sortaient d'une petite maison de la rue Montparnasse, étaient attendues tous les lundis par un public nombreux et d'élite. Je n'ai pas à apprécier ici les *Causeries du Lundi* : elles sont dans toutes les mains ; on les consulte toujours avec fruit ; on y trouve des sujets tout faits de compositions littéraires ; elles viennent souvent en aide aux jeunes personnes qui préparent leurs examens. Les pères — faut-il ajouter : les Pères conscrits ? — les empruntent aux Bibliothèques des grands Corps dont ils font partie pour faciliter les devoirs de leurs filles.

Lorsqu'une souscription fut ouverte, en 1898, pour élever un buste à Sainte-Beuve dans le jardin du Luxembourg, ce furent les professeurs de l'Université qui répondirent de toute part, avec le plus d'ensemble. L'un de ces excellents maîtres m'écrit encore d'un des premiers lycées de France : « De l'admiration pour votre grand et illustre maître ? comment n'en aurions-nous pas, nous qui sommes tous ses élèves, du plus grand au plus petit, nous qui ne faisons nos leçons qu'après avoir relu les siennes, nous qui vivons de lui et qui n'aurons jamais assez de pieuse reconnaissance pour sa mémoire ? Pour moi, je ne laisse passer aucune occasion de répéter combien il fut grand, de le montrer à mes élèves ; et je conquiers tous les ans pour Sainte-Beuve de jeunes et de nouveaux admirateurs. »

François Coppée, président du Comité pour l'érection de l'œuvre de Denys Puech dans le jardin du Luxembourg, avait déjà reconnu et proclamé, dans son discours d'inauguration (le 9 juin 1898), l'empressement des membres de l'enseignement public à témoigner « de leur gratitude envers le grand lettré, dont le puissant et admirable labeur leur est tous les jours si précieux... »

Puis, il ajoutait : «... Si nous avions reçu l'obole de tous ceux dont l'encyclopédie littéraire qui

s'appelle les *Causeries du Lundi* a facilité la tâche,
de tous ceux qui sont, pour ainsi parler, les obligés
intellectuels de Sainte-Beuve, ce n'est pas un simple buste, c'est une grande et belle statue que nous
lui dresserions aujourd'hui. »

Sainte-Beuve, avec le sentiment des proportions
qui dénotait en lui l'esprit critique, déclinait la
statue pour l'homme de lettres : « Laissons, disait-il
à la fin de son article sur *le buste de l'abbé Pré-
vost* [1], laissons la statue aux hommes célèbres qui
ont marché sur cette terre avec autorité, d'un pied
sûr, orgueilleux ou solide : pour l'homme de lettres,
pour le romancier, pour celui que l'amour de la retraite poursuit jusque dans le bruit *(et il était bien
de ceux-là)*, pour ceux qu'une demi-ombre environne
et que plutôt elle protège, pour ceux-là c'est le
buste qui convient... »

Paul de Saint-Victor assignait au buste si fouillé
de Sainte-Beuve par Chenillion, exécuté en 1868,
sa place entre deux rayons de bibliothèque, avec
les œuvres de l'auteur des *Lundis* dans le fond. Un
premier buste, d'ordre classique encore que très
ressemblant, par Mathieu-Meusnier, daté de 1859,
faisait déjà pendant, du vivant de Sainte-Beuve, à
celui de Daunou, dans la Bibliothèque de Boulogne-sur-Mer.

M. Gaston Boissier, dans le discours d'un goût
si mesuré et si sûr qui termina la cérémonie du jardin du Luxembourg, a dit que la politique, « qui

1. *Causeries du Lundi*, t. IX, 7 novembre 1853.

ne peut se mêler des affaires de la littérature sans les compromettre », avait fait beaucoup d'ennemis à Sainte-Beuve. L'essentiel serait d'en tirer au clair une à une les raisons complexes et connexes, puisqu'il s'agit d'un champ de bataille simultané, la politique et la littérature, mêlées et brouillées ; ce pourrait être l'objet d'un travail délicat de la part d'un critique délié, sans préventions ni parti pris, qui ne se sentirait tiraillé dans aucun sens, et qui n'étudierait pas Sainte-Beuve hors de lui-même, qui ne l'interpréterait pas surtout (car il était sincère, et c'est ce qui fait la force de sa critique). Il ne faudrait pas perdre de vue la définition du critique par Taine, qui pourrait même servir d'épigraphe à ce travail d'un critique idéal : « Un critique est un buisson sur une route ; à tous les moutons qui passent il enlève un peu de laine [1]. » Sainte-Beuve a dit de lui-même : « J'ai plus piqué et plus ulcéré de gens par mes éloges que d'autres n'auraient fait par des injures. » C'est la confirmation du mot de Taine. Il prévoyait les rancunes et les inimitiés particulières et posthumes, car il me dit un jour : « Si vous vivez longtemps après moi, vous en entendrez des légendes sur mon compte ! » Et comme on n'écrase pas un bruit (le mot est encore de lui), et que dès qu'on croit avoir mis le pied dessus, il

1. Il y aurait aussi à faire un tableau des mœurs politiques et littéraires aux diverses époques contemporaines de Sainte-Beuve, et depuis, et à les comparer entre elles. Cela aiderait à l'intelligence du critique, de ses réticences, et parfois aussi de son pessimisme.

s'envole plus loin et il recommence [1], nous avons
renoncé à les pourchasser tous et à dissiper toutes
les préventions, tous les préjugés.

La postérité, bien que déjà vieille de plus de
quarante ans, n'a pas encore eu le temps de mesu-
rer à sa taille celui que Taine a appelé l'un « des
cinq ou six serviteurs les plus utiles de l'esprit humain » au XIXᵉ siècle. On le vit bien, à l'absence
de tout représentant en personne des pouvoirs pu-
blics, lors de cette fête purement littéraire du
Luxembourg, où les palmes vertes transformèrent,
pour un après-midi, le jardin du Sénat en un jardin
d'Academus. Le ministre de l'Instruction publique,
membre lui-même de l'Institut, délégua un collè-
gue pour parler en son nom ; c'était M. Gustave
Larroumet, secrétaire perpétuel de l'Académie des
Beaux-Arts ; nous n'avions pas à nous plaindre.

J'ai vu depuis, sans nommer personne, d'autres
ministres et d'autres présidents du Sénat, voire de
la République, assister à d'autres inaugurations de
monuments, sans doute aussi moins significatives ;
et j'ai compris, à certaines fins de non recevoir,
moi qui suis chargé de reliques, que la gloire de
Sainte-Beuve était compromettante à porter.

Je reviens à ses habitudes de travail.

Sainte-Beuve, qui se savait lu, le soir, en famille,
sous la lampe, éliminait avec un soin scrupuleux
tout ce qui aurait pu blesser l'oreille, le goût et les
mœurs. Il observait toutes les politesses et les

1. Fin du troisième article sur *Maurice de Saxe, Nouveaux
Lundis*, t. XI.

bienséances. La pensée pouvait être hardie, l'expression était toujours modérée. Ce serait à croire que les mœurs ont bien changé depuis, s'il fallait prendre au pied de la lettre le paradoxe, mis en circulation par des écrivains intéressés à la chose, que la littérature est toujours l'expression des mœurs, car la sienne était bien honnête. Il y étendait le champ de la Critique, qu'il transformait en un souple et docile instrument d'enseignement et de propagation par les Lettres, l'appliquant à tout, ne le spécialisant pas, faisant en un mot de la littérature un vaste domaine encyclopédique, comme l'a dit Coppée, dans lequel entrait tout ce qui pouvait s'y rattacher. Les arts eux-mêmes, qui lui étaient étrangers, ne lui échappaient pas, et il les rejoignait toujours, quand la curiosité le tentait, par quelque côté littéraire ou épistolaire. Témoins Gavarni et Horace Vernet. Il ne fut pas étranger, en 1869, à la publication dans la *Revue des Deux Mondes*, toute vouée à des intérêts rossiniens, d'une étude sur *le Drame musical et l'Œuvre de Richard Wagner*, qu'il n'était pas fâché de connaître, dit-il à M. Buloz, qui s'en défendait.

L'abstraction était à peu près exclue de sa critique, et il y brûlait bien des broussailles encombrantes; il y défrayait des voies utiles au monde nouveau, et il s'efforçait surtout d'y donner le Vrai — *le Vrai seul* — pour base à la littérature, dont il s'efforçait par cela même de faire de plus en plus une science. Ce qui ajoutait de l'autorité à sa méthode, c'étaient le goût et le scrupule avec lesquels il écartait toute donnée imprécise ou inexacte, et mettait en relief tout ce qui, au contraire, dans l'observation des faits ou des phénomènes de l'idée pure, pouvait contribuer à la découverte plus approfondie et plus réelle de l'esprit humain, subdivisé par lui en familles. Il mérita par là le titre d'inventeur, qui lui fut décerné par Taine à sa mort, pour avoir greffé sur l'arbre de la science une classification nouvelle, empruntée à l'histoire naturelle des esprits. Il contribua, dans tous les cas, à élargir l'esprit critique, qui s'en tenait jusque-là à des formules vaines et spécieuses, mises en circulation par le célèbre et brillant fondateur de l'éclectisme, et qui sévissent encore à l'état de lieux communs.

Sans être précisément populaire au Quartier latin, pour des raisons, je l'ai dit plus haut, qui appelleraient, à être déduites, une plume d'exception comme la sienne, impartiale et fine, il y était suivi et lu. Je demande pardon de parler de moi, mais une anecdote, qui m'est personnelle et qui le concerne, m'y amène. Je m'étais logé, sur son indication, dans un hôtel du passage du Commerce, qu'il avait habité autrefois avant de devenir bibliothécaire à la Bibliothèque Mazarine, — l'hôtel de Rohan, dont on avait fait *Rouen*, comme le *Tu ora*, de la sachette de *Notre-Dame de Paris*, était appelé le *trou au rat*. Un lundi soir, en 1861, j'étais monté au premier étage du café Procope, croyant trouver moins de bruit en haut qu'en bas, où le cliquetis des dominos troublait la lecture des journaux, sous l'œil de Voltaire et de Piron et autres grands hommes de l'ancienne Comédie voisine, dont les portraits en pied tapissaient les salles de cet historique rez-de-chaussée. Je tombai, sans le savoir, au-dessus, en plein cercle d'étudiants, où la présence d'un inconnu solitaire parut peut-être suspecte. Je ne venais là que pour me recueillir. Au milieu des conversations et du brouhaha général, une voix retentissante et bien timbrée, dominant les autres sans effort, laissa tomber ces mots avec un accent particulier du Midi, qui n'est pas le même partout : « Voyons ce que dit l'*oncle* Beuve, ce matin! » Il était dix heures du soir, mais *le Constitutionnel* paraissait le matin. L'*oncle* Beuve était une façon de parler familière et romantique, du temps où l'on ne séparait pas l'*oncle* Beuve du *père* Hugo. L'étudiant, qui s'exprimait avec tout ce tapage, jeune homme de forte encolure, au type sémite très prononcé, avait pris *le Constitutionnel* sur une table et le soulevait par la hampe d'une main léonine, lourde et puissante. A quelques années de là, je le reconnus : c'était Gambetta.

Il est bien vrai, comme on l'a dit, que l'épicurisme régnait en maître dans la maison de Sainte-Beuve, si l'on entend par là des mœurs réglées sur les plaisirs voluptueux que procurent les jouissances de la pensée à un esprit libre. Le monde moderne, avec tous ses bruits abdéritains ou béotiens, connaît peu de ces besoins raffinés de luxure intellectuelle, qui consistent à se renfermer chez soi, pendant tout un jour, pour y étudier le texte

d'Homère par la racine, et pouvoir en écrire sciem-
ment, en toute connaissance de cause. Ce sont là
de ces sensations délectables qu'ont seuls les poètes
de la famille d'André Chénier ou de Voltaire. Ces
délicats sont malheureux, car ils souffrent d'une
faute de goût, autant que Saint-Saëns ou Massenet
d'une dissonance. Leurs nerfs sont facilement irri-
tables. Sainte-Beuve avait de ces vivacités d'esprit,
qui se traduisaient par des coups de plume. Il était
bon, pourtant, et d'une philosophie à la Térence
pour les maux réels ou imaginaires — qui n'en sont
pas moins des souffrances — dont sa maison était
le confessionnal. Il y compatissait en parfait moraliste qui en tirait profit pour sa propre connaissance du cœur humain ou féminin, point principal
et objectif de ses études de pénétration. La confiance allait à lui comme au conseiller sûr et indulgent, à qui l'on pouvait tout dire. La plus belle
pièce de sa maison, qu'il s'était ménagée, semblait
disposée pour tout entendre. Quelques marches
d'un escalier étroit en limaçon menaient à l'entresol ; un couloir aboutissait à une double porte qui
amortissait les bruits extérieurs. Il avait soin, dès
qu'on entrait chez lui, de crier : « Il y a un pas »,
et ses visiteurs l'avaient remarqué. C'était pour
avertir d'un malencontreux exhaussement du parquet où l'on risquait de trébucher, si l'on ne prenait pas garde. La maison était à l'antique. C'était
la mère de Sainte-Beuve qui l'avait fait construire.

Ce médecin des esprits, comme on l'a appelé,
qu'on prenait volontiers pour directeur de cons-

ciences (il en avait confessé d'illustres), recevait
dans sa chambre à coucher, qui lui servait à la fois
de cabinet de travail. Il avait l'accueil aimable
et souriant, d'une politesse exquise, qui sentait
l'homme de qualité, et dont il ne se serait pas plus
facilement départi que Buffon de ses fameuses man-
chettes, qu'on a tant raillées. Les partisans du
brouet noir, cuistres et grimauds, qui rient de ces
coquetteries, ne se doutent pas que chez les écrivains de style, la parure du corps ne se dédouble
pas de celle de l'esprit et que les deux toilettes
sont inséparables. Sainte-Beuve revêtait tous les
matins, pour travailler, une chemise claire de couleur, à jabot ; et, quand on lui annonçait l'après-
midi quelque belle visite, il répandait de l'eau de
Cologne sur le parquet, pour chasser l'odeur d'encre, disait-il ; il humectait même légèrement le
plastron de sa chemise et de son gilet.

On a fait une légende à sa petite calotte de velours noir qu'il portait sur le sommet de la tête,
pour se garantir des rhumes. Il avait le crâne absolument chauve et luisant, et une couronne grison-
nante, qui gardait encore quelques tons fauves et
dorés au-dessus de la nuque et sur les tempes
remplaçait la forêt luxuriante d'autrefois, qui
n'existe plus que dans le médaillon de David. Il
tenait d'origine anglaise, par le côté maternel, le
fond roux de sa chevelure, de marque boulonnaise,
et ce n'était pas la seule transmission héréditaire
de son lieu de naissance international. Son goût pour
les poètes lakistes, traduits ou imités par lui, té-

moignait assez de ce don particulier qui lui faisait
une double patrie. Il aurait aimé, disait-il, être
Anglais et vivre à Paris. Paris, c'était sa ville de
prédilection, et il semblait qu'il rentrât dans son
élément, comme un poisson dans la rivière, quand
il revenait de Saint-Gratien ou de Sannois, où il
allait dîner quelquefois. Il aimait pour cela Auber,
le Parisien par excellence, et il aurait voulu lui
consacrer un de ces Portraits, dans lesquels il était
passé maître.

La politesse était innée en lui, et il en avait besoin pour son art, autant que La Tour pour ses
pastels de femmes. L'un et l'autre traitaient les
mêmes sujets qui exigent tant de nuances et dans
lesquels l'artiste ne saurait apporter trop d'expérience personnelle. La perfection est de rigueur
dans un genre qui n'admet pas la médiocrité. C'est
là qu'il faut rendre l'esprit du modèle, l'envelop-
per et s'en pénétrer, tout en restant *vrai*, sans
grossièreté ni rudesse. Sainte-Beuve a laissé une
assez belle galerie de grandes dames et de moindres, qui justifie l'épigraphe de son livre : « ...Non,
madame, je ne suis pas le devin Tirésias, je ne
suis qu'un humble mortel, qui vous a beaucoup
aimées... » *toutes*. La véritable philosophie, celle
qu'on nomme *sagesse*, est à ce prix. Ne l'a pas qui
veut.

Elles le lui rendaient par de charmants cadeaux,
dont témoigne sa Correspondance, qui embellis-
saient peu à peu son intérieur sévère. Le bibelot
n'était guère de mise dans cette maison d'un pen-

seur, où tout était disposé pour le travail du maître. Le mobilier était confortable, mais bourgeois ; on n'y sacrifiait pas à la mode. Son goût instinctif le portait à se défier de tout ce qui n'était pas de sa compétence immédiate : il se moquait un jour d'un critique naïf qui lui faisait admirer certaines pièces du musée Campana, reconnues fausses depuis : « Il semblait, disait-il, qu'elles allaient lui fondre dans la main, comme des bonbons, tant il avait peur d'y toucher, et il ne voulait pas qu'on y touchât. » Une superbe aquarelle, d'après le pastel du portrait de Mme Lenoir, qui est au Louvre, peinte par le pinceau d'une altesse, qui est entrée elle-même dans le tome XI des *Causeries,* fut, dans ses dernières années, le principal ornement de sa chambre claire, aux murs peints, d'un ton sobre, rehaussé par des encadrements de légers filets d'or. C'était son luxe, et il s'y tenait. Le jour et le soleil entraient dans cette pièce par deux fenêtres, donnant sur un jardin, dont un peuplier, qu'il avait fait planter, l'incommodait, chaque saison, de flocons cotonneux. « Je l'ai voulu », disait-il. Ce pauvre peuplier a été une des premières victimes du siège de Paris : il a servi à faire du feu.

L'illustre Sarcey a répété, d'après Victor Hugo, qui était lui-même un Antinoüs, que Sainte-Beuve était laid. D'autres, qui se sont regardés sans doute dans le même miroir, ont renchéri depuis. Il est un peu puéril d'avoir à discuter sur la beauté d'un homme. Le véritable beau sexe doit s'y connaître mieux que nous, et ceci me rappelle une fa-

2.

cétie du bon vieux temps, *l'Homme fourré de ma-*
lice, du graveur Abraham Bosse : « Dans une
haute salle, qui semble le vestibule de quelque palais, un soucieux personnage assis dans un fauteuil, le coude appuyé sur le coussin d'une table,
nous apparaît dans un manteau étoffé, doublé, non
pas d'hermine, mais de nombreuses têtes de femmes, presque toujours jeunes et agréables... »
L'auteur [1], qui fait cette description, la commente
ainsi : « Toutes ces beautés ont fortement tracassé
le cerveau de l'important personnage : brunes et
blondes, grandes dames ou grisettes, Agnès ou
Ninon, se sont emparées tour à tour de la vie de
l'homme... » Seulement, celui-ci est un mélanco-
lique, un misanthrope, qui n'a pas su garder, dans
son cœur, « de capricieux airs de tête, de char-
mants sourires, de féminines fantaisies », pour en
charmer son âge mûr, en sourire, et « regarder les
petites trahisons comme une belle regarde dans
son écrin les feux de ses pierreries... » Il n'avait
pas la sagesse de Sainte-Beuve, dont un ami répondit à l'une de ces Agnès ou Ninon, qui se plaignait
d'avoir été oubliée sur le testament du philosophe : « Quand vous vous seriez mises toutes par
rang de trois à son enterrement, vous n'auriez pas
pu tenir jusqu'au cimetière. »

---

1. Champfleury, *Manuscrits inédits*, publiés par Paul Eudel
dans le volume intitulé : *Champfleury inédit*. Paris, Bibliothèque de la *Gazette anecdotique*, et Niort (chez L. Clouzot),
1903.

Il ne faut rien exagérer. Sainte-Beuve citait lui-même ce vers d'Ovide :

Otia si tollas, periere Cupidinis arcus.

Il le savait trop bien, lui qui devait son temps et toute sa semaine à l'article en préparation. Les arcs de l'amour périssaient dans cette gestation continuelle, mais il renouvelait son esprit à la fréquentation de la femme. Les réunions d'hommes étaient trop brutales. Il lui fallait la grâce et l'ornement d'un bouquet féminin pour les tempérer et y jeter de la finesse attique. Il ménageait son cerveau selon des lois physiologiques qu'il n'avait garde d'enfreindre, pour tenir tête à ses engagements envers le public.

Il avait l'aiguillon intérieur qui le stimulait, cause pathologique de sa curiosité incessante, qui le faisait descendre dans toutes les francmaçonneries féminines. Il s'y ouvrait des jours sur tous les mondes de la galanterie et en rapportait des observations pessimistes sur une société et une civilisation de plus de surface que de profondeur. L'utopie venait en aide au moraliste pour prévoir l'avènement des dernières couches qu'il allait chercher à la racine et dans les enfers sociaux où elles grouillaient. Peu s'en est fallu que ses prédictions ne se réalisassent dans un cataclysme qui faillit tout engloutir. La peur, qui garde éternellement les vignes, comme on dit dans le Midi, rallia ce jour-là tous les partis dans un intérêt de conservation et préservation sociales contre l'ennemi commun.

Celui qui a vécu huit ans, face à face, l'œil dans l'œil, à la table de travail et dans la confidence de ce grand esprit, ne saurait oublier le trait vif et pénétrant qui partait de ces petits yeux, délicats et tendres, pleins d'indulgente malice, qui se dissimulaient sous de vastes arcades sourcilières, tout embroussaillées de poils roux. Ils forçaient, pour ainsi dire, la sympathie et la communion d'idées, et permettaient qu'on se reposât en eux, quand on était entré dans la pensée du maître .

Là se remuait tout un monde d'idées concrètes, où le fait précis servait toujours de point d'appui à l'enseignement psychologique, qui en découlait. La forme revêtait l'idée, non par draperies tombantes ou flottantes, à la manière réputée antique ou académique, qui a disparu grâce à lui, l'un des premiers, mais en suivant le vrai, — le vrai seul, — dans ses replis complexes et contours sinueux. Il l'habillait à la moderne. Il fut en cela un précurseur.

Ce petit homme, qu'on disait si laid, était d'une physionomie si impressionnable, si mobile, que l'esprit semblait agir sur les muscles du visage comme sur des touches de piano. Au calme et au repos, les nerfs se détendaient, et il redevenait

1. Qu'il me soit permis de donner ici un souvenir à l'avant-dernier survivant de ces studieuses journées, Jules Levallois, mort en 1903, auteur d'un très beau livre sur Sainte-Beuve, et qui a laissé un nom dans l'histoire de la critique littéraire au XIXe siècle. (Lire, à son sujet, l'article de Sainte-Beuve sur ses *Secrétaires*, à la fin du tome IV des *Nouveaux Lundis*, où est faite la part de chacun, ce qui empêche de les confondre et de les solidariser, comme on le fait communément.)

bonhomme, rêveur et penseur, avec une douce
pointe de raillerie. Ce n'était plus le même homme,
quand il causait, quand il s'animait. On ne s'apercevait plus de l'irrégularité de ces traits, qui pre-
naient alors une expression de finesse radieuse et
souriante. Il avait l'amabilité naturelle, qui rend
la séduction facile. Ceux qui en douteraient encore,
seraient des sots ; mais ce qui est plus sérieux,
c'est que sa vivacité d'esprit savait gagner et con-
vaincre ceux qui allaient à lui, sans parti pris. On
ne pouvait que se ranger à ce ferme bon sens,
net et droit, qui vous jetait en pleine démonstration d'une idée, d'un fait, démontait le phénomène
et en examinait tous les ressorts. On le suivait
docilement, pas à pas, et quand on sortait du rai-
sonnement, on restait convaincu. Il écoutait les
objections et en tenait compte dans la mesure du
plausible. « Quelqu'un me dit », est une formule
qui revient souvent sous sa plume, et elle n'avait
rien de fictif. Il témoignait par là de son amour
de la vérité, dont il ne voulait rien perdre ni laisser échapper, rendant hommage au collaborateur
anonyme qui y concourait pour une part à l'appui
ou même en contradiction avec sa propre donnée.
Ses fluctuations apparentes provenaient justement
de cet esprit d'examen et d'analyse qu'il apportait
en tout ; il lui aurait été impossible d'étudier en
bloc, jusqu'au tréfonds, des êtres aussi compliqués
et variables que ceux auxquels il appliquait son
objectif. La psychologie et la physiologie se com-
binaient dans ses observations sur les hommes et

les idées, et l'on n'en saurait tirer des lois géné-
rales, si l'on se contentait de l'à peu près. Ce sont
des sciences expérimentales et d'accroissement
successif, selon sa propre méthode. « Nous sommes mobiles et nous jugeons des êtres mobiles »,
est une épigraphe qu'il a empruntée à Senac de
Meilhan. A combien cette vérité ne s'applique-t-elle
pas? Le changement s'opère même au physique.
Il ne reconnut pas un jour la photographie de l'un
des plus grands poètes du siècle, qui avait laissé
pousser sa barbe, et qui avait échappé, moins que
tout autre, à la loi vertigineuse d'instabilité qui, de
tout temps, a emporté tous les êtres.

Il avait gardé l'habitude de se raser lui-même
tous les matins, et sa dextérité, qui aurait fait de
cet ancien *roupiou* de Dupuytren un habile chirur-
gien, allait même jusqu'à ne pas se regarder dans
le double miroir grossissant qu'il avait sous la
main : « Chateaubriand, disait-il, se rasait matin
et soir, par coquetterie, pour ne pas piquer les dames qu'il baisait à la main ou au visage. » Notre
temps pressé ne comporte plus tant de cérémonie.
La barbe a prévalu de nos jours chez les chefs d'E-
tat. Les visages sans barbe ni moustache découvraient mieux la physionomie. Ils prêtaient davantage à l'observation physiognomonique et à la
statuaire. La moustache dissimule souvent des plis
mous et sans énergie. Le père et l'*oncle* du roman-
tisme n'en ont pas dans les médaillons de David.
Sainte-Beuve n'en porta jamais. Il avait la lèvre
fine et malicieuse.

A qui pouvait pénétrer dans ses pensées de derrière la tête par les dictées spontanées et rapides qui lui en donnaient la primeur, cette tête, si bien conformée pour l'ordre et le sage équilibre de l'esprit, faisait l'effet d'une ruche où chaque idée avait son alvéole. Elle était, dans ses proportions bien prises, en harmonie avec la finesse des pieds et des mains. Une des coquetteries de Sainte-Beuve consistait à porter l'ongle long au petit doigt de la main droite. Par esprit d'imitation, comme cela arrive toujours dans l'entourage des hommes supérieurs, un de ses secrétaires lui avait pris ce signe de mandarinat littéraire. Ce crâne dépouillé, que rejoignait un front agrandi par la calvitie, aurait offert à la science un vaste champ d'études phrénologiques. La statuaire n'a pas négligé ces détails documentaires. L'art classique, d'abord, a relevé la ligne grecque, qui ressortait, en effet, de l'ensemble de la tête. La plume qui le rangea un jour parmi les amants de la belle Hélène [1], et une autre parmi les sages de la Grèce [2], par la forme extérieure et le côté plastique, traduisaient bien ses goûts et son culte de prédilection pour l'*Iliade* et la sagesse antique. Le réalisme moderne, esclave de la lettre, a creusé et fouillé davantage : il en est résulté une œuvre sculpturale et monumentale très belle, mais modelée d'après un portrait de la

---

1. Le savant helléniste Chassang, qui lui adressait des distiques en grec au jour de l'an.
2. Mme la princesse Mathilde, dans le portrait à la plume, reproduit en tête des *Souvenirs et Indiscrétions*.

dernière heure, qui fait songer vaguement à un pape... C'est peut-être une allusion au « grand diocèse », proclamé un jour par Sainte-Beuve. Le xx° siècle devait donner une interprétation nouvelle de cette physionomie si mobile. Un jeune artiste, M. José de Charmoy, l'a fait revivre dans un buste funéraire, symbole de la souffrance et de la douleur, qui met puissamment en relief le siège de la pensée et les traits accentués de ce visage ravagé.

Quand il s'endormait dans un fauteuil, après dîner, la tête enveloppée dans un madras, à la lecture d'un livre nouveau, Sainte-Beuve ne se défendait pas d'avoir l'air d'une vieille femme : il tenait cette ressemblance de sa mère, et c'est l'une de celles qu'a surprises le buste de M. de Charmoy [1].

On a pu tirer des déductions, sous le rapport du flair, du nez de Balzac, en forme de narines de chien de chasse. Celui de Sainte-Beuve ne trompait pas non plus : c'était un de ces nez de savant ou de curieux, proéminents et droits, des nez qui scrutent et trouvent la piste. Ces nez-là ne déparent pas le visage d'un penseur et n'empêchent pas les aven-

---

[1] M. de Charmoy, (on le sait à présent), est l'auteur du monument funéraire de Baudelaire et du tombeau de Sainte-Beuve, inauguré, le 10 mai 1903, dans le même cimetière Montparnasse, par un savant et magistral discours de M. Gaston Deschamps, qui y posa les vraies bases de la Critique moderne, d'après la méthode du maître. On eut après lui une lecture très fine de M. Jules Levallois, qui y retraça le travail de cabinet et les rapports de Sainte-Beuve avec ses secrétaires. — De beaux vers, composés pour la circonstance par M. Jean Aicard, furent déclamés par Mᶦˡᵉ Moréno. Mˡˡᵉ Ventura et Mᵐᵉ Maurice Du Bos dirent des vers de Sainte-Beuve.

tures. Comme Voltaire, Sainte-Beuve s'était déguisé en femme dans sa jeunesse pour n'être pas reconnu et dénoncé à un mari soupçonneux : « Jugez quelle jolie femme je devais faire avec ce gros nez ! » disait-il... quarante ans après.

De rares êtres humains, dit-on, ont la faculté de remuer les oreilles. Celles de Sainte-Beuve, de structure bizarre, étaient, pour ainsi dire, collées à la peau et ne se détachaient pas. C'était encore un signe de supériorité intellectuelle. — Le contraire, quand il se rencontre, ne fait pas honneur à l'intelligence humaine.

La causerie fine du critique faisait cercle dans les salons ; on ne s'apercevait pas alors s'il était beau ou laid : on l'écoutait. Chez lui, dans le feu de la conversation, il pétrissait et repétrissait sa calotte, et la rejetait finalement parmi les papiers et les livres, à demeure, qui lui servaient de rempart et de répertoires, sur sa table de travail. Il l'oublia une fois à la tribune du Sénat, et l'orateur qui lui succéda et qui venait le réfuter s'en servit pour s'essuyer le visage. Ce fut une risée dans la salle, qui étonna bien M. Charles Dupin.

Dans la rue, il passait comme un simple bourgeois, sans signe extérieur à la boutonnière. Il allait placidement à la recherche de l'expression ou de l'idée, ou à la poursuite de quelque chimère. On criait : « Place à l'ancien ! » sur son passage, les jours de kermesse, dans ce faubourg populaire, où règne une perpétuelle gaieté. On ne le reconnaissait pas, et personne ne se doutait que ce petit

homme replet, qui se promenait au milieu des foules, la canne à la main, s'arrêtant quelquefois pour
fixer au passage, sur un bout de papier, un lam-
beau de phrase ou seulement le mot juste qu'il avait
trouvé, fût l'un des plus grands littérateurs du siècle. Il fuyait la morgue et le fracas dans la vie
comme dans ses écrits. Il vivait de plain-pied avec
ses voisins.

Un jour, pourtant, un homme du peuple, passant
près de lui, murmura quelques mots de respectueuse admiration, qui lui firent hâter le pas. Dans
l'église Saint-Germain-des-Prés, à l'enterrement
d'Eugène Delacroix, il pria de se taire deux amis
qui parlaient assez haut de lui pour qu'il les enten-
dît. Cet encens l'offusquait [1]. Il n'aimait pas le
boniment ni la réclame, et se fâcha contre un directeur de Revue [2], qui avait affiché son nom en grosses lettres, pour donner du retentissement à l'une
de ses publications en cours.

Chez lui, ni affectation ni parade, encore moins
de pruderie, mais un libéralisme latent qui se traduisait par des actes. Sa maison était organisée
pour la discrétion et la bienfaisance. Il recevait
une ou deux fois la semaine ses intimes et familiers
à dîner, après une journée de travail, qui aiguisait
toujours l'esprit. La gaieté régnait à cette petite

1. Ces deux amis étaient son ancien secrétaire Auguste
Lacaussade et son dernier secrétaire, Jules Troubat, qui écoutait ce que lui disait l'autre.
2. M. de Calonne, directeur de la *Revue contemporaine*, où
paraissaient les articles sur Proudhon, annoncés sur tous les
murs.

table ronde, dont c'était encore la mode, et l'on n'y tenait pas de conversations banales. Son petit monde se composait d'une famille qui n'avait aucun lien de sang entre elle, mais qui n'en était pas moins unie par l'habitude de vivre ensemble. La « petite amie », qui régnait et ne gouvernait pas, et avait son logement en ville, s'asseyait en face du maître. Une ancienne institutrice, en dernier lieu, tenait la maison et se tenait entre les deux, de façon à les servir l'un et l'autre. Elle avait demandé, en entrant, la permission d'aller à la messe le dimanche et de recevoir la visite des curés de Montmartre et de Belleville, où elle avait tenu pensionnat. Sainte-Beuve, la tolérance en personne, malgré le fameux dîner, donné chez lui, qui fit à sa maison une réputation légendaire, n'y avait vu aucun inconvénient. Il n'était ni fanatique ni sectaire, et disait que les fanatiques sont des gens chez qui les passions refoulées remontent au cerveau.

Ses convives ordinaires, dont les noms reviendront souvent comme d'eux-mêmes dans ce volume, étaient généralement le docteur Veyne, un républicain originaire du Comtat, dont la belle face, pleine et rasée, au profil napoléonien, avec ses longues mèches de cheveux blancs, qui lui retombaient sur le front, éclairait la table et la salle à manger, au dire d'une petite servante ; il alternait, quand ils ne se trouvaient pas ensemble, avec Paul Chéron, de la Bibliothèque impériale, comme on disait en ce temps-là, autre figure réjouie, tête chauve,

large panse et barbe rabelaisienne. Il assaisonnait
la bibliophilie, qui permet tout, d'anecdotes et de
bons mots, plus ou moins renouvelés de l'histoire
amoureuse des Gaules. Il savait gazer, sans parler
latin. Les dames s'en amusaient et s'y frottaient
d'érudition. Au dessert, on relisait l'article auquel
on avait travaillé tout le jour, primeur pour les
convives, nouveau souci pour l'écrivain qui s'éperonnait à cette lecture, faite à haute voix par son
secrétaire et qui trouvait toujours à changer, à re-
toucher et à ajouter. « *Auteur* vient du mot latin
auctor « qui accroît », disait-il, et il était sans
cesse en mal d'auteur [1].

Il avait le *lâchez tout*, c'est-à-dire le *bon à tirer* difficile. Il ne le donnait pas sans des appré-
hensions d'aéronaute. Après avoir passé la matinée du dimanche à collationner les épreuves du
Lundi qui devait paraître le soir même, il se rendait au journal l'après-midi et demandait une nouvelle revision. Il y restait jusqu'au tirage, après
avoir relu encore une fois tout seul et vérifié si les
corrections avaient été bien exécutées. Il se donnait
alors campos à lui-même. Le matin, il avait eu
soin d'écrire à Mme Magny, du restaurant de la rue
Contrescarpe-Dauphine (aujourd'hui Mazet), de lui
garder un cabinet pour dîner le soir.

1. Dans les *Souvenirs et Indiscrétions*, je me suis étendu davantage sur les intimes et familiers de Sainte-Beuve, notam-
ment sur son professeur de grec, l'épirote Pantasidès. J'y
renvoie, ainsi qu'à mes *Notes et Pensées* (1 vol. gr. in-18, Librairie générale de L. Sauvaitre, 72, boulevard Haussmann,
1888).

Il cachetait ordinairement ses lettres avec de la cire. C'était une coutume d'ancienne mode, que les enveloppes gommées ont fait perdre. Son cachet portait le mot *Truth*. On a cru que c'était une devise littéraire, celle qu'on lit sur le socle de son buste du jardin du Luxembourg : « Le *vrai*, le *vrai* seul. » Ce cachet lui avait été donné tout simplement par une amie, Mme d'Arbouville, « afin, lui dit-elle, que vous vous souveniez de me dire toujours la vérité quand vous m'écrirez ».

Ce n'était pas pour dîner seul qu'il retenait un cabinet chez Magny. Il était libre, et ne se gênait pas : il ne trompait personne. Il s'y rencontrait quelquefois avec Mme Sand, qui dînait dans un cabinet voisin avec le graveur Manceau. Celui-ci se trouvait à l'aise avec Sainte-Beuve, mais les lundis de quinzaine du dîner Magny, il ne voulait pas entrer dans la salle, où les Goncourt, entre autres, le gênaient par leur façon de le regarder. Après dîner, Sainte-Beuve allait de compagnie au théâtre pour lequel M. Camille Doucet lui envoyait, tous les dimanches, la loge du Ministère d'Etat. Il y donnait rendez-vous à toute sa « maisonnée ».

La cuisinière faisait partie intégrante de la maison. Elle était du pays de Mme Sand, la grande Parisienne de Nohant, qui venait quelquefois dîner chez le maître, et elle en avait gardé la douce tonalité de mœurs, de langue et d'accent. Cette Berrichonne simple et distinguée méritait de n'être pas oubliée, car elle fut, pendant quatre ans, tant que dura la maladie, la sœur de charité inquiète et vigilante de ce grand esprit, et le soigna nuit et jour, jusqu'à cette terrible nuit d'agonie, où elle accourut, effrayée, appeler « M. Veyne », le médecin ami, dévoué et fidèle, qui lui non plus ne s'éloignait pas et avait prévu, dans la soirée, la crise finale.

Une grande douceur régnait dans cette abbaye de Thélème, où l'on vivait selon la nature. Des pigeons, des poules et des chats au jardin ; à l'intérieur, le travail et la liberté. « Ne me quittez pas, j'ai besoin de *vous deux* », avait déclaré le maître, ne voulant pas dépareiller sa maison, dans une circonstance délicate, où il se montra particulièrement grand et indulgent ; et il s'attacha le secrétaire, dont le dévouement lui était acquis, par un redoublement d'affection et de devoir.

Quand on mettait chez lui, comme on dit, les petits plats dans les grands, et qu'on recevait d'illustres invités ou de grands personnages, Sainte-Beuve leur faisait la politesse de les prier de désigner le choix des convives à leur convenance. Ces jours-là, il congédiait son petit monde, qui allait prendre ses ébats ailleurs. Un roulement de voiture qu'on reconnaissait bien, à la façon brusque dont elle s'arrêtait au ras de la porte dans cette rue encore sans trottoirs, annonçait parfois, dans l'après-midi, une visite à l'improviste. C'était le prince ou la princesse qui venait, en toute simplicité, voir un ami. Un jour, la voiture du Palais-Royal fut reconnue de chez le marchand de vin du coin ; un ouvreur de portières accourut, la casquette

à la main. Il y tomba un napoléon. — Merci, mon-
seigneur ! — C'était bien payé.

La voix de l'auguste visiteur, pénétrante et ai-
guë, sonnait comme un clairon. Dans cette chambre, qui reçut tant de confidences, on l'entendit un
jour qui s'écriait : « L'empereur, il n'est pas même
mauvais... » Les personnes d'à côté crurent devoir
s'éloigner, par discrétion. Il savait très bien être
entendu, et s'étonna qu'aucune d'elles ne répondît,
quand Sainte-Beuve appela son secrétaire : « Il
était là tout à l'heure », dit le prince. Il avait pour
Sainte-Beuve une haute estime et lui témoignait
une grande amitié. Il laissait déborder, dans ses
conversations intimes et familières, le trop-plein
d'une intelligence en conformité de vues avec celles de l'illustre écrivain. Il le tenait au courant de
la politique intérieure et extérieure, et le renseignait
exactement sur la valeur des hommes du dedans
et du dehors. Il le prémunissait contre l'engoue-
ment funeste et vulgaire de notre nation. Ces conversations laissaient à Sainte-Beuve des pressenti-
ments à la Démosthène sur une catastrophe prochaine.

Ses amis du dîner Magny, et ses propres hôtes à
lui-même, quand il recevait, Edmond Scherer, Taine,
Renan, Flaubert, Théophile Gautier, Charles Robin, Berthelot, l'assistaient souvent dans sa maladie. Chacun y apportait son tribut d'épicurisme
intellectuel, qui consistait à l'entretenir de littérature, de philosophie ou de physiologie. Il était tenu
ainsi au courant de tous les progrès.

Pour une fois qu'il alla à Compiègne, en 1863, il ne s'y ennuya pas. Sa réputation était telle qu'un jour qu'il était allé visiter les monuments de la ville, et qu'on le cherchait portout pour l'emmener à Pierrefonds, M. de Nieuwerkerke dit : « Sainte-Beuve... il trouve qu'il n'y a pas assez de femmes au château ; il est allé en chercher en ville... » — C'est Sainte-Beuve qui le racontait à son retour.

L'empereur lui avait fait ce compliment : « Monsieur Sainte-Beuve, je vous lis toujours dans *le Moniteur*... » Il y avait plus de deux ans qu'il avait repris ses *Lundis* — les *Nouveaux Lundis* — au *Constitutionnel*. Mais Napoléon III tenait à être poli — et il l'avait été en parlant ainsi, sans croire être banal.

L'impératrice faisait les honneurs de chez soi en aimable femme qui connaît son monde : elle mit Sainte-Beuve sur le terrain de la poésie et lui parla de Victor Hugo avec un enthousiasme qui l'étonna bien un peu, mais qui ne lui parut pas affecté ; il ne disait pas, du moins, y avoir surpris l'intention politique de donner le change à l'hostilité naturellement existante entre l'auteur des *Châtiments* et la cour de Napoléon III. A sa prière, il entreprit galamment de réciter une pièce de vers qu'il aimait :

Madame, autour de vous tant de grâce étincelle...

et, comme la mémoire vint à lui manquer, il écrivit chez lui pour qu'on lui envoyât le volume des *Feuilles d'automne*. Il remplissait ainsi sa huitaine.

En 1869, la velléité prit à Renan de se présen-

ter aux élections législatives, qui eurent une influence décisive sur les destinées du pays, — l'empire ne s'étant lancé dans l'aventure de la guerre
que pour se refaire une virginité, comme dit Hugo. —
— L'auteur populaire de la *Vie de Jésus*, ami des princes, comme Sainte-Beuve, se portait candidat indépendant en Seine-et-Marne. D'une gare à l'autre, —
celle de l'Est et celle du P.-L.-M., qui le menaient
toutes deux à sa circonscription très étendue, —
M. Renan, traversant Paris, faisait un large crochet
pour passer par la rue Montparnasse. Il racontait
ses tournées électorales à Sainte-Beuve. « J'ai pour
concurrent, disait-il, le candidat officiel, M. de Jau-
court, secrétaire de M. de Persigny, avec qui nous
nous retrouvons à dîner ; c'est un aimable homme ;
on peut s'entendre avec lui ; mais nous avons contre nous un irréductible intraitable, M. de Jouven-
cel, qui s'attire beaucoup de succès auprès des
masses par des questions déconcertantes : il prétend, par exemple, que les vins fins, les grands
vins, devraient être soumis à plus de droits d'entrée que les vins ordinaires... Je ne me suis jamais
occupé de ces questions-là... »

Et, de fait, Renan, à table, se servait de n'importe
quel vin : il ne distinguait pas ; il prenait la bou-
teille à côté de lui et se versait dans n'importe
quel verre. Son goût exquis et son idéalisme élevé
le mettaient au-dessus de ces subtilités de gourmet.
Il ne s'était jamais occupé de l'impôt sur les vins,
résolu aujourd'hui à Paris.

Avec la liberté de discussion dont on jouissait

dans la maison de Sainte-Beuve, je me permis d'intervenir : « C'est une question à étudier, monsieur Renan, lui dis-je : je vous en parle savamment en enfant du Midi, d'un pays de vignobles...

— Ce sont, en effet, des intérêts économiques qu'il faut connaître, reprit Sainte-Beuve, que le Sénat où il siégeait depuis quatre ans commençait à initier à ces travaux de législateurs : vous devriez les étudier...

— Je les étudierai, répondit doucement Renan, avec plus de politesse que de conviction. »

L'entrée de Sainte-Beuve au *Temps*, en 1869, lui attira un violent orage dans sa propre maison. La cousine de l'empereur se fâcha. Le prince Napoléon, mieux avisé, se contenta de lui dire : « Si j'avais su, je vous aurais prié de venir à *l'Opinion nationale*. » La vérité est que le sénateur de la gauche de l'empire, comme il s'était qualifié lui-même dans son discours sur la liberté de l'enseignement, ne se sentait plus libre dans les journaux officiels ni officieux : M. Dalloz avait voulu lui faire supprimer, dans *le Moniteur*, une critique de goût bien innocente à l'adresse de l'évêque de Montpellier, qui avait traité d'*étudiantes* les jeunes filles qui suivaient les conférences de M. Paul Albert, nouvellement instituées par M. Duruy à la Sorbonne. Sainte-Beuve retira son article du *Moniteur*, qui venait de cesser d'être officiel, et l'envoya au *Temps*, où il ne comptait que des amis, Charles-Edmond, Scherer, Nefftzer, MM. Hébrard, Alfred Mézières... Il y resta et y termina sa carrière, la même année,

par une brillante campagne sur *Talleyrand* et *le
général Jomini*, qu'il n'aurait pas pu faire ailleurs
avec la même liberté d'allures. Il mourut le 13 octobre 1869.

Il n'était pas, à proprement parler, l'homme d'un
parti, et son absence de doctrinarisme lui avait
créé des ennemis de tous bords, même au sein de
l'empire. Dans un dîner de journalistes, offert à
l'hôtel du Rhin, qui avoisine la Colonne, par la
petite-fille de Lucien, Mme Rattazzi, qui venait de
contracter alliance avec l'Italie, M. Paul de Cassagnac, au nom de Sainte-Beuve prononcé près de
lui, s'écriait avec toute la passion qu'il pouvait y
mettre : « C'est un sceptique. » L'opposition libérale des salons, qui tenait aux anciennes doctrines,
l'accusait d'être matérialiste... et même réaliste. Il
n'était pas dévot, c'est-à-dire rattaché à un dogme
quelconque qui servît de ralliement à la mode et
à l'opinion. Il avait rompu avec les anciens partis
et croyait servir l'ordre nouveau, auquel il avait
adhéré, par une philosophie sans parti pris étroit,
émancipée de tout lien conventionnel et factice
avec le passé. Il la voulait originale et nouvelle,
conforme et appropriée au temps non seulement
nouveau mais futur, et aux besoins intellectuels
d'un peuple qui ne paraissait pas, dès lors, devoir
faire jamais retour à l'ancien régime. Il brisait lui-même les vieux moules et en dégageait sa propre
littérature.

La cuisine politique ne s'est jamais accommodée,
en aucun temps, d'un programme idéaliste. Celle

de l'empire y resta indifférente. Ce singulier bonapartiste, qui votait pour Cavaignac en 1848 et pour
Jules Ferry en 1869, avait cru à une rénovation
sociale par le coup d'État.

Il était trop sincère pour ne pas confesser,
par la suite, qu'il s'était fait illusion. Il resta de
la gauche de l'empire, compatible encore avec l'opinion libérale.

Le prince Napoléon me dit, après sa mort, en
me frappant familièrement au défaut de l'épaule (ce
qui était, de sa part, un geste d'abandon et de
confiance) : « C'était un honnête homme » ; et c'est
ce qu'on aurait pu faire entendre de plus simple
et de plus vrai sur la tombe du grand critique,
s'il n'avait interdit tout discours à ses funérailles.

LA

SALLE A MANGER DE SAINTE-BEUVE

« En avançant dans la vie, bien souvent, lorsqu'on paraît bonhomme, on
est faux, et lorsqu'on paraît caustique,
on est bon. »

(Les Cahiers de Sainte-Beuve.)

I

CHAMPFLEURY — LE DOCTEUR VEYNE
MON ENTRÉE CHEZ SAINTE-BEUVE

Le titre de ce volume m'a été suggéré par celui d'un joli petit livre qui parut en 1868, et qui plut à Sainte-Beuve, à en juger par la lettre flatteuse qu'il adressa à l'auteur et qu'on peut lire dans sa *Correspondance*, à sa date, *la Salle à manger du docteur Véron*, par M. Joseph d'Orçay [1].

Cénacle m'avait paru d'abord plus romantique, en souvenir de celui que Sainte-Beuve a immortalisé dans son *Joseph Delorme*, et j'en aurais fait choix volontiers, — *Cénacle* ne voulant pas dire, somme toute, autre chose que salle à manger, — si mon ami Léon Séché ne m'avait devancé ici même, au *Mercure de France*, avec son pro-

---

[1]. Un vol. in-18, chez Alphonse Lemerre, éditeur, passage Choiseul.

pre *Cénacle* [1]. La piété fervente de ces beaux vers de Sainte-Beuve m'a tenté néanmoins, et je n'ai pu m'en séparer sans leur emprunter l'avant-dernière strophe, sous l'invocation de laquelle je me placerai moi-même :

Le dernier, le plus humble en ces banquets sublimes...
. . . .

S'il survit, seul assis parmi ces places vides,
Lisant des jeunes gens les questions avides
Dans leurs yeux ingénus,
Et des siens essuyant une larme qui nage,
Il dira tout ému des pensers du jeune âge :
« Je les ai bien connus ;

Ils étaient grands et bons... »

Je le dirai surtout de Sainte-Beuve, et je le redirai de quelques autres, à mesure que leurs noms me reviendront. Il faut aller chercher mes souvenirs au fond de moi-même, et j'en ai déjà beaucoup éparpillé, sans compter la fraîcheur des impressions qui ne se retrouve plus, à trente-neuf ans de distance, après la septantaine. L'arbre a passé fleur, et les fruits sont secs.

1. *Le Cénacle de la Muse française*, Librairie du *Mercure de France*, 1909.

Il est temps que j'entre en scène... ou en *cène*, puisque, aussi bien, *Cénacle* il y a.

Il n'est peut-être pas sans intérêt que je répète ici, aussi brièvement que possible (puisqu'il ne s'agit que de me présenter au lecteur et de me faire connaître), comment je devins le dernier secrétaire de Sainte-Beuve.

Le dernier secrétaire de Sainte-Beuve était un repris de justice, je le dis sans honte :

> Le crime fait la honte, et non pas l'échafaud.

J'étais un suspect de 1858. A la suite de l'attentat d'Orsini, j'avais été arrêté dans ma ville natale (Montpellier), et fait quatre mois de prison, dont trois de condamnation en police correctionnelle. C'est au sortir de cette aventure de jeunesse que je partis pour Paris, un soir, sans crier gare... ni prévenir le préfet de l'Hérault, M. Gavini, qui m'avait fait subir mon premier interrogatoire, au lendemain de mon arrestation.

J'avais vingt-deux ans ; Champfleury, sur le chemin de qui je me trouvai, me recueillit, me mêla à sa vie, m'initia à l'art et à la littérature. Baudelaire et Wagner m'étaient devenus familiers en quelques mois ; je rencontrai le poète des *Fleurs du mal* chez Champfleury ; — je vis

3.

une fois en face le grand compositeur allemand
chez lui, et je lui parlai, ce qui mérite bien aujourd'hui d'être noté, à la date ancienne dont il
s'agit. Je fis campagne, en 1861, à côté de Champfleury, aux représentations tumultueuses de
Tannhœuser, à l'Opéra de la rue Le Peletier :
nous acclamions la musique de l'avenir; j'étale
mes chevrons qui font de moi un wagnérien de
la veille, et je n'en ai pas démordu.

Un après-midi de dimanche, fin août ou septembre 1861, nous allions, Champfleury et moi,
faire notre tournée hebdomadaire à l'hôtel des
commissaires-priseurs, — bien que ce ne fût
pas encore la saison, mais nous y montions par
habitude, et pour n'en rien perdre, — quand le
docteur Veyne entra. La belle physionomie du
docteur Veyne est restée dans l'esprit de tous ceux
qui l'ont connu. Il faisait essentiellement partie du Cénacle de Sainte-Beuve, qui le consul-
tait en tout, pour toutes les affaires de sa
maison. C'était son ministre de l'intérieur. Il
était à la fois le médecin, l'ami, le conseiller, le
pourvoyeur de femmes de charge et de secrétaires. Sainte-Beuve avait la plus grande confiance dans son coup d'œil hippocratique. Sa
belle prestance, sa tenue répondaient bien à
celles que Rabelais exige du médecin auprès du

malade. Ni sombre, ni renfrogné, ni repoussant
en quoi que ce soit. Le docteur Veyne était
plutôt optimiste et souriait toujours. Son approche, sa présence ramenaient la joie et chassaient
les préoccupations mélancoliques ou soucieuses.
Il n'y avait pas de bonne petite fête sans lui
chez Sainte-Beuve. Il rayonnait parmi les autres
convives. « M. Veyne éclaire la table », disait un
soir une petite bonne qui servait. L'accent pro-
vençal s'alliait en lui à la finesse italienne. Il
était de Gigondas, où Pontmartin a placé ses
malencontreux *Jeudis de Madame Charbonneau*.
Le critique grincheux a calomnié l'esprit pro-
vençal. Le docteur Veyne tenait peut-être aussi
du Comtat-Venaissin sa belle tête à la Bonaparte, qui faisait illusion, au point qu'un vieux
soldat de Corrèze s'y méprit. Ayant surpris
dans la malle de sa fille, de retour au pays, le
portrait du futur docteur, encore étudiant et
interne des hôpitaux, le père courroucé demanda des explications. « Comment ! tu ne
reconnais pas ton dieu?... » répondit celle qui
fut plus tard Mᵐᵉ Veyne. De longs cheveux plats,
devenus blancs de bonne heure, qui retombaient sur le visage, et que la main du docteur
repoussait sans cesse, encadraient cette belle
tête et complétaient la ressemblance avec un

premier Consul, qui aurait eu le temps de blan-
chir. Mais le docteur Veyne n'était bonapartiste
à aucun degré, ni pour l'ancien ni pour l'autre.
Républicain irréductible, il refusa constamment
les emplois compatibles avec sa profession, que
Sainte-Beuve cherchait à lui procurer, tels que
celui de médecin de l'École normale supérieure.
Très lié en même temps avec Raspail et Mme Desbordes-Valmore, il ne démentit aucune de ses
amitiés, et se mettait en quatre pour toutes.
Sainte-Beuve a fait une place en vedette à son
nom, et rendu un témoignage public à son dés-
intéressement et à son humanité, dans ses articles du *Temps* de 1869 sur *Madame Valmore*[1].

Champfleury lui a dédié *Les Amoureux de
Sainte-Périne*. Ils avaient également beaucoup
d'amitié l'un pour l'autre, et c'est chez Champfleury que je m'étais trouvé quelquefois à dîner
à côté du docteur Veyne. On y mangeait dans la
faïence de la Révolution, dont les doux et
gais reflets tapissaient toute la salle à manger
jusqu'au plafond ; mais je ne me doutais pas que
j'étais l'objet de la visite du docteur Veyne, au
moment où nous allions sortir un après-midi de
dimanche d'été ou déjà d'automne de 1861. Il

1. *Nouveaux Lundis*, t. XII.

avait des vues sur moi, et venait consulter Champfleury à mon sujet. Sainte-Beuve, en ce moment-
là, était à la veille de rentrer au *Constitutionnel*, après quatre ans de jachère passés à l'École
normale, où il était maître de conférences. Il
avait besoin d'un nouveau secrétaire, celui qu'il
avait alors, Pons, mon prédécesseur immédiat,
l'auteur d'un livre qui fit quelque bruit plus
tard, *Sainte-Beuve et ses inconnues*, allant le
quitter pour retourner chez son père, à Digne,
où l'attendait une chaire d'histoire au collège
de sa ville natale. Le docteur Veyne avait songé
à moi pour remplacer Pons auprès de Sainte-
Beuve. La consultation dura un quart d'heure
dans une chambre voisine ; je n'étais nullement
dans le secret, quand ils rentrèrent tous les deux.
Champfleury me mit au courant de la question,
puis il me dit : « J'aurais été heureux à votre âge
d'une telle aubaine, acceptez... » Je remerciai
le docteur Veyne, et il fut convenu qu'une lettre
de Sainte-Beuve nous avertirait du jour où
Champfleury pourrait venir me présenter à lui.

La lettre arriva, en effet, un peu après la publication dans *le Constitutionnel* du premier
article, qui a ouvert depuis la série des *Nouveaux Lundis*, — *Questions d'art et de morale*,
par M. Victor de Laprade (16 septembre 1861).

— C'était un nerveux coup de fouet lancé au faux
idéal. Il fit beaucoup crier dans le clan doctrinaire. Sainte-Beuve s'y défendait modérément,
et en ces termes, d'être... *réaliste* :

...Mais c'est qu'il est pour l'idéal, M. de Laprade !
et vous (*c'est de lui-même qu'il s'agissait*), on vous le
dit depuis longtemps, vous êtes un... *quoi donc ?...*
vous êtes un *réaliste*. (Les Français, ajoutait-il entre
parenthèses, ont toujours eu de ces sobriquets com-
modes à chaque mode nouvelle, et que chacun répète comme une injure en se signant.)

Tout l'article est imprégné de cet esprit et de
ce bon sens. Il porta, car Sainte-Beuve en reçut
force injures. C'était un bon début pour la reprise
des *Causeries du Lundi* : elles s'annonçaient plus
dégagées et comme rajeunies. Sainte-Beuve aimait à rappeler quelquefois que la comtesse
Mortier l'avait traité de *réaliste*.

Il se donnait volontiers campos le lundi, jour
où l'article paraissait, et il nous fixa un rendez-
vous ce jour-là à midi et demi, car il passait
encore sa matinée à prendre des notes, à dicter
des lettres, à répondre à celles de la semaine
précédente, qui attendaient entre la pendule et
la glace de la cheminée, et à se faire faire des
lectures en vue de l'article en train. Il était tou-

jours « *en article* », comme il l'écrivait un jour
à la vicomtesse de Calonne[1].Nous le trouvâmes
plein de vivacité, préparant son prochain *Lundi*
sur la *Correspondance* de Lamennais (23 septembre 1861), celui où il a raconté comment il
fut chargé par Lamennais de publier en 1834
les *Paroles d'un croyant.* Il nous jeta tout de
suite au beau milieu, au cœur même de son
travail. « J'ai vu se former une religion sous
cloche, nous disait-il ; je sais comment on fonde
une religion : j'étais à Ménilmontant, j'ai vu de
près le saint-simonisme[2]...» Ce disant, il pétrissait sa calotte, à laquelle il donnait toutes les

1. Lettre du 22 juin 1856, publiée par M. Jules Couet dans la
Correspondance historique et archéologique, de mai-juin 1908.

2. C'est l'idée qui revient dans l'article des *Nouveaux Lundis*, t. IV (12 janvier 1863), sur *Adolphe Guéroult.* «... Si le
Saint-Simonisme, après tout, se voyait réduit à faire comme
le physicien qui, ne pouvant pleinement reproduire ce que la
nature opère en grand dans ses météores, dans ses éclairs ou ses
tonnerres, au sein des éléments, se contente d'en faire en petit
une répétition dans son laboratoire, n'était-ce donc rien? Vous
riez de cette religion sous cloche; mais, pour plus d'un esprit
jusque-là fermé à cet ordre de vues et de perspectives, la démonstration de l'importance de la chose religieuse n'en était
pas moins donnée. » — Sous ce rapport de la nécessité qu'éprou-
vent certains hommes de former entre eux une chaîne et une
communion d'esprits, la francmaçonnerie est aussi une religion,
qui tient, par plus d'un aspect, — celui de la solidarité, entre
autres, — du Saint-Simonisme.

inflexions de sa pensée, puis il la rejetait sur sa table parmi les volumes de l'*Abrégé historique de l'Histoire de France*, du président Hénault, qu'il avait toujours devant lui à la portée de sa main. Il y avait souvent recours pour vérifier des dates, certains faits historiques.

Son accueil fut aimable et souriant, — tout le contraire de ce qu'on m'avait dit, — et sa légendaire laideur ne m'apparut point sous l'aspect guilleret où il se présentait à nous. C'était la seconde fois que je le voyais, l'ayant aperçu, quelques mois avant, à l'enterrement de Murger, au cimetière Montmartre, écoutant les discours. Champfleury me le montra: « Sainte-Beuve », me dit-il ; et à vrai dire, en entrant dans cette maison, — sa maisonnée, comme il l'appelait, — il me semblait reconnaître les aîtres, après tout ce que j'en avais entendu dire chez Champfleury, un soir, par Baudelaire, qui aimait beaucoup Sainte-Beuve. On lui attribue même cette expression: « Sainte-Beuve est mon vice », — son autre vice était Delacroix. On pouvait communier avec Baudelaire sous ces deux espèces.

Quand je veux retrouver mon Sainte-Beuve de ce temps-là, je me reporte à la photographie que fit de lui le premier mari de Mme de Solms

au chalet d'Aix-les Bains, où la cousine de
l'empereur s'était réfugiée pendant son bannis-
sement, auquel l'annexion de la Savoie mit un
terme. Sainte-Beuve est représenté là, assis, dans
un jardin, la fameuse calotte de velours sur la
tête, — cette calotte qu'il ne mettait que pour se
préserver du rhume. On en a fait un symbole :
elle ne servait qu'à protéger sa calvitie, et remplaçait pour lui l'antédiluvienne perruque, qui
avait sa raison d'être sur la tête de Louis XIV.
Seulement elle était de proportions réduites, et
ne couvrait exactement que le sommet pyrami-
dal d'un crâne entièrement dénudé. Il la plaçait
un peu en avant, penchée sur le front, qu'il avait
très beau, très découvert.

Je ne sais qui lui a trouvé la physionomie
poupine, d'autres ont dit bonhomme, un autre
écrit bonasse. Elle était surtout attractive ; j'en
atteste toutes celles qui l'ont connu, jusques et
y compris Mme Hortense Allart, dont mon ami
Léon Séché a publié les lettres, rendant un témoignage de l'amour que pouvait inspirer Sainte-
Beuve à une femme intelligente et passionnée.
Elles sont toutes — même les plus vertueuses
— plus juges en fait de beauté masculine que
le sexe auquel appartenaient Victor Hugo et
Francisque Sarcey, deux Antinoüs qui ont dé-

cerné à Sainte-Beuve un brevet de laideur.
Dans quel miroir s'étaient-ils donc regardés eux-
mêmes ?

L'irrégularité des traits prêtait au jeu de la
physionomie, qui devenait très mobile, très expressive, quand il s'animait ; c'était alors comme
un clavier, sur lequel résonnaient des notes
intérieures, qui le mettaient en mouvement. La
voix répondait bien à l'esprit de causerie, qui
était en lui ; elle avait le ton doux et agréable :
on faisait cercle autour de lui, quand il parlait.
Le savant Charles Robin, l'illustre histologiste,
me dit même un jour : « Depuis que Sainte-
Beuve est malade et qu'il ne vient plus chez la
princesse Mathilde, la conversation languit... »
On peut les comparer, Renan et lui ; c'étaient
deux charmeurs, bien qu'ils n'eussent pas tous
deux la même musique dans l'esprit ni dans la
voix. Sainte-Beuve y mettait parfois plus de vivacité, ce qui faisait dire, au dîner Magny, que
ses articles *parlés* marquaient davantage que sa
causerie imprimée. — Il abaissait le ton, en écrivant, il polissait davantage. Il n'écrivait pas tout
à fait comme il parlait, mais il ne voulait pas non
plus parler comme un livre. Il me dicta un jour
ce précepte que j'ai consigné dans ses *Cahiers*[1] :

1. *Les Cahiers de Sainte-Beuve*, Paris, Alphonse Lemerre, 1876.

« Il faut écrire le plus possible comme on parle,
et ne pas trop parler comme on écrit. » C'était
sa loi, et il s'y conformait sans effort, par une
tendance naturelle de son esprit.

La bouche de Sainte-Beuve pouvait paraître
bonasse au repos. L'observation est de Monselet, qui la relève aussitôt et la complète dans
un croquis, pris sur nature, pendant que Sainte-
Beuve, dans son cabinet, l'interrogeait sur lui-
même et prenait des notes pour l'article qu'il
lui consacra dans les *Nouveaux Lundis,* t. X
(24 avril 1865). — Échange de bons procédés !
Monselet le rendit à Sainte-Beuve, qu'il voyait
pour la première fois chez lui, par cet instantané
qui rejoint pour moi la photographie la plus
exacte et la plus fidèle :

Sainte-Beuve..., sexagénaire, portant juste son
âge... L'aspect conique de la tête me déroute entièrement, je ne peux pas m'y habituer... Le visage
est d'une femme mûre, à la chair un peu molle ; le
nez gros, comme celui de Renan [1] : la main soignée...
Tout le foyer d'intelligence est réfugié dans les yeux
et dans la bouche : que d'esprit et même de rêverie
dans ces yeux ! d'autres y voient le génie de l'observation et de l'assimilation, c'est possible ; moi j'y dé-

---

1. C'étaient des nez de *curieux.*

couvre l'auteur des *Pensées d'août*... On me dira que
j'exagère là son système; la faute en est à l'atmo-
sphère que je respire en ce moment[1]... La bouche de
Sainte-Beuve est aussi très significative; non sur-
veillée et ne surveillant pas, elle pourrait passer pour
une bouche ordinaire et bonasse (*nous y arrivons*),
mais, dans l'état de causerie, elle contient un monde
de fines réticences, qu'elle ne cherche pas à cacher...
Alors, et pour peu qu'une certaine surexcitation s'en
mêle, c'est Voltaire gras[2].

La comparaison avec Voltaire s'imposait. Elle
est venue plus d'une fois à d'autres, dans ce cabinet tout saturé de choses de l'esprit, et où la
pensée littéraire dominait, à l'exclusion de tout
ce qui pouvait la contrarier ou lui nuire. De
même que Claude Bernard laissait le spiritua-
lisme et le matérialisme à la porte, en entrant
dans son laboratoire, Sainte-Beuve s'arrangeait
pour n'apporter dans le sien que sa sérénité d'esprit. Elle lui permettait la liberté la plus large,
la plus complète, la moins obstruée, de compréhension nécessaire pour posséder son sujet,

1. Le cabinet même de Sainte-Beuve, je le répète, où Monselet ruminait ses notes.
2. Charles MONSELET. *Mes Souvenirs littéraires.* Paris, sans
date, Librairie illustrée, 7, rue du Croissant.

s'en rendre maître sans prévention, sans parti
pris. Sa méthode naturelle, celle qu'il a formulée
dans son article sur *Chateaubriand jugé par un
ami intime*[1], consistait surtout et tout d'abord
à étudier son sujet en lui-même, et à ne pas
lui appliquer un système préconçu, préparé
d'avance, et dans lequel le personnage pouvait
se trouver gêné, ne pas s'étendre à sa mesure
complète. Dans ses Portraits littéraires, Sainte-
Beuve s'efforçait d'être La Tour ou Chardin,
dont le style est indépendant des sujets qu'ils
traitent. Aucun ne se ressemble, et l'on sent
dans chacun la manière du maître. Sainte-Beuve
avait à pénétrer l'esprit du modèle, et il disait
que le critique devait avoir des yeux tout autour
de la tête pour tout voir, tout comprendre, tout
embrasser. On lui doit d'avoir étendu le domaine littéraire à toutes les connaissances humaines, celles du moins qui ne sont pas de la
mathématique pure, et où le chiffre est la langue écrite.

Il tenait beaucoup de l'ancien régime par la
politesse. Le premier contact de nos mains fut
plutôt un effleurement de trois doigts serrés,
qu'il tendit, à la manière des prêtres, qui res-

1. *Nouveaux Lundis*, t. III.

tent sur la réserve. J'en conclus, par la suite,
qu'il ne devait pas être poli de toucher la main,
comme cela, tout d'abord. Une fois, il retira la
mienne de celle de Mme de Solms, que j'étreignais
peut-être, à première présentation, avec une ef-
fusion toute méridionale. J'avais la poignée de
main plébéienne. Je n'étais pas encore fait aux
belles manières. J'avais besoin d'être raboté.

Il fit asseoir Champfleury (il est temps que j'y
revienne) sur un fauteuil de reps vert, qui en a
vu bien d'autres, et dont on aurait pu écrire les
Mémoires — comme on a écrit les *Mémoires
d'un piano* (celui de Félicien David, sur lequel
fut rapportée la *Symphonie du désert*). — Le
fauteuil où Sainte-Beuve invitait tout d'abord
ses visiteurs à prendre place se trouvait entre
la cheminée et la table de nuit, — car la même
pièce, bien aérée, ensoleillée même, donnant
sur un jardin, servait à la fois de cabinet de travail et de chambre à coucher. Le bureau, couvert de livres et de papiers, — le tout bien ordonné, malgré leur désordre apparent, pour qui
n'en connaissait pas l'arrangement, — était
formé de deux tables, rapprochées l'une de
l'autre, et n'en faisant qu'une, parallèle à la
longueur de la pièce. L'une des deux, la plus
petite, servait pour le déjeuner de Sainte-Beuve,

qu'on lui montait à onze heures, et qui consistait en thé au lait, deux brioches, du pain et du
beurre. — Le matin, au lever, il avalait une sou-
coupe de chocolat. — Pas de papier ni de ten-
ture sur les murs, mais une peinture grisâtre,
claire, uniforme, — de bon goût, comme on dit,
ni sévère, ni criarde, — rehaussée de filets d'or
au plafond et sur tous les pourtours. — C'était
le goût du maître, qui n'avait pas besoin, pour
écrire, que rien lui tirât l'œil aux murailles. Le
penseur se révélait là, et il a fallu les Goncourt
pour lui reprocher un jour son élégance et sa
simplicité bourgeoises. Pas de bibelots sur les
murs. On n'y voyait encore, en 1861, que la réduction en plâtre de son buste par Mathieu-
Meusnier qui fait pendant à celui de Daunou,
à la Bibliothèque de Boulogne-sur-Mer. Plus
tard vinrent s'y joindre une épreuve du buste
de la princesse Mathilde, par Carpeaux, offerte
par l'artiste, et enfin une magnifique aquarelle,
don de la princesse Mathilde, et son œuvre, ex-
posée cette année-là au Salon, et consistant en
une copie à l'aquarelle du pastel de Chardin,
qui fait partie de la collection Lacaze, au Louvre, et qu'on dit être un portrait de Mᵐᵉ Lenoir, femme du lieutenant de police. — La princesse Mathilde réclama son œuvre après la

mort de Sainte-Beuve, et elle lui fut rendue.

Je fus prié de m'asseoir sur une chaise, entre Sainte-Beuve et Champfleury. C'était celle sur laquelle s'asseyait Sainte-Beuve pour déjeuner à la petite table, quand il quittait son fauteuil de travail à onze heures.

Ce qui est intraduisible c'est la bonne grâce et l'amabilité de Sainte-Beuve disant :

— Alors, c'est monsieur qui va me servir de secrétaire ?... Est-ce que vous avez publié quelque chose ?

Champfleury répondit pour moi, non sans une pointe d'ironie, qui perça dans son sourire:

— Monsieur sort de *l'Artiste*, où il faisait des comptes-rendus des ventes des tableaux et curiosités à l'hôtel des commissaires-priseurs...

— Je vois que vous aimez la peinture... nous irons en voir...

Et en effet nous visitions tous les ans le Salon ; j'ai amené même Sainte-Beuve chez Chintreuil et chez Courbet. Nous allâmes ensemble, en 1866, voir *la Femme au perroquet*, dont Bonvin disait que c'était du Dubuffe, une concession faite au mauvais goût, qui valut à l'auteur de *l'Enterrement d'Ornans* un retour de tous les amateurs du sujet en art. Nous rencontrâmes au Salon l'abbé Coquereau, l'aumônier de la princesse Mathilde, qui cherchait *la Femme au perroquet*. Nous l'y accompagnâmes. Je servais de guide. Je savais le sujet par cœur. Courbet en avait puisé l'inspiration à Montpellier chez un peintre nommé Magnol, descendant de l'introducteur du magnolia en France, qui avait rapporté d'Italie une toile représentant *l'Amour et Psyché*. Courbet la copia, roula sa copie dans un fourreau en fer battu qu'il fit faire exprès, et ce fut l'idée première de la disposition de la fameuse *Femme au perroquet*, qui fut un regain de gloire pour le maître d'Ornans.

J'anticipe en ce moment sur mes Souvenirs; mais pendant que je les tiens, pourquoi ne pas les caser et leur faire un sort tout de suite? Je suis plus maître du présent que de l'avenir, et le passé rétrospectif n'a pas absolument besoin d'être placé à son ordre chronologique, d'autant plus que la plupart de ces noms ont rempli ma vie pendant les huit ans que j'ai passés auprès de Sainte-Beuve, et reviendront nécessairement par la suite.

Je décidai une fois Sainte-Beuve à monter chez Chintreuil, dans son atelier, au sixième étage, rue de Seine, à côté du passage du Pont-Neuf. On était bien récompensé de l'ascension, en entrant dans cette Normandie, où l'on ne voyait que pommiers en fleurs, prairies vertes, paysages délicats, saisis aux heures crépusculaires, — ce que Champfleury, dans ses *Souvenirs*, a appelé *Brumes et Rosées*, — et qui coûtèrent la vie au peintre lakiste de complexion plus délicate encore que les œuvres qu'il dérobait à la nature.

Une autre fois, j'accompagnai Sainte-Beuve chez Chenavard, qui l'avait invité à venir voir son tableau de la *Divine Tragédie*, exposé dans un atelier de la rue Vavin[1]. Sainte-Beuve admira beaucoup la *Vénus* qui se détachait à part dans un relief vigoureux et puissant — ce qui fit dire à Chenavard : « Quel homme ! toujours le même ! »

Je n'ai pas épuisé nos incursions sur le terrain pictural ; il eût été dommage de perdre ces deux-là, faute de me rappeler à quelle circonstance ou à quelle heure précise les rattacher au cours de ces souvenirs, qui se présentent à bâtons rompus, et j'en reviens à ma première entrevue chez Sainte-Beuve, qui fut pour mon avenir tout à fait décisive : elle fit de moi son dernier secrétaire et celui qu'on n'a pas cessé d'appeler « le

1. Ce tableau se trouve actuellement au Sénat, dans la salle Berthelot.

secrétaire de Sainte-Beuve ». J'ai eu pourtant
des prédécesseurs que j'honore, que j'estime :
Sainte-Beuve a rendu justice, dans son article
des *Nouveaux Lundis*, t. IV, à chacun d'eux,
dont je clos la liste. Auguste Lacaussade, Octave
Lacroix, Jules Levallois, se sont tous fait une
place à part dans les Lettres ; Levallois est peut-
être celui qui fit le plus d'honneur à Sainte-
Beuve par sa plume de critique, qu'il tint longtemps dans *l'Opinion nationale*. Il contrecarrait
souvent Sainte-Beuve par ses idées spiritualistes,
mais Sainte-Beuve provoquait la discussion. Cela
l'avertissait, et ne lui déplaisait pas. En dernier
lieu, je remplaçai Pons ; Sainte-Beuve ne pouvait
prévoir qu'il avait auprès de lui un biographe
dont il n'est pas juste de dire qu'il a trahi son
maître, — car il n'a raconté que des choses sues
et connues de tout le monde en leur temps, —
mais dont les indiscrétions, à la barbe de quelques intéressés de haute marque, ont été brutales et prématurées. Ce qui m'a remis de
sang-froid à l'égard de l'auteur de *Sainte-Beuve
et ses inconnues*, — après avoir eu à me défendre
de lui et à m'en garer, car on m'attribuait son
livre, — c'est une conversation à son sujet que
j'eus avec un vieil ami de Sainte-Beuve, l'historien Chantelauze, qui a collaboré à l'édition dé-

finitive de *Port-Royal*, par un mémoire sur le
cardinal de Retz. Il m'exprimait toute son indignation et celle du faubourg Saint-Germain:
« J'en pâtis plus que personne, lui dis-je, puisqu'on m'accuse d'avoir pris un pseudonyme
pour écrire ce livre. Je ne suis que le successeur
de Pons comme secrétaire de Sainte-Beuve ;
mais on ne connaît, paraît-il, ou l'on ne veut
connaître que moi dans le noble faubourg, malgré la différence de nom, d'esprit et de ton ;
M. Marmier me l'a déclaré, tout en me demandant tout d'abord pourquoi j'avais écrit ce
livre ; puis il a ajouté, après réponse et explication de ma part : « Cela ne nous a rien appris
de nouveau, nous savions tout cela du temps
de Louis-Philippe. »

» Au *Rappel*, on n'est pas mieux informé qu'au
faubourg ; Meurice et Vacquerie veulent absolument que le livre soit de moi, et ils ne me le
pardonnent pas à cause de Mme H... » — « Eh !
je ne me f... pas mal de Mme H...! s'écria Chantelauze ; mais c'est de Mme d'Arb... qu'il s'a-
git... » — Oh! oh! pensai-je, puisque chaque
coterie a son *Adèle*, je n'ai pas plus besoin de
prendre parti pour l'une que pour l'autre, moi
qui ne suis pour rien dans tout ce bruit, dont
on me fait porter la peine.

Champfleury et moi, nous prîmes congé de
Sainte-Beuve, en emportant la promesse qu'il
m'écrirait bientôt. Il me fit assister, en effet,
Pons ne devant le quitter qu'à la fin du mois,
à une répétition de ce que je devais faire, lire à
haute voix, écrire sous la dictée, le contrecarrer
au besoin, comme faisait Levallois: « Lisez-moi
en ennemi, disait-il; c'est ce que je demande
toujours à mes secrétaires... » Et Pons, à ce
que je pus en juger, à une première et unique
audition, ne s'en privait pas. Il le chicanait sur
des questions secondaires de style ou de correction; il était professeur, et allait devenir
régent de collège.

Sainte-Beuve ne dédaignait pas certains tours
de plume qui pouvaient paraître de la négligence;
le poëte survivait en lui, et surtout le poëte des
Sonnets, qui empruntait ses liaisons à l'italien,
si riche en petites locutions ne signifiant rien
par elles-mêmes, mais formant autant de chevilles, utiles à donner de la force à la forme et
à la pensée. Elles en sont comme les *ut* dièze.
Mais il avait grand souci du style, et quand nous
corrigions des épreuves, il me faisait noter à
part tous les mots qui lui paraissaient impropres
ou douteux. Nous montions ensuite, ma liste à
la main, à l'étage supérieur, où il vérifiait à l'aise,

4.

sur appel que je lui en faisais, dans un *Besche-
relle*, très riche en citations, qu'il tenait des
éditeurs des *Causeries du Lundi*, MM. Garnier
frères. Cet exemplaire, usé par les années et
de longs états de service, existe encore et me
sert toujours.

Il ne remettait jamais au lendemain le soin
d'une vérification, quand il pouvait la faire
immédiatement chez lui, sur place, sans avoir
recours à la Bibliothèque. Quelquefois, le soir,
après dîner, nous montions au deuxième étage,
où la plupart de ses livres étaient rangés sur
des rayons, ou enfermés dans des armoires dont
lui seul avait les clés. Je lui tenais le bougeoir,
pendant qu'il faisait sa recherche. Il rappelait
que Halévy, l'auteur de *la Juive*, et secrétaire
perpétuel de l'Académie des Beaux-Arts, sur
lequel il a écrit un si joli article, ne tenait pas
plus en place que lui, quand il s'agissait d'éclairer un point douteux: « Il faisait remuer sa
bibliothèque, il allait chercher lui-même ; il y
mettait une impatience à impatienter les autres :
il fallait que le problème fût résolu. Quelquefois
on n'y pensait plus, et il reparaissait triomphant
avec le mot de l'énigme [1]... » — « Allons, di-

1. *Nouveaux Lundis*, t. II (14 avril 1862).

sait Sainte-Beuve, ne soyons pas paresseux, faisons comme Halévy. » Nous quittions la table avant qu'elle ne fût entièrement desservie, et nous allions chercher nous-mêmes, moi l'éclairant.

Les amis attendaient en bas, dans la salle à manger.

Je ne pris possession de mon poste, après le départ de Pons, qu'au mois d'octobre 1861, lorsque Sainte-Beuve achevait ses articles sur Veuillot, dont le journal venait d'être supprimé : «... Ce n'est point parce que M. Veuillot est hors de la lice, commençait par dire Sainte-Beuve, que je crois devoir en profiter. D'ailleurs, des écrivains comme lui ne sont jamais désarmés. Mais il y a un peu de silence autour de lui, et ce silence est favorable à l'étude que je désire faire de ses œuvres et de son talent. » Il le fit impartialement et, l'on peut dire, en toute équité. Ses deux articles sont là pour en témoigner. Nadar, qui fut très lié avec Veuillot, m'a souvent cité un de ses mots sur Sainte-Beuve, dans une lettre de la Correspondance de l'écrivain catholique, presque aussi nombreuse que celle de Proudhon. Les termes en sont curieux, et dignes... de Veuillot, moins poissard que d'habitude. Voici sa façon de faire l'éloge de Sainte-Beuve : « (Plombières, 8 octobre 1869). — ... Je lis Sainte-Beuve, ce coquin-là est bien mauvais, mais il a bien du talent. De tous les gens de lettres, qui ont paru depuis 1830, je ne sais pas si ce n'est pas le plus fort ; un de ces jours je le louerai terriblement, et il sera bien étonné. » Il est dommage qu'il ne l'ait pas fait : il aurait rendu à Sainte-Beuve la monnaie de ses articles.

II

Les *Nouveaux Lundis* présentent assez de consistance et se défendent suffisamment par eux-mêmes pour que je n'en refasse pas l'histoire. Seulement, comme ils furent la raison de mon entrée chez Sainte-Beuve, j'y ferai souvent relâche.

On a conservé à la Bibliothèque nationale — alors impériale — un registre des prêts en ville, où l'employé préposé à ce service, M. Klein, inscrivait tous les volumes empruntés par Sainte-Beuve. Ils étaient toujours scrupuleusement rendus, et marqués comme tels. J'en enlevais quelquefois une quinzaine, que je rapportais quelques jours après. J'étais fort connu dès lors à la Bibliothèque comme secrétaire de Sainte-

Beuve, qui s'adressait toujours pour ses recherches, à son ami personnel, le bibliophile Paul
Chéron, sans lequel non plus il n'y avait pas
de bonne fête intime au Cénacle de Sainte-
Beuve. Le docteur Veyne et Chéron en étaient
deux piliers. Ils ne se ressemblaient pas. Chéron était gros et gras, mine réjouissante, à la
barbe fleurie, bonne fourchette, riche en anecdotes et propos rabelaisiens, qu'il racontait à
table. Il était l'ami inséparable du savant Ana-
tole de Montaiglon, maigre en 1861, faisant un
parfait contraste avec Chéron, qui avait tout
l'air d'un gros moine. Ils s'entendaient parfaitement, et se rencontraient souvent dans les
bons cabarets, où Chéron invitait son ami, car
il aimait la bonne chère. On devisait à son aise
devant un repas bien servi. Ils avaient mêmes
passions et mêmes goûts littéraires, autant que
culinaires. Tous deux connaissaient et prati-
quaient la vieille France ; Chéron a procuré
une édition de Rabelais, une autre de *Candide*
(il était voltairien et moliériste, — l'un ne marche pas sans l'autre). — Montaiglon avait aussi
le culte de Rabelais, qu'il savait par cœur ; il
avait une prodigieuse mémoire, mais il était en
même temps un des plus profonds érudits et
un des plus savants linguistes qui aient jamais

fait honneur à l'École des chartes, où il occupait une chaire. Sa conversation était inépuisa-
ble et intarissable en ces sujets, parfois bien
un peu arides, mais que sa conviction ardente
animait. C'était comme une pointe de feu qu'il
avait dans l'œil, quand il en parlait. Ç'a été un
maître dans son enseignement, et la jeune génération venue après lui, et qui ne l'a connu
que sur son déclin, m'a paru le méconnaître. Il
avait appris l'anglais dans Shakespeare et le
français dans tous les vieux conteurs, prosa-
teurs, poètes, qui ont entretenu chez nous le
génie de la langue. Il a écrit sur tous, et ses
commentaires sont encore précieux aujourd'hui.
Chéron le mena un jour chez Sainte-Beuve, et
le fit charger de la Table analytique de la dernière édition de *Port-Royal*, qui forme à elle
seule un septième volume. Travail de bénédictin qu'il mena à bonne fin, et que Sainte-Beuve
n'eut pas le temps de voir paraître.

Ces travaux bibliographiques convenaient surtout à Chéron, qui avait fait autrefois la Table
des *Causeries du Lundi*, quand elles n'avaient
que onze volumes. Sainte-Beuve l'a remplacée
depuis, dans le onzième volume, par des *Notes
et Pensées*, où il a déversé ses *Cahiers*, dans
lesquels il ne reste plus grand'chose à glaner. (Ils

font partie du legs Lovenjoul, fait à Chantilly.)

En 1861, quand je devins secrétaire de Sainte-Beuve, l'un de ses premiers soins fut de me mettre en rapport avec Chéron, à qui j'aurais souvent affaire à la Bibliothèque impériale (comme on disait alors). Je le connaissais déjà, mais lui m'ignorait complètement. Je l'avais souvent entendu causer haut et gaîment à la table où l'on me faisait asseoir pour la communication d'ouvrages locaux, concernant le Midi, dans la salle des Globes, tout près justement de M. Klein, le préposé aux prêts. Le verbe de Chéron m'avait même dérangé quelquefois, mais je n'avais pas osé me fâcher. J'avais le respect inné des puissances. Nous allions devenir les meilleurs amis du monde.

Sainte-Beuve lui écrivit un jour pour l'inviter à dîner avec son nouveau secrétaire, qu'il voulait lui faire connaître. Chéron, naturellement, accepta. Sur ces entrefaites, Sainte-Beuve reçut une lettre de Mᵐᵉ de Solms qui s'invitait à dîner pour le lendemain. La princesse de Solms (appelons-la *princesse*, puisqu'elle l'était, de fait, en sa qualité de petite-fille de Lucien Bonaparte) rentrait en ce moment d'exil, ou plutôt la Savoie étant devenue française, son exil finissait. Pourquoi avait-elle été éloignée du territoire?

Elle se prétendait républicaine ; peut-être aussi y avait-il quelque autre motif plus déterminant. Elle compromettait la dynastie, paraît-il. Dès sa rentrée à son hôtel de la rue de Milan, 3, les journaux annoncèrent qu'elle était morte. Sainte-Beuve m'envoya y voir. « C'est une méchanceté des journaux, m'y fut-il dit. On voudrait la faire passer pour morte, parce qu'elle est revenue... » Sans en vouloir savoir davantage, j'inscrivis Sainte-Beuve. Elle se chargea elle-même de lui prouver qu'elle n'était pas morte, en lui écrivant quelques jours après : « Mon cher tuteur... » — Elle l'appelait son *tuteur*, parce qu'il ne l'avait pas abandonnée, lors de sa disgrâce ; il n'y avait eu même que lui et M. Schneider, président du Corps législatif, qui l'eussent accompagnée, lors de son départ, à la gare de Lyon ; — et puis *tuteur* convenait bien de toutes les façons à Sainte-Beuve, à son esprit de modération et de sagesse, à son rôle pondérateur, qu'il apportait en tout : il était de bon conseil, comme un sage de la Grèce, dont il avait la « forme extérieure », a dit de lui une autre princesse de la même famille, mais non de la même branche [1].

1. La princesse Mathilde, dont j'ai reproduit le portrait

Mon cher tuteur, écrivait Mme de Solms (et elle y avait évidemment quelques droits), je sais que vous avez chez vous une belle odalisque ; je veux la voir, je viendrai dîner demain soir chez vous...

Sans désemparer, Sainte-Beuve répondit :

J'avais invité mon ami Chéron, de la Bibliothèque impériale, et mon nouveau secrétaire, M. Troubat ; je ne déprie personne, nous vous attendons...

Je pris sur moi, sans en rien dire, dès mon heure de sortie, de courir avertir Chéron qui, sans cela, serait venu sans changer de toilette, dans sa tenue de tous les jours. Il m'en sut un gré infini ; je me mis ainsi, pour le début, dans ses bonnes grâces. Il arriva le lendemain en habit noir et cravate blanche. Il était toujours le bienvenu dans la maison. Tout le monde, Mme Dufour, Marie, la femme de charge et la cuisinière l'accueillaient à bras ouverts. C'était presque de la familiarité. — Il n'y avait pas d'autre personnel féminin chez Sainte-Beuve : l'odalisque venait prendre ses repas, mais n'y demeurait pas.

qu'elle écrivit de Sainte-Beuve, en tête des *Souvenirs et Indiscrétions*.

La salle à manger, sur laquelle ouvrait directement la cuisine, donnant sur la rue, et au rez-de-chaussée encore, par aggravation (les mœurs actuelles ne s'en accommoderaient pas), on dressait la table dans le salon, les jours de gala. C'était une pièce sombre, d'un goût bourgeois (le goût du maître), d'un soin et d'une propreté irréprochables, confortablement meublée d'un canapé grenat, adossé à une vaste glace qui éclairait un peu la pièce, et de fauteuils de même couleur. La princesse Mathilde y ajouta, par la suite, au jour de l'an, un tapis et des poufs. Sur la cheminée, une riche pendule en marbre, représentant la mort de Laïs, sujet mythologique, que la glace de la cheminée permettait de voir reflétée sur l'autre face. C'était la réduction en bronze d'un marbre de Mathieu-Meusnier, qui scandalisa un jour si fort Louis Veuillot, dans le jardin des Tuileries, que, sur la dénonciation de *l'Univers*, on s'arrangea pour que le public n'en pût plus faire le tour. On y mit une barrière de feuilles de lierre.

Deux portes vitrées, ouvrant sur le jardin, donnaient du jour dans le salon. Le vitrage se composait d'épaisses glaces, qui furent réduites en miettes, en mai 1871, par l'explosion de la poudrière du Luxembourg, au moment

de la rentrée des *Versaillais* (comme on les appelait) dans le sixième arrondissement. Celui
qui fit le coup exerçait la justice divine, qui
frappe indistinctement innocents et coupables,
amis et ennemis. *Dies iræ, dies illa...*

La transformation du salon en salle à manger
lui donnait un nouvel aspect : les lampes (on ne
connaissait encore que l'éclairage à huile)
mêlaient leur lumière douce au flamboiement
des bougies dans de hauts chandeliers de bronze,
à plusieurs branches. La table, au milieu, ne
contribuait pas peu à égayer la pièce, et là
encore on ne se contentait pas de vains orne-
ments, mais on n'y servait rien qui n'y fît honneur aux hôtes, tant au solide qu'au liquide. La
cave de Sainte-Beuve était de premier choix et
toujours à la hauteur des circonstances. Il n'attendait pas qu'elle fût épuisée pour la renou-
veler de crus sérieux.

Quand la princesse arriva, elle nous trouva
sous les armes. Sainte-Beuve la reçut galamment,
nous présenta, la plaça à table entre lui et Chéron ; l'odalisque, qu'elle avait voulu voir, était
en face d'elle ; mais alors commença un duel,
qui fit peu d'honneur à la grande dame victo-
rieuse. C'était une bien belle personne que cette
Clarisse, mais la pauvre fille ne put supporter

les regards que lui lançait l'autre de ses yeux
clignants de myope, derrière son face-à-main.
Elle se retira de table, malade, dès le premier
service. La princesse avait mis l'ennemie en
fuite sans combat. Elle restait seule maîtresse
du champ de bataille.

Sa batterie à elle était magnifique. Ce qu'elle
en laissait voir témoignait de la splendeur du
vrai. Telle je la revois dans mes souvenirs, telle
elle m'apparaît dans une lithographie contemporaine, faite à Turin, le cadre superbe, des
yeux tels qu'ils devaient être au beau fixe, quand
elle n'avait pas besoin de cligner pour voir, une
éclatante beauté de poitrine, des bras à l'ave-
nant... Que voulez-vous de plus, qui ne fasse
deviner le reste ? Elle ne dissimulait rien de tout
ce qui peut se montrer... honnêtement. Un collier d'améthystes rehaussait la toilette qui était
très simple. — Sainte-Beuve lui a dédié ce qua-
train, qui en dit plus qu'un long poème :

ENVOI A MADAME MARIE DE S...

A Vous, ou Muse, ou Fée, et la Grâce elle-même,
Qui savez, souveraine en ce jeu de beauté,
Comme est un seul objet aimé, loué, chanté :
    Mais savez-vous bien comme on aime ?

Ce sont là des petits jeux auxquels elle se

complaisait, car ce soir-là elle en apportait plein son corsage, d'où elle les tirait à mesure et les lisait à Sainte-Beuve. Tous ses amis avaient leur paquet dans cette distribution de petits vers et de petits papiers, et en particulier le prince de Polignac.

Le prince de Polignac était le gendre de Mirès, et l'auteur (au dire d'expert [1]) de la meilleure traduction de *Faust* en vers français. Il était lui-même un esprit méphistophélique.

On en était là de ces méchancetés, dont quelques-unes peut-être lui appartenaient en propre, quand la porte s'ouvrit et M⁻ᵉ Dufour annonça : Monsieur le maréchal Magnan.

Nous vîmes entrer un grand gaillard, superbe, et qui n'était pas dans le programme. La princesse n'avait soufflé mot de sa visite inopinée. Il venait la chercher pour la conduire en soirée chez Mᵐᵉ Ancelot. Sainte-Beuve s'empressa auprès de lui, nous présenta. Au nom de Chéron, le maréchal entendit mal et s'écria : « Ah oui ! monsieur Gérome ; j'ai vu votre beau tableau, *le Duel de Pierrot*, au Salon. » Comme Sainte-Beuve reprenait poliment : Chéron, le maréchal

1. M. Charles, professeur d'allemand au lycée Bonaparte, auteur lui-même d'une traduction des *Entretiens de Gœthe et d'Eckermann* (chez Hetzel).

insista : « Oui, oui, je connais monsieur Gérome. »
Pas de vue toujours, car autant l'artiste était
maigre, autant Chéron était tout le contraire.
Il n'y avait pas à s'y tromper pour un esprit
non prévenu. On but une coupe de champagne,
et le maréchal enleva la dame. Ils partirent tous
les deux en voiture. On les entendit rouler le
long de la rue Montparnasse. Puis Chéron prit
congé, et n'alla pas ce soir-là coucher à sa
maison de campagne, à Sannois. Il avait un pied-
à-terre, à Paris, rue de Chabrol.

Quelque temps après, comme je rentrais un
soir chez Sainte-Beuve, à qui je faisais deux
heures de lecture, de sept à neuf heures, il
était encore à table, et me dit tout guilleret :
« Mme de Solms a pensé à vous ; vous lui avez
donné dans l'œil, l'autre soir ; on veut lui créer
un feuilleton, un courrier de Paris à faire tous
les huit jours, dans *le Constitutionnel* ; mais il
ne faut pas qu'elle signe ; son cousin (vous savez
de qui je veux parler, l'empereur) a déclaré
que s'il voyait son nom dans les journaux, il
supprimerait sa pension, et c'est un sacrifice
dont elle ne se sent pas capable. Alors elle
est venue me demander si vous voudriez bien
signer pour elle...

— Comme votre secrétaire, répondis-je, je

signerais pour vous tout ce que vous voudriez ;
mais la cousine de l'empereur...

— Ah ! oui, j'oubliais que vous étiez jacobin.
(C'est ainsi que Sainte-Beuve aimait à m'appeler quelquefois.)

— Ce n'est pas tout à fait cela, lui dis-je ; je
peux avoir besoin de mon nom pour moi-
même...

— Et alors, si l'on vous trouvait un pseudonyme, *Baron Stock*, par exemple, accepteriez-
vous ?...

L'occasion, l'herbe tendre, quelque diable
aussi me poussant, j'acceptai. C'était une porte
ouverte sur la curiosité, l'inconnu, et je ne me
sentais pas assez puritain pour refuser. — J'ai
toujours même trouvé que le mot *puritain*
était trop long de deux lettres. On n'en fait
pas affichage, quand on l'est réellement.

J'étais accoutumé à passer à la caisse du *Constitutionnel* ; j'y allais tous les lundis toucher
300 francs pour Sainte-Beuve, quand l'article
avait paru. J'y passai désormais une fois de plus
pour le baron Stock qui touchait, *elle* aussi,
300 francs pour un feuilleton paraissant tous
les huit jours, et auquel collaboraient tous les
amis de l'auteur : M. de Pomereu, le prince de
Polignac, Tony Revillon, moi-même aussi quel-

quefois, quand il y avait une rectification à faire.
Le baron Stock — le vrai — aurait aimé que
j'eusse un duel en son honneur ; je n'étais pas
d'humeur à aller au-devant ni (je crois) à refuser, mais l'occasion ne s'en présenta pas. Elle
n'en garda pas moins la douce persuasion que
je m'étais battu une fois pour elle, et c'est ainsi
qu'elle me présenta, un soir, de longues années
après, chez elle, à Séverine, qui, à mon nom,
ne se souvint que de Vallès, et du bien (j'ose
le répéter) qu'il lui avait dit de moi. — J'ai
toujours eu des relations compromettantes, —
et je ne les renie pas. — Moi-même, j'ai été à
un moment compromettant, comme suspect de
1858. — Je n'en laissai rien ignorer à Sainte-
Beuve, quand je devins son secrétaire, et il le
prit gaîment, avec tolérance, comme un grand
esprit qu'il était.

Il est difficile d'éviter les incursions d'un
temps sur un autre, quand on en est aux évo-
cations lointaines du vieux Faust. Le mieux
est de rejoindre tout de suite les deux bouts,
de renouer une époque à l'autre, quand elles se
rapprochent, s'attirent et se groupent d'elles-
mêmes. On élague ainsi, on fait de la place, et
l'on n'a pas à revenir sur ce qui est déjà dit.

J'étais complètement libre de ma personne,

5.

en 1861, et il était amusant d'aller de la rue de
Valois, où se tenaient les bureaux du *Constitutionnel*, à l'hôtel de la rue de Milan, où demeurait la princesse. Je lui apportais ses honoraires et je corrigeais ses épreuves. Peut-être ne
sus-je pas assez reconnaître sa bienveillance
et sa sympathie, et me trouva-t-elle un peu ni-
gaud. Je n'étais pas déniaisé, — l'ai-je même
jamais été? Il m'est permis d'en douter, malgré l'école où j'ai passé, et où j'entendis dire
une fois à Sainte-Beuve, qu'encore en classe,
il savait comment se comporter avec les dames
de Paris, — lui qui venait de Boulogne-sur-
Mer; mais aussi il était le futur peintre des
Portraits de Femmes. Je ne suis à son égard
que chargé de reliques.

Le procès Mirès battait son plein en 1861;
on le jugeait à Douai, et le célèbre banquier
allait de lui-même de la prison au tribunal,
perdant ses gardiens au milieu de la foule.
C'était un homme d'énergie et de vigueur, plein
d'intelligence. Il en déploya tellement qu'il fut
acquitté. Son gendre, M. de Polignac, arriva
un matin chez Mᵐᵉ de Solms, le jugement de la
cour de Douai imprimé en lettres d'or à la
main. Il avait su séduire Dupin à un dîner de
la princesse, et elle y avait bien mis un peu la

main en les réunissant à sa table. Le vieux président était hostile à Mirès. Polignac le savait,
et il le fascina.

Mais les choses se gâtèrent au *Constitutionnel* ; Polignac n'y était plus le maître : la décon-
fiture de Mirès entraîna une liquidation. On
trouva que le feuilleton du baron Stock coûtait
trop cher, pour ce qu'il valait, fait de bric et de
broc ; — on y sentait la main de tout le monde,
et pas toujours intéressant, — et on le rogna,
en attendant que M. Auguste Chevalier le sup-
primât entièrement. Mais il fallait laisser croire
à la dame que le baron Stock était toujours
payé sur le même taux. Elle ne l'aurait pas entendu autrement, quoique sourde. C'était alors
des colloques secrets, dont j'étais le confident,
dans les rues avoisinantes du *Constitutionnel*,
entre les conjurés, amoureux de la princesse.
Le vicomte d'Anchald, M. de Polignac se co-
tisaient pour fournir l'appoint, et me le remet-
taient. Je représentais toujours le baron Stock
au *Constitutionnel*. J'arrivais toutes les fois
chez elle chargé de butin. Une fois elle le ren-
voya, parce qu'il manquait quelque chose. Elle
me dit que je n'aurais pas dû le recevoir. Je
me serais bien contenté pour moi de ce que
j'apportais, et qui était le montant de tout un

arriéré. Je trouvais *in petto* que c'était encore
assez bien payé.

Le mois de mai arriva (1862), et la Muse
subalpine, comme l'appelait Sainte-Beuve, plus
italienne, en effet, que française, s'envola de
l'autre côté des monts. J'assistai à son départ
dans son hôtel de la rue de Milan, où elle prenait congé de ses hôtes. Elle se promenait au
fond du jardin avec le maréchal Magnan ; Nestor
Roqueplan attendait dans un cabinet pour régler
avec elle une loge d'Opéra, qui leur incombait
à tous deux. Une intelligente soubrette, qu'on
appelait Berthe, m'introduisit dans la salle à
manger, en me disant : « On joue en ce moment
la Femme impossible. Ah ! c'est bien madame... »
Je trouvai là une pauvre fille, ancienne élève de
Saint-Denis, qui allait traverser le mont Cenis
avec elle ; elle lui servait de secrétaire. — On
faisait encore ce voyage-là en diligence. —
« Voyez, me dit-elle, ce que nous emportons de
livres... » Et elle en ficelait une pyramide, ayant
le Dictionnaire de Bouillet à la base. Je remar-
quai que la pauvre fille avait le bas de sa robe
tout frangé d'encre. « C'est madame qui a ren-
versé l'encrier tout à l'heure... », me dit-elle. —
« Vous auriez dû lui en offrir une neuve », me
dit le soir Sainte-Beuve, à qui je racontais la

chose. Il l'aurait fait : l'idée ne m'en était pas
même venue, et cela prouve une fois de plus la
différence des natures. Les unes sont nobles
d'instinct, les autres ont besoin qu'on leur
enseigne à le devenir.

Tout d'un coup, la princesse entra en coup
de vent : « Bonjour, Troubat, me dit-elle... Une
autre fois, Berthe, ne venez pas me dire devant
le maréchal Magnan que le jardinier réclame sa
note... » — « Il aurait dû la payer », répliquai-je.
Berthe m'avoua ensuite qu'elle l'avait fait exprès.
— Avec la simplicité de mes goûts, j'ose le
déclarer aujourd'hui, je me sentais porté vers la
soubrette plus que vers la maîtresse. C'est à me
faire douter à moi-même de mes propres sentiments plébéiens et démocratiques, me rappe-
lant le choix que dans le repas des *Roués innocents*, de Théophile Gautier, les républicains
font des duchesses ; les aristocrates, par goût,
par tempérament, par naissance, par raffine-
ment, vont aux ouvrières, grisettes, blanchis-
seuses ou modistes.

Quelque temps après, je reçus de Mme de Solms
une lettre, datée de Turin, palais d'Angennes,
où elle me priait de passer au *Pays* et au *Constitutionnel* toucher le montant de ce qui lui était
dû, et de le lui envoyer par lettre chargée, —

ce qui fut fait intégralement. Puis elle ajoutait :

... Me voici installée à Turin pour une partie de
l'hiver. J'ai assisté hier au concert donné à la Cour,
à l'occasion du mariage de la princesse Pie.

Le roi montrait sa belle humeur, la princesse
Mathilde montrait un beau collier, le prince Napoléon
ne montrait rien du tout...

Et puis, comme le bas-bleu reprenait le dessus sur la femme d'esprit, elle ne pouvait s'empêcher d'ajouter :

J'ai fait une brochure et des vers que j'ai envoyés
à M. Sainte-Beuve. Les avez-vous vus ?...

Je fus récompensé de mes soins et de mes
peines par l'envoi de la croix de Saint-Maurice
et Lazare, que le marquis de Pomereu vint, un
matin, m'apporter chez Sainte-Beuve avec une
lettre, signée Rattazzi, me décernant le titre de
chevalier. Je n'en ai jamais abusé, pas même
usé. Je n'en suis pas moins resté reconnaissant
à M⁽ᵐᵉ⁾ Rattazzi de la façon délicate dont elle
savait reconnaître mes services. Sainte-Beuve
me dicta la lettre suivante pour elle, et je la
donne comme plus de Sainte-Beuve que de moi :

Madame,

M. Sainte-Beuve prétend qu'il y a dans Homère un vers à peu près comme celui-ci : « Il ne faut jamais refuser les présents de Vénus. » Comment donc, madame, pourrais-je ne pas répondre avec reconnaissance à une pensée si gracieuse qui amène à sa suite quelque chose de si honorable? Je n'ai véritablement d'autre titre à une telle distinction, après votre indulgence, que le sentiment profond d'admiration que j'ai pour l'Italie, pour l'ancienne et pour la moderne Italie. A l'époque de la dernière guerre, en 1859, mon zèle juvénile m'avait porté à être à Turin, à Gênes et à Alexandrie les jours même où la lutte était le plus vivement engagée, et où les armes unies de l'Italie et de la France servaient une même cause et une même patrie. J'étais un volontaire écrivain, envoyant de Turin les nouvelles toutes brûlantes à nos amis de Paris.

Je reste, madame, à vos ordres pour ces humbles détails [1], et je vous prie d'agréer l'expression de ma gratitude et de mes sentiments respectueux,

JULES TROUBAT.

1. L'envoi du montant des articles.

III

MÉTHODE DE TRAVAIL DE SAINTE-BEUVE
UN COIN DE VIE INTIME
PANTASIDÈS — M. LOUDIERRE

Que n'ai-je tenu, dans ces années-là, comme me le conseillait le docteur Veyne, un journal à la manière des Goncourt, sans l'esprit de dénigrement maladif qu'ils y apportèrent! — Personne ne se doutait, au dîner Magny, qu'il allait être couché dans leurs petits papiers, sans arrangement ni méthode, et dans tout le laisser-aller paradoxal de conversation ou de tenue, qu'on a à table, entre amis. La familiarité des propos ne donne pas toujours la physionomie propre à chacun. On s'égare, on se lâche, on ne retient pas toujours ses mots: on serait tout étonné plus tard de les retrouver vivants. C'est ce qui arriva à M. Renan, quand il relut les siens, qui lui étaient échappés, dans le *Journal* des Goncourt. C'est presque de la trahison, si ce n'était

du trissotinisme, de la part de ces deux beaux
esprits enfantins et vaniteux.

Sainte-Beuve ne me laissait guère le temps
de prendre des notes, en dehors de ses heures
de travail. Il n'exigeait que l'assiduité, mais il
la fallait rigoureuse. J'arrivais tous les matins
chez lui, un peu avant neuf heures. Je venais
de parcourir les journaux, en passant, à l'Odéon,
et je lui apportais ceux qui pouvaient l'intéresser.
Je le trouvais en train de se faire la barbe, tout
en haut de la maison : c'était là son cabinet de
toilette entièrement tapissé de livres. Il se
rasait ainsi tous les matins en se levant : c'était
son premier soin de la journée, mais il n'y pro-
cédait qu'une fois par jour. Chateaubriand, disait-il, se faisait la barbe matin et soir, parce
qu'elle avait eu le temps de pousser depuis le
matin, et qu'il ne voulait pas piquer les dames
qu'il embrassait dans le monde. Sainte-Beuve
se rasait avec une dextérité d'ancien carabin,
qui se vantait d'avoir été *roupiou* sous Dupuytren. Il ne regardait même pas le miroir grossissant, à double face, qu'il tenait de la main gauche.
Il n'aurait pas négligé cette observation personnelle, s'il avait eu à faire l'application sur lui-
même des lois de sa propre méthode expérimentale, où aucun détail physiologique n'était

indifférent à relever pour bien connaître un
homme. Sa critique se ressentait du tour de
main merveilleux qu'il mettait à se promener le
rasoir sur le visage. Je ne dis pas que l'épiderme n'en fût pas parfois un peu enlevé, mais
c'était encore le propre de sa critique, effleu-
rer, faire saigner légèrement l'amour-propre,
ce qui lui fit dire un jour : « J'ai plus piqué et
plus ulcéré de gens par mes éloges que d'autres
n'auraient fait par des injures[1]. » Il se connaissait lui-même.

Il n'était pas de ceux qui ne visaient qu'à la
caricature, comme Veuillot ; mais il lui arrivait
parfois, dans ses rapprochements, comme il les
aimait, dans ses groupements d'esprits de même
famille ou de même lignée, de faire une avance
de simple politesse, de déposer une carte de
visite à l'adresse de tel ou tel nom, qui ne lui
était pas habituellement familier, avec lequel il
n'avait aucun rapport de convenance ou d'amitié. L'intention était attribuée à malice. Il n'avait
voulu qu'être aimable : l'intéressé même y
découvrait une petite vengeance. Nadaud se
plaignait de Sainte-Beuve, parce qu'il avait écrit
de lui qu'il était le chansonnier du quartier

1. *Les Cahiers de Sainte-Beuve*, p. 16.

latin, où on le chantait beaucoup effectivement,
dans la jeunesse provinciale et bourgeoise[1]. Les
échos nous en revenaient rue Montparnasse. Il
avait cru faire un éloge. Il aurait dit quelque
chose d'approchant de Musset, qui se serait
peut-être aussi fâché.

Je ne le défends pas : il n'en a pas besoin,
il se défend bien lui-même. Je l'explique. Il
trouvait encore le temps de me dicter quelque
note, que je griffonnais à la hâte sur un coin de
journal, avant de passer sa chemise à fleurs et à
jabots, qui complétait sa toilette du matin. Puis,
nous nous mettions au travail dès neuf heures.
Trois jours de la semaine, le mardi, le mercredi et le jeudi, étaient consacrés à me dicter
le prochain article, en préparation pour le

1. « Je ne conseille pas le recueil de celles de M. Nadaud
(1849), non qu'il n'y en ait de fort jolies, mais elles sont trop
à l'usage du quartier latin et de la Closerie des Lilas. » (*Causeries du Lundi*, t. V, *De la Poésie et des Poètes en 1852*.) — J'ai
vu le moment que Nadar allait mal prendre la mention de son
nom dans les articles des *Nouveaux Lundis* sur *Veuillot*, t. I
(7 octobre 1861) : « Que de personnages importants et agités,
tout pleins d'eux-mêmes, qui posent complaisamment, sans songer qu'ils sont là devant Charlet, devant Gavarni ou Daumier,
ou même devant Nadar ! » Il n'aurait pas voulu : *ou même*.
Sainte-Beuve aurait aimé le connaître, et un jour qu'il passait
devant sa porte au retour de l'enterrement de Bocage, Sainte-
Beuve me dit : « Vous auriez dû le faire entrer. »

lundi. Le vendredi, il s'enfermait toute la journée, du coton dans les oreilles, pour intercepter les bruits du dehors. Il *bâtissait*, selon son expression, l'article pour l'autre huitaine, et, en effet, le canevas, qui en résultait, à la fin de la journée, ressemblait assez à ces morceaux de drap ajustés, et rattachés par des épingles, qui sont la première ébauche d'un vêtement chez les tailleurs. Le samedi matin, nous collationnions les épreuves, rapportées le vendredi soir du *Constitutionnel;* je lui lisais la copie tout haut, pendant qu'il suivait sur l'épreuve imprimée. Il y ajoutait encore. Le dimanche matin, nous collationnions une deuxième épreuve sur la première. Dans l'après-midi du dimanche, il allait relire en dernière au *Constitutionnel,* et se sentait libre, après, jusqu'au surlendemain.

Tel était l'emploi de la semaine de celui que Coppée a appelé un bénédictin laïc.

Chacun de ses articles était ainsi passé plusieurs fois au crible, avant de paraître. Tout en était pesé, vérifié, voulu : les faits, les dates, l'exactitude des citations avaient nécessité quelques emprunts à la Bibliothèque ; le texte avait été relu plusieurs fois, tout haut, pour la consonance à l'oreille. Il fallait éviter les répéti-

tions de mots. Quand il ajoutait un membre de
phrase sur ses épreuves, il avait bien soin de me
faire relire tout haut les phrases avoisinantes,
pour en accorder la mesure juste. Quand il
avait quelque ami intime, Chéron ou un autre,
le soir à dîner, il essayait sur lui une lecture
de son article. C'était double régal pour l'invité; et je m'appliquais de mon mieux à bien
lire. Dans les premiers temps, il trouvait que je
marquais trop : « Cela passera, disait-il, c'est
l'accent méridional qui perce et qui appuie :
je ne déteste pas cette musique... » Il avait du
goût pour les langues romanes, comme il l'a bien
prouvé par ses articles sur Jasmin.

Malgré tant de précautions prises, il n'échappa
pas un jour au sort commun. Un correcteur du
Constitutionnel corrigea derrière lui, un dimanche, quand il avait déjà quitté la place, plein
de sécurité. Il serait possible de retrouver dans
les *Nouveaux Lundis* un passage où il parle
d'un précepteur de prince, qui travaillait à se
rendre « inutile ».

— On ne travaille pas à se rendre inutile,
se dit le correcteur, et il corrigea, il mit *utile*.
Il fallait voir le lendemain la colère de Sainte-
Beuve, quand il tomba sur cette ânerie, en relisant son article. Une de ces colères, à lui faire

avoir un coup de sang, comme il craignait d'y
être sujet. On ne se soumet pas impunément à
une vie sédentaire comme la sienne, sans braver
la congestion cérébrale. Les veines quelquefois
gonflaient sur son front.

Dès les premiers temps, dès les premiers jours,
il m'avait dit, la veille d'un dimanche : « Mon
ami, allez-vous à la messe ? » J'avais répondu :
« Non. » — « C'est que si vous y alliez, continua-
t-il, je vous prierais d'être exact, demain, à neuf
heures. Avez-vous des croyances religieuses ? »
Mon silence fut négatif. — « Allons, reprit-il,
je vois que nous pourrons nous entendre... »
— Et, quelques jours après, il me montra son
testament, me disant : « Si je venais à mourir,
tenez bien compte de mes recommandations :
je veux un enterrement civil ; avertissez Lacaussade... » Le poète Auguste Lacaussade, l'un
de ses anciens secrétaires, était encore chargé
de l'exécution de ses dernières volontés, en 1861,
et demeura l'un de ses légataires et exécuteurs
testamentaires, lorsque je fus adjoint à lui, en
qualité de légataire universel, sur le testament
du 28 septembre 1869. — Sainte-Beuve n'avait
rien changé à ses dispositions testamentaires,
relatives à ses funérailles. Il mourut le 13 octobre 1869.

Je laisse aller ma plume au courant de mes souvenirs, à mesure qu'ils me reviennent. Je tâche de n'en omettre aucun. Le difficile est de les coordonner. Tout ce qui se rapporte au Cénacle de Sainte-Beuve (et je ne m'en écarte guère, je tourne autour de sa table de travail et de celle de la salle à manger) me paraît intéressant.

On s'étonne parfois — et même l'on me raille — de ma fidélité constante, de ce qu'on appelle mon culte pour la mémoire de Sainte-Beuve. Comme rien ne me met au-dessus des autres hommes, qui ne sont ni plus ni moins veules en ce temps-ci que dans d'autres (l'humanité n'a pas changé),

Sunt bona, sunt quædam mediocria, sunt mala plura...

je me contenterai de conclure de mon propre témoignage en faveur de Sainte-Beuve, comme lui-même concluait, d'après le témoignage de leurs proches, en faveur de quelques hommes envers lesquels il se sentait des préventions. Il est certain que mon prédécesseur et ami Jules Levallois l'*avertissait*, comme il disait, et le tirait un peu du côté de Michelet, dont il se montra souvent l'antagoniste dans les *Causeries* et dans les *Nouveaux Lundis*. Il reconnaissait à Ernest Hamel la qualité d'historien intègre, bien qu'il n'aimât pas Robespierre, à cause de son esprit doctrinaire. Le valet de chambre Marchand m'est à moi-même (*si parva licet*) une circonstance atténuante en faveur de celui dont la pratique de la liberté nous éloigne un peu plus tous les jours, depuis que nous l'avons reconquise. Les grands hommes ou les hommes de génie inspirent seuls de tels sacrifices aux natures secondes ou inférieures qui les entourent.

Nous étions tous d'accord, les anciens secrétaires de Sainte-Beuve et moi, et nous n'avions qu'un sentiment unique à son égard, malgré les dissidences politiques, religieuses ou philosophiques qui pouvaient exister entre nous. Nous nous entendions très bien sur Sainte-Beuve. Il aurait tenu compte lui-même de cette unanimité à l'égard d'un autre. Son sens critique, qu'il avait si large et si complet, admettait dans la balance et pesait tous les témoignages. Nous avons quelque droit à ce que le nôtre passe en première hypothèque, comme disent les avoués, devant la postérité; je ne demande pas autre chose pour lui, moi qui suis son légataire universel. Je m'inspirerai de lui et je profiterai de son enseignement, en invoquant encore à l'appui de cette thèse, tout en faveur de l'équité et de l'impartialité historiques et biographiques, un autre exemple non moins éclatant, dont ma bonne fortune m'a rendu témoin depuis quelques années : le culte du souvenir, que Nadar entretenait pour Louis Veuillot, m'a ramené quel que peu sur l'homme, sans me rapprocher des doctrines ultramontaines. — J'arrête là ma démonstration. Elle est déjà assez longue.

Quand je devins secrétaire de Sainte-Beuve, je devais, comme Pons, mon prédécesseur, donner cinq heures de présence, le matin, de neuf heures à midi, et le soir de sept à neuf heures, pour faire deux heures de lecture. Sainte-Beuve, assis sur un fauteuil, les jambes étendues sur une chaise, me faisait quelquefois noter, par un léger trait au crayon, ce que je lisais ; puis il s'endormait, la tête enveloppée dans un madras. Il avait ainsi l'air d'une vieille femme. Lui-même disait qu'il ressemblait à sa mère. Octave Lacroix et M. Xavier Marmier, qui l'avaient connue, affirmaient la ressemblance. L'observation a déjà été faite des hommes supérieurs, qui ont reçu l'empreinte physique de celle qui les a conçus et engendrés. L'homme tout simplement distingué peut se reconnaître à cette marque ; c'est quelquefois aussi la marque du talent ou du génie.

5

Il me donnait cent francs par mois, en commençant, — puis deux cents, — et pour que je ne restasse pas jusqu'à midi sans manger, — « vous ne voulez pas jeûner comme les moines, me dit-il », — il avait institué que je prisse mon chocolat tous les matins, en arrivant. Lui en avalait une gorgée en se faisant la barbe. Sur les onze heures, un coup de plateau à la porte avertissait d'aller ouvrir ; la bonne lui montait son déjeuner, composé, comme je l'ai dit, de thé, de lait et de deux brioches, — un déjeuner boulonnais, qui lui laissait l'estomac libre. — Une petite chatte, qui me sautait sur les épaules, pendant que j'écrivais sous la dictée, avait toujours sa part dans la casserole d'argent, où le lait avait bouilli ; Sainte-Beuve la lui déposait au coin de la cheminée. Il me dictait des lettres tout en déjeunant ; quelquefois il me faisait lire à haute voix. Quelquefois aussi nous causions. Je ne crois pas qu'on puisse être plus libre sous aucun régime politique que je ne l'étais dans mes propos. Il me laissait tout dire, il supportait bien la contradiction, mais il la relevait aussi parfois vertement. J'avais toutes les présomptions de la jeunesse et de l'inexpérience. Nous nous querellions sur Balzac, qu'il n'aimait pas. Une fois, j'eus l'ingénuité de lui

dire que Victor Hugo était chaste. — C'était le
résultat d'une de mes lectures. — « Victor Hugo
chaste! » répliqua-t-il. Et il se mit à rire.

Pendant qu'il me dictait son article, il me reti-
rait à tout moment le feuillet des mains, y ajoutait; puis, quand il l'avait surchargé d'additions
et de ratures, il me le faisait relire et recopier,
afin de le rendre plus clair à l'œil pour la com-
position typographique. Il s'y reconnaissait ainsi
lui-même plus facilement.

Dans ces conditions, nous nous laissions déborder par l'heure, et elle n'existait plus pour
nous. Nous n'y regardions plus, bien que j'eusse
sous les yeux la pendule de Pradier, une Muse
méditative, qui donnait la mesure du temps, sur
la cheminée. A une heure, Sainte-Beuve dictait
toujours, et j'y prenais goût. Le métier entrait
et me faisait oublier tout le reste. Je n'avais
rien qui m'attirât au dehors, et j'étais libre de
tout engagement. Je me donnais entièrement à
lui, peu à peu, sans y penser, sans que lui-même
y mît de la préméditation. Il s'apercevait alors
que je n'avais pas déjeuné, et donnait des ordres en conséquence. Un coup de sonnette, mon
déjeuner était servi en bas. Je remontais, nous
nous remettions au travail, et la journée se continuait ainsi. Le soir, il me retenait à dîner, et

il était rare que quelque convive ou quelque
visiteur ne vînt pas rompre la monotonie de ces
tête-à-tête, déjà égayés par la présence des dames, Mme Dufour, qui avait de l'esprit, chargée
de l'intendance de la maison, et *la petite amie*.
Celle-ci gaie (ce n'était plus la même) nous chantait un soir la *Badinguette*, d'Henri Rochefort.
Moi, je chantais les *Chansons populaires des provinces de France*, recueillies par Champfleury et
Wekerlin, et l'une d'elles détermina l'article que
Sainte-Beuve a fait sur Champfleury dans les
Lundis, t. IV, à la date du 5 janvier 1863. Il l'y
a citée : — c'est une chanson du Cher :

> Derrièr' chez nous il y a-t-un vert bocage...

J'y mettais tout ce que j'avais de cœur et de
sentiment : je ne dis pas de voix. Je l'avais ap-
prise, en l'entendant répéter sur le piano par
Champfleury, qui était un excellent musicien.

Alzyre venait dîner tous les mardis. Elle avait
remplacé l'*odalisque* pour des raisons que la
maisonnée n'avait pas à pénétrer. Sainte-Beuve
était libre et de bonnes mœurs, comme nous
disons au Grand-Orient, mais il pratiquait la
devise de Senac de Meilhan, qui sert d'épigraphe à ses *Portraits contemporains :* « Nous sommes mobiles, et nous jugeons des êtres mobi-

les... » On se sentait à l'aise chez lui comme
dans une abbaye de Thélème. Il lui fallait la
femme, pour chasser l'odeur d'encre, disait-il ;
et elle lui apportait un regain de jeunesse et de
curiosité. Toutes n'étaient pas admises aux honneurs du couvert à domicile. Cette francmaçonnerie, qui avait des ramifications dans tous les
mondes de la galanterie, lui servait à pénétrer
davantage l'esprit et le cœur de l'humanité. Il
l'étudiait dans ses bas-fonds, et il en rapportait
des perles, — des amas tout au moins d'observations sur la vie sociale, bâtie comme Amster-
dam sur des pilotis, sujets à tarets. Il avait ainsi
des jours sur tous les mondes ; sa malice s'en
accroissait, et il lui arriva une fois, un jour, de
me dicter cette pensée : « En avançant dans la
vie, bien souvent, lorsqu'on paraît bonhomme,
on est faux, et lorsqu'on paraît caustique, on est
bon [1]. » Il pouvait s'appliquer la maxime à lui-
même : il ne paraissait pas du tout bonhomme,
dans ses jugements, et la sincérité dominait dans
sa vie publique et privée. Il ne s'imposait aucune
contrainte, sauf celles que commande la bien-
séance. Il observait la politesse en tout, et n'aurait pas souffert qu'on lui en manquât. Il sa-

1. *Les Cahiers de Sainte-Beuve*, p. 9.

vait rappeler à l'ordre ceux qui s'en écartaient.

Un exemple à l'appui s'impose ici, et je ne le repousse pas.

Il avait coutume, le dimanche, de passer la soirée au théâtre, dans la loge que lui envoyait M. Camille Doucet; il y amenait sa maisonnée. Un soir, aux Variétés, il entendit ricaner près de lui : *Prix de vertu*, disait-on. Il venait justement, quelques jours avant, de présider la séance annuelle des cinq Académies, où l'on proclame les prix de vertu, et il avait prononcé le discours d'usage, essentiellement littéraire, qu'il a recueilli depuis dans les *Nouveaux Lundis*, t. IX (1865). Il avait près de lui, dans sa loge, celle qui régnait alors, et qui fut la dernière; elle n'y tenait pas beaucoup de place, et s'effaçait plutôt. Elle était jolie, mais chétive et avait conscience que son infirmité attirait les regards sur elle. On l'appelait la *manchotte* : j'ai vu depuis des imbéciles se vanter de l'avoir rencontrée dans le monde où l'on s'amuse. Une autre se faisait passer pour elle, et se donnait comme l'ancienne maîtresse de Sainte-Beuve. Sainte-Beuve sortit vivement de sa loge pour chercher le malotru qui venait de l'insulter; mais il ne trouva personne, et voulait que Champfleury et moi, nous vinssions l'y rejoindre, le dimanche suivant, pour l'aider à le reconnaître. Il est probable qu'il ne s'y serait pas représenté. C'est moi qui en fis la découverte au Casino Cadet, où j'allais souvent avec Champfleury. Nous y entendîmes un soir un nommé Coulmann, qui se vantait d'être l'auteur du méfait. « Sainte-Beuve est sorti de sa loge, lui dis-je, pour vous demander des explications, et vous auriez passé un mauvais quart d'heure, s'il avait mis la main sur vous... » C'était le fils de l'auteur d'un volume de *Réminiscences,* dont Sainte-Beuve avait parlé dans *le Constitutionnel,* en s'en raillant[1].

Je crois que je fis bien de ne pas envenimer l'affaire : je n'en reparlai pas à Sainte-Beuve.

Il faut maintenant que je remonte le cours de mon récit, et le reprenne où je l'avais quitté, sous le règne d'*Alzyre.* Aussi bien, je rentre dans le *Cénacle* de Sainte-Beuve.

On dînait gaiement le mardi soir à sa table, dans les années 1862-1863, quand il avait en face de lui le surtout vivant et obligatoire, une jeunesse aimable et amusante qui arrivait toute chargée des bruits de la ville. — Nous étions à l'entrée du faubourg, rue du Montparnasse. — Celle-là n'engendrait pas la mélancolie. Ce n'é-

1. *Nouveaux Lundis,* t. IX, 28 novembre 1864.

tait pas toujours distingué, mais ce n'en était que plus drôle et plus près de la vérité. Les articles sur Térence et sur Gavarni, qui sont du même temps, s'en ressentaient un peu. Ils sont de même famille, et il s'en dégage un mélange attendri d'humain et de réel, qui correspondait bien à l'esprit de Sainte-Beuve, car lui aussi aurait pu dire : *Homo sum, nil humani a me alienum puto.* J'étais autant gagné que lui par ces dispositions d'esprit quand il me les dictait, et que j'en faisais la lecture à haute voix, le soir, à table après dîner. Je me sentais tout impressionné par le cadre qui m'entourait, et auquel s'adressait si bien cette morale, si humaine, de Térence, de Gavarni et de Sainte-Beuve. C'étaient des tendres, tous les trois.

Quelquefois venait s'y joindre le professeur de grec de Sainte-Beuve, Pantasidès, un Épirote, échappé aux massacres des Grecs, élevé chez les moines du mont Athos, et qui avait complété ses études à Naples. Il ne savait pas son âge. Il était venu à Paris donner des leçons de grec antique, qu'il savait à fond et mieux que personne en France. Il n'y avait avec lui qu'à tourner le robinet pour en faire couler du grec. Sainte-Beuve l'avait pris pour répétiteur, et ils avaient relu ensemble tout Homère, l'*An-*

thologie et Thucydide. Sainte-Beuve poussait très loin l'amour du grec ; il en avait la connaissance approfondie, et mettait Homère au-dessus de tout ce qui avait pu se produire de grand ou de beau, dans tous les siècles, au point de vue psychologique. L'*Iliade* pour lui était le chef-d'œuvre des chefs-d'œuvre, le tableau du cœur humain qui pénétrait le mieux toutes les passions dont l'homme était susceptible... Il en faisait comme l'Océan de la poésie, — le père nourricier, le grand alimentateur de tous les réservoirs humains, où la poésie se renouvelait. « Aimer et connaître Homère, disait-il, c'est être au-dessus de toutes les superstitions littéraires, et de toutes les barbaries et sauvageries enfantines, que l'on admire... » Du reste, il l'a exprimé, maintes fois, dans ses articles sur l'Antiquité grecque ; il pouvait en parler, car il l'avait étudiée par la racine. Il en faisait dépendre son culte pour Racine et pour Lamartine, qui étaient ses poètes de prédilection. C'était sa lignée psychologique : l'étude des passions, pure et simple, qu'il mettait au-dessus des aventures de l'*Odyssée*. Il était pour l'*Iliade*, comme il était de l'école de Montaigne, de préférence à celle de Rabelais. Chacun a sa culture d'esprit. Il faisait grand mérite à son ancien secré-

taire, Jules Levallois, qui était de Rouen, d'a-
voir l'esprit et le point d'honneur cornéliens. —
« Et vous, me demanda-t-il, lequel aimez-vous
le mieux de Racine ou de Corneille ? » —
« J'aime mieux Molière ! » répondis-je.

Chacun a ses instincts, et s'enfonce et se plonge
Le hibou dans les trous, et l'aigle dans les cieux...

Ce sont deux vers des *Châtiments* que je lui
citai ; mais, pour justifier mon peu de goût pour
la tragédie, sous quelque forme qu'elle se pré-
sentât, je lui rappelai les beaux couplets, en
prose, sur Molière, qu'il m'avait dictés pour son
article des *Nouveaux Lundis*, tome V (13 juillet
1863) : « Aimer Molière... » Il y fait aussi la
part de Corneille, de Racine, de Boileau, de La
Fontaine... Il les juge tous humoristiquement,
et en revient lui-même à Molière.

Pantasidès nous arrivait, les soirs qu'il était
sûr de rencontrer les dames, avec son Aristophane dans sa poche, — mais un Aristophane
en grec, non expurgé, et il l'ouvrait aux bons
endroits, et il le traduisait à livre ouvert, et
nous initiait ainsi aux grandes leçons du plus
haut comique de l'Antiquité. Nous en sortions
tout émerveillés : ces dames en profitaient pour

ce que cela les avait fait rire. Sainte-Beuve ajoutait : « La religion antique était très libre, très
vaste, très large : elle n'excluait rien d'humain ;
de là toutes ces licences, qui n'étaient que l'expression des mœurs à Athènes... » Pourquoi
sommes-nous devenus si prudes et avons-nous
tant de peine à supporter à la scène ce que nous
savons être la monnaie courante, le fond des
passions que chacun connaît pour en avoir au
moins entendu parler... en société, quand il
n'y a pas des enfants... et encore, se gêne-t-on
tant que cela, aujourd'hui, pour parler devant
des enfants, puisqu'on les mène à des spec-
tacles bien au-dessus de leur âge et de leur
portée?

Ce pauvre Pantasidès, le meilleur cœur du
monde, — type grec, à qui il ne manquait que
le fez sur la tête, nez busqué, moustache en
brosse et hérissée, tel que je le revois dans
mes souvenirs, car il ne m'est pas même resté une
photographie de lui, — vivait tellement dans le
siècle de Périclès qu'il voyait des Muses de l'O-
lympe dans les chanteuses de café-concert de
la rue de la Gaîté ; il avait d'étranges illusions
à cet égard, dont il venait nous faire part. Il
ignorait tout du moderne. Sainte-Beuve aurait
voulu le faire entrer comme répétiteur à l'École

normale, du temps qu'il y était lui-même maître de conférences. Il estimait que Pantasidès y aurait été fort utile, par la connaissance immédiate qu'il avait du grec antique, et qui était comme sa langue naturelle ; mais peut-être savait-il trop le grec, et était-il capable de reprendre ceux qui en savaient moins que lui, sans y entendre malice, car il était plein de naïveté et de candeur. J'eus un jour l'occasion de le mettre à l'épreuve, longtemps après la mort de Sainte-Beuve. J'étais alors employé chez les éditeurs Michel Lévy frères, où l'on imprimait les *Lettres à une inconnue*, de Prosper Mérimée. Mérimée, qui savait aussi le grec par la racine, en citait souvent dans ses lettres, mais il était mal transcrit, et la copie qui servait à l'imprimerie, était presque toujours fautive. Noël Parfait, qui était le bras droit de Michel Lévy et qui corrigeait toutes les épreuves importantes, me dit un jour : « Savez-vous le grec?... Voici un passage qui me paraît douteux... » Je regardai, mais je déclinai aussitôt ma compétence. « Je demanderai cela demain, à Versailles, à Barthélemy-Saint-Hilaire ou à Littré... » Noël Parfait était député de Chartres. « C'est cela, lui dis-je, Aristote ou Hippocrate ne peuvent manquer de vous renseigner. » Le surlendemain,

Noël Parfait revenait bredouille chez Michel
Lévy. « Ils ont bien reconnu que c'était du grec,
me dit-il, mais ils n'ont su ni l'un ni l'autre ce
que cela signifiait... » — « Voulez-vous me con-
fier l'épreuve ? lui demandai-je ; j'irai la montrer
à Pantasidès... »

Pantasidès faisait tous les soirs sa partie de
dominos avec d'autres Grecs, au café d'Alençon,
proche voisin de la gare Montparnasse, —
comme Littré faisait la sienne, en d'autres temps,
après déjeuner, au café Caron, rue des Saints-
Pères. Je lui montrai l'épreuve, il la lut, puis
écrivit dessus (je l'ai conservée, après avoir
transporté la correction sur le texte des *Lettres
à une inconnue*) : « C'est Μολὼν λαϐέ, et non pas
comme c'est écrit. Cela veut dire : *Viens les
prendre*. Mot à mot, c'est : *étant venu prends*.
(Il est sous-entendu *les*, c'est-à-dire *les armes*.)
C'est la fameuse réponse de Léonidas à Xerxès.
C'est dans le dialecte dorien. » Voilà les services
qu'aurait pu rendre cet homme au pays latin, si
l'on y avait eu le souci du grec. Didot l'em-
ployait à corriger ses textes ; il donnait des
leçons de grec à des Anglais et même à des
Américains, qui venaient compléter leur éducation. Il leur enseignait la véritable prononcia-
tion grecque, et non la cacophonie universitaire,

7

en usage dans la tradition classique. — Un
jour, sur sa demande, j'allai prier M. Renan de
faire quelque chose pour lui. M. Renan savait
que Sainte-Beuve prenait avec Pantasidès des
leçons de grec. « Ce n'est pas une raison, parce
qu'on est grec, pour qu'on sache le grec », me
répondit l'illustre membre de l'Institut. C'est
tout ce que je pus en tirer. Une autre fois que
Sainte-Beuve lui recommandait aussi la candidature du savant Dubner, autre grand helléniste,
qui, celui-là, joignait la science à la pratique, pour
l'Académie des Inscriptions et Belles-Lettres,
entre autres objections, Renan trouva celle-ci :
« Il a épousé une marchande de gants... » — Mais,
dis-je (Sainte-Beuve me le permettait, comme
les anciens rois de France à leur *fou*), ce n'est
pas Mme Dubner qu'il s'agit de nommer de
l'Académie... » Je n'en conclus rien autre aujour-
d'hui sinon que Renan se souciait aussi peu du
grec ancien que des hellénistes. Tout était pour
lui dans l'exégèse, à l'exclusion de toute préoccupation littéraire, qu'il jugeait simplement se-
condaire. Grand écrivain, à son corps défen-
dant, comme Proudhon.

Quelquefois aussi nous recevions le soir, pendant le repas, la visite de M. Rochebilière, bibliothécaire à Sainte-Geneviève, célèbre collection-

neur d'éditions *princeps* des grands écrivains du
XVIIᵉ siècle. C'est lui qui fut l'instigateur et le
promoteur, par un harcèlement (pour ainsi dire)
incessant et assidu, de l'édition complétée et
refondue, ramenée à son texte primitif, des *Lettres de Madame de Sévigné* (dans la collection
des grands écrivains, chez Hachette). Sainte-
Beuve cite ce mot à son propos, dans son article
sur *Madame de Sévigné*[1] : « Le fait est, me disait
un grand curieux en ces matières, qu'il nous a
mis à tous la puce à l'oreille. » Ce curieux, c'était
M. de Sacy. — M. Rochebilière entretenait d'éru-
dites relations avec les savants Pères de la rue
des Postes, et venait causer avec Sainte-Beuve
de Bourdaloue et du père Bridaine. Il connaissait à fond le XVIIᵉ siècle littéraire, et en a laissé
une précieuse collection, qui fut dispersée après
sa mort. Il était le beau-père du fils du grand
peintre Raffet, l'un des distingués conservateurs
du Cabinet des Estampes, à la Bibliothèque
nationale.

Sainte-Beuve avait gardé intacte une vieille
mitié de collège, celle de son condisciple Loudierre, professeur de rhétorique en retraite, qui
venait quelquefois aussi passer la soirée avec

1. *Nouveaux Lundis*, t. I (16 décembre 1861).

nous. Ç'avait été, au dire de Sainte-Beuve, un
excellent maître, enseignant très bien à raisonner, selon une méthode naturelle. « Rien n'est
plus difficile en architecture, disait le statuaire
Préault, que de poser et de faire tenir une pierre
sur l'autre. » Il en est de même, en saine rhétorique, de la coordination des idées, qu'il faut
savoir enchaîner dans un ordre logique. Le père
Loudierre, comme nous l'appelions chez Sainte-
Beuve, excellait à cet enseignement, et tous ses
anciens élèves, Chéron, entre autres, qui le retrouvait chez Sainte-Beuve, lui témoignaient de
la reconnaissance et du respect. Henri Rochefort, dans ses *Mémoires*, lui a gardé un mauvais
souvenir des opinions politiques, qu'il manifestait en chaire, en 1848. Je l'ai connu, chez
Sainte-Beuve, conservateur et frondeur. C'est
assez dans l'ordre d'idées d'un vieux bourgeois
de Paris. Il n'était pas autre chose, mais il aimait
beaucoup Sainte-Beuve, qui le lui rendait bien,
— pas au même degré peut-être, mais il était
plus occupé que lui, et, dans tous les cas, restait fidèle à leur vieille amitié de Charlemagne ;
ils s'y étaient connus dans la classe de M. Dubois, le futur fondateur du *Globe*, où Sainte-Beuve
fit ses premières armes. A la mort de Sainte-
Beuve, il me rendit les lettres qu'il avait reçues

de lui : je les ai publiées, en partie, à leur date,
dans le premier volume de la *Correspondance*
à partir du 6 décembre 1828.

En ce temps-là, on ne se servait pas encore
d'enveloppes. Le papier à lettres était beaucoup
plus large, du format des cahiers de papier éco-
lier pour les enfants ; de nos jours, le papier à
lettres devient de plus en plus minuscule ; il
semble qu'on ait beaucoup moins à écrire. Les
lettres de Sainte-Beuve à son ami Loudierre
étaient pliées et fermées à l'aide d'un pain à
cacheter, qui disparaît aussi de jour en jour,
quoique très commode. L'adresse était écrite
sur le côté extérieur, resté blanc, du papier. Les
amateurs d'autographes gagnaient à ce système
que l'on savait toujours à qui une lettre était
adressée, et que les timbres de la poste en con-
servaient la date, quand ils n'étaient pas trop
oblitérés.

Une de ces lettres, qui a paru dans la *Correspondance*, celle du 23 avril 1829, porte ces
mots, de la main de Sainte-Beuve, au coin de
la première page : *Sur Joseph Delorme*. Il ne
peut les avoir écrits que longtemps après, en
relisant ses lettres. Il a mis à celle-ci un coup
de crayon à l'endroit où il rend compte à son
ami Loudierre de l'impression produite par son

premier recueil des vers : « Mme de Broglie a
daigné trouver que c'était *immoral* ; M. Guizot,
que c'était du *Werther jacobin et carabin*. » Le
mot est resté et devenu historique. Sainte-
Beuve tenait évidemment à la conservation de
ces lettres, puisqu'il prenait la peine de les annoter ; peut-être avait-il demandé à les relire ;
peut-être son ami lui avait-il offert de les lui
rendre. Dans tous les cas, c'est de ce dernier
que je les tiens ; et je n'y insiste aujourd'hui
que parce qu'il n'a pas été possible de les publier toutes, à cause de la liberté d'esprit et de
mœurs qui y règne : certains passages sont du
Joseph Delorme en prose. En 1830, on se permettait tout : aujourd'hui l'on est plus *pru-
dent*. Le fleuve romantique est rentré dans son
lit : Eugène Delacroix peignait les *Femmes
d'Alger* ; Eugène Fromentin (la remarque est
de Sainte-Beuve) n'est pas entré dans le harem ;
il est resté sur le seuil. Sainte-Beuve ne se gênait pas pour écrire à son ami Loudierre, et
l'auteur de *Rose* (« Bonjour, Rose ! »), la jolie
pièce de *Joseph Delorme*, qui ressemble à de
l'André Chénier, justifiait une fois de plus en
rendant ses lettres à son ami Loudierre et les
annotant, ce qu'il a écrit une fois de lui-même
sur un exemplaire de ses Poésies : « *Amico de*

Chantelanze, hæc javenilia senex, nec tamen
pænitens, Sainte-Beuve. [1] »

Je n'ai guère connu, après Loudierre, que
deux amis qui tutoyaient Sainte-Beuve [2] : Nestor Roqueplan et le fils de l'acteur Potier, qui
avaient été aussi ses condisciples à Charlemagne et à Bourbon. Quand il me présenta à Nestor, et qu'il ajouta que j'étais de Montpellier :
« Et moi, me dit Nestor, je suis de Castelnau-
de-Guers, près de Pézenas. » Cela établissait
notre compatriotisme. Son frère, peintre célèbre, Camille Roqueplan, qui fit partie de la
Commission des Beaux-Arts au Salon de 1848 [3],
s'inspirait peut-être de la campagne et des ciels
languedociens pour peindre ses paysages d'Italie.

1. L'ami Loudierre était régent de Rhétorique, à Evreux.
Plus tard, il fut appelé au collège Saint-Louis, à Paris. Sainte-
Beuve le fit décorer dans sa retraite.

2. Théophile Gautier tutoyait aussi Sainte-Beuve, et il lui
disait, de longues annés après la bataille d'*Hernani* : « *Oncle*
Beuve, ton *Joseph Delorme* m'a beaucoup servi pour mes
vers, » — On sait que Hugo était le *père* dans la famille romantique.

3. Voir dans *le Penseur*, numéro de février 1910, le très intéressant article de M. Jules de Marthold sur *le Salon de 1848*, où
tous les ouvrages envoyés furent reçus, par décret ministériel,
signé Ledru-Rollin. La Commission, nommée au suffrage des
artistes, ne présidait qu'au placement des œuvres, non à leur
choix. Il y en eut de bizarres, mais aussi d'originales.

IV

NESTOR ROQUEPLAN — UN SÉNATEUR A LA FRAN-
KLIN — OPINION DE GAVARNI SUR BALZAC —
INFLUENCE DES DINERS MAGNY SUR LES « NOU-
VEAUX LUNDIS »

Nestor Roqueplan passait pour mal écrire,
mais ses feuilletons dramatiques du *Constitutionnel*, où il remplaça un excellent écrivain, Fio-
rentino, tombé en disgrâce par vengeance féminine, étaient fort appréciés de Sainte-Beuve, à
cause de leur esprit. « Roqueplan embarque tous
les huit jours, disait-il, de la poudre d'or dans
des coquilles de noix. » Il lui conseillait de les
recueillir. Le feuilletoniste finit par s'y décider ;
il en fit un choix qui parut en volume sous le
titre de *Parisine*. Sainte-Beuve n'aimait pas ce
titre, qui lui paraissait trop quintessencié. Cela
voulait dire comme en langage pharmaceutique:
Extrait de Paris ; et Sainte-Beuve ajoutait : « Pour

mener la vie de Paris, il suffit d'y être et d'y
vivre de la vie commune...» Ils s'étaient connus,
Roqueplan et lui, à Charlemagne dans la classe
de M. Gaillard, chez qui Sainte-Beuve écrivit
des vers des *Pensées d'août,* à Précy-sur-Oise :

Assis sur le versant des coteaux modérés...

Un matin, Roqueplan était entré en classe,
tête nue, comme s'il venait de se battre ; il avait
déjà seize ans ; il préludait à ses combats futurs,
car il était de toutes les descentes de la Courtille,
et savait, comme le prince Rodolphe des *Mys-
tères de Paris,* terrasser un adversaire à coups
de savate. Il venait quelquefois dîner chez
Sainte-Beuve, et amenait avec lui ce qu'il appelait le mousse du *Constitutionnel,* Piel de Trois-
monts, qui égayait la soirée par des récits fantas-
tiques de la vie nocturne. Ils connaissaient tous
deux le préfet de police, M. Boittelle, et allèrent le réveiller une nuit pour se faire rendre
deux femmes qui avaient été prises dans un
coup de filet, un soir, sur le boulevard. M. Boittelle avait inauguré ce genre de razzia, qui rappelle celui du *drap des morts,* dont se servent
les braconniers pour prendre tout le gibier qui
dort la nuit dans un champ de maïs. On arrê-

7.

tait toutes les femmes, sauf à reconnaître après les siens... ou les siennes.

Du temps de la contrainte par corps, Roque-plan n'avait rien imaginé de mieux, pour échap-per aux recors, que d'être l'amant de la femme de l'un d'eux. Elle le réfugiait le jour, il ne sor-tait que la nuit, quand on ne pouvait pas l'arrê-ter. Il racontait comme quoi il avait achevé une fois, la nuit, chez Déjazet, sur un coffre à bois, avec la femme de chambre. C'était à tout mo-ment des histoires pareilles. La maisonnée était habituée à les entendre, et n'en perdait pas un coup de plume, pour cela, du matin au soir.

A travailler comme nous le faisions toute la journée du jeudi, Sainte-Beuve avait perdu l'ha-bitude d'aller à l'Académie. Il y perdait aussi ses jetons de présence.

La rue Montparnasse n'avait pas encore de trottoirs, et la simplicité de mœurs était telle, chez Sainte-Beuve, que M. Duruy, grand maî-tre de l'Université, et M. Frédéric Baudry, ad-ministrateur de la Bibliothèque Mazarine, vin-rent un jour demander, par la fenêtre de la cuisine, qui donnait sur la rue, au rez-de-chaus-sée : « Sainte-Beuve est-il là? » Cela ne se ferait plus aujourd'hui, mais Sainte-Beuve était un sénateur à la Franklin.

Il ne consignait sa porte, le matin surtout,
qu'aux visiteurs qui ne montraient pas patte
blanche. Michel Lévy, les Garnier, étaient de
ceux qu'on recevait toujours. Le docteur Veyne
avait ses grandes et petites entrées à toute heure,
mais il avait soin d'arriver à l'heure de la dé-
tente, quand le premier feu était déjà jeté, entre
onze heures et midi. Il était en même temps médecin de Gavarni, et il cherchait à établir un lien
entre ses deux illustres amis. L'occasion s'en
présenta dès les premiers temps de mon appren-
tissage chez Sainte-Beuve. Il profita du passage
à Paris d'un ami du Comtat, son compatriote
Charpenne, secrétaire général de Vaucluse, pour
donner un dîner chez Magny. On va aujour-
d'hui chez Lapérouse ou chez Foyot ; mais alors
on allait chez Magny, rue Contrescarpe-Dauphine, aujourd'hui rue Mazet, un boyau qui fait
la courbe et rejoint ces deux vieilles rues du
vieux Paris, la rue Dauphine et la Rue Saint-
André-des-Arts (qu'on devrait écrire *Arcs*, à
cause de l'église disparue qui lui a donné son
nom). La rue du restaurant Magny vient de se
banaliser : sur l'emplacement du célèbre caba-
ret, où fréquentèrent ensemble ou tour à tour
George Sand, Sainte-Beuve, Gambetta, Victor
Hugo, et où se tint le fameux dîner Magny en un

mot, s'élève actuellement un immeuble tout neuf,
et à l'alignement. — Le restaurant Magny n'y
était pas. — Plus rien du vieux Paris. L'hôtel-
lerie du Cheval-Blanc, d'à côté, qui semblait
oubliée là depuis la Contrescarpe-Dauphine, et
rappelait l'entrée d'un village de la vieille France,
a fait place également à une fabrique de verre-
ries. C'est plus propre. Il n'y a rien à regretter,
mais on n'y va plus entendre danser la bourrée.

Magny était le restaurateur des Lettres de la
rive gauche, comme Brébant, son beau-frère,
était, dans le même temps, celui de la rive droite
au coin du boulevard Poissonnière et du faubourg Montmartre. On sait les jolis vers de
Monselet :

> Il a conduit Pomponette
> Chez Vachette,
> Dans le cabinet vingt-deux :
> Et là, même avant la bisque,
> Il se risque
> A lui déclarer ses feux.

Vachette, père du regrettable Eugène Chavette,
d'esprit si comique, à la Paul de Kock, était le
prédécesseur de Brébant, chez qui se fonda le
dîner Bixio.

C'était un excellent homme que Magny, et

dont la sollicitude s'étendait sur tous ses clients de marque, sans préjudice pour ceux de passage. Pendant le siège de Paris, il faisait encore passer à quelques-uns qui étaient restés, sans parti-pris ni distinction d'opinions politiques, des plats de sa façon et des mets rares, autant que la disette du marché aux vivres le permettait [1]. Sainte-Beuve, qui ne vit pas ces mauvais jours, l'invitait quelquefois à dîner chez lui, et c'est chez Magny qu'on envoyait, quand on mettait les petits plats dans les grands, rue du Montparnasse, cuire les trop grosses pièces, pour lesquelles on n'avait pas de fourneaux assez vastes. Cela pouvait arriver, quand Sainte-Beuve recevait un cadeau de poisson ou de gibier. Ces jours-là, il y avait gala.

Sainte-Beuve dînait en cabinet particulier chez

1. Il dut faire la part du feu à la fin de la Commune, lorsque la rue Dauphine devint un champ de bataille et de carnage. Ferré, qui commandait la barricade, était pour Magny une vieille connaissance : ils avaient fait longtemps la partie de cartes ensemble le soir, dans un café du passage du Commerce, donnant sur la rue Saint-André-des-Arts. Dans ce temps-là, le célèbre chef des fédérés était un paisible clerc de basoche, ne s'occupant pas de politique, mais témoignant de convictions inflexibles qui firent son malheur. Lorsqu'il vint prendre possession de la rue Dauphine, pour la défendre, il dit à Magny : « Donnez-moi du vin pour mes hommes, et tenez-vous tranquille. » Ce qui fut fait.

Magny, tous les dimanches, et il lui arriva une
fois un amusant quiproquo. Il écrivait toujours
à l'avance à M⁻ᵉ Magny pour la prier de lui
garder un cabinet libre. Un jour, il venait de
répondre à des compositeurs d'imprimerie, qui
l'avaient consulté sur un cas particulier de règle ou de grammaire. César avait déjà constaté
chez nous ce double goût pour le *Rem milita-
rem et argute loqui*. Sainte-Beuve se trompa
d'enveloppe, et envoya aux compositeurs la lettre destinée à M⁻ᵉ Magny ; M⁻ᵉ Magny reçut en
échange la lettre destinée aux compositeurs. Ce
qu'il y eut de curieux en cette affaire, c'est que
les compositeurs, au courant évidemment de
ses habitudes, et sans que rien indiquât le nom
du restaurant dans la lettre qui leur était parvenue, la portèrent à M⁻ᵉ Magny, qui leur remit la leur en échange. Ce trait méritait bien
la peine d'être noté.

Veyne faisait de ses amis les amis de ses amis,
quand les uns et les autres en valaient la peine
et, pour faire honneur à Charpenne, il invita,
chez Magny, le peintre-écrivain Eugène Fromentin, Hippolyte Desbordes-Valmore, fils de la
grande poétesse, Armand du Mesnil, également
ami de Fromentin et de Valmore, qui remplissait parfois à lui seul, en l'absence des ministres,

l'intérim de deux Ministères, Champfleury, ami
de du Mesnil, de Veyne, et à qui je servais désormais de lien avec Sainte-Beuve, Sainte-Beuve
et Gavarni. Veyne et moi complétions la tablée.
Je me sentais intimidé. C'était trop beau pour
un début, et je n'avais pas l'esprit de Talleyrand,
à qui une dame, pour son entrée dans le monde,
demanda : « Qu'est-ce que vous avez à dire :
Oh ! » — « Je n'ai pas dit : Oh ! j'ai dit : Ah ! »
Ce n'est pas de l'esprit de l'escalier, celui qu'avait
Rousseau, à qui la réplique venait toujours dans
l'escalier, en effet. J'écoutais : on disait de fort
belles choses, et qui m'étaient toutes nouvelles.
Fromentin émettait l'avis que depuis la *Cène*,
de Paul Véronèse, on n'aurait plus dû peindre.
— Personne ne lui dit : « Pourquoi peignez-vous
alors ? » Il donnait un éclatant démenti à sa
théorie, tranchons le mot, quelque peu pédante.
On y mit naturellement Courbet en pièces, quand
Champfleury fut parti et je défendis le peintre
de *l'Enterrement d'Ornans*. Sainte-Beuve m'avait
encouragé par cet éloge, qui constitue aujour-
d'hui l'un de mes chevrons : quelqu'un lui ayant
demandé comment il s'y prenait pour accoucher
tous les lundis d'un article si substantiel, si
nourri : « J'ai un bon secrétaire, qui me seconde
et me tient pied », répondit-il. Non pas que je

fusse le moins du monde son collaborateur, mais
il m'avait toujours sous la main. C'est ce que
cela voulait dire. Le docteur Veyne répéta le
mot : *un bon secrétaire* ; il en prenait sa part : il
était content, il avait eu la main heureuse.

Gavarni parla de Balzac avec Sainte-Beuve,
assis à côté de lui. Veyne les avait mis exprès
l'un près de l'autre, et l'on peut lire dans les trois
articles publiés par Sainte-Beuve en 1863 dans
le Constitutionnel [1], le jugement très nuancé,
exprimé ce soir-là sur Balzac par Gavarni :

Il y a des gens qui ont peu d'esprit en leur nom ; —
ainsi... ; — ainsi Balzac lui-même : ils ont besoin, pour
avoir tout leur esprit et toute leur valeur, d'être dans
la peau d'un autre. Pour Balzac, la personnalité indi-
viduelle n'existait pas, ou elle se marquait trop ; elle
était assommante ; il ne valait quelque chose que
quand il s'était fait autrui, un des personnages de ses
créations ou de ses rêves. Lui personnellement n'était
que comme le concierge et le portier de ses curiosités et de ses merveilles dramatiques ; sa *ménagerie*,
comme il la nommait, était des plus curieuses : celui
qui la montrait était insupportable.

J'ai beaucoup connu un grand paysagiste, qui
fit révolution dans la peinture, et chez qui

1. *Nouveaux Lundis*, t. VI.

l'homme, séparé de l'artiste, devenait également insupportable. Serait-ce là la carastéristique de ces créateurs de génie, qu'il faille faire en chacun d'eux la part de la dualité, si finement déduite par Gavarni, d'après un de ces types extraordinaires ? Sainte-Beuve, citant ce passage, ajoute : « Critiques de profession, trouvez donc mieux que cela ! » Et il n'était pas fâché de le relever à l'égard de Balzac.

Je croirais volontiers que sa mésintelligence avec le grand et puissant montreur de la *Comédie humaine* provenait de ce qu'ils accomplissaient tous deux une même besogne, à laquelle ils tâchaient de donner sang et vie. Tous deux ne vivaient que dans leurs personnages réels ou fictifs, tant qu'ils les portaient en gestation, et ils donnaient à tous la réalité pour base. La physiologie est devenue, par eux, l'élément indispensable de la critique et du roman. Leur antipathie réciproque pourrait bien n'avoir d'autre cause que cette curiosité perpétuellement tendue d'alchimiste chez l'un, de naturaliste chez l'autre, également philosophique chez le romancier et chez le critique, voulant pénétrer le fond des choses. Ils y arrivaient par des moyens différents, selon la différence des natures, exubérante et gasconne chez Balzac, fine et pondérée chez

Sainte-Beuve. — Je ne pousserai pas le parallèle plus loin, car je ne suis ni romancier ni critique, mais un simple auteur de Mémoires.

Me voilà loin du dîner Magny. L'ami Charpenne, en l'honneur de qui fut donné ce premier dîner, s'occupait d'histoire régionale, et il fit connaître à la société que des négociations avaient été déjà entamées, du temps de Louis XIV, pour la cession et l'annexion à la Couronne du Comtat-Venaissin, qui formait une enclave, relevant du pontificat romain, sur le territoire français. Charpenne a publié des documents à ce sujet. Sans qu'il l'ait voulu, la fondation du dîner Magny a été son œuvre.

Quelques jours après, Veyne vint trouver Sainte-Beuve, et lui dit : « Gavarni est malade, il a besoin d'être distrait ; si nous fondions un dîner de quinzaine !... » Sainte-Beuve sauta sur cette idée qu'il avait toujours rêvée ; il estimait que ces réunions servaient à faire tomber les préventions, à se mieux connaître et à s'estimer.

Les noms des convives, tels qu'ils me reviennent, furent le docteur Veyne, Sainte-Beuve, Gavarni, Taine, Flaubert, les deux Goncourt, Charles Edmond, Zeller, Viollet-le-Duc, le comte de Nieuwerkerke, le marquis de Chennevières,

Théophile Gautier, Charles Robin, Berthelot, Renan, Scherer, Neffzer, Paul de Saint-Victor, Frédéric Baudry, Henri Harrisse, Eudore Soulié, About... j'en oublie certainement. Arsène Houssaye, qui n'en était pas, a prétendu que c'était un dîner d'athées ; il n'y en avait peut-être pas un, au moins, qui en fît profession ; il n'y avait ni Diderot ni Littré ; mais il y avait des philosophes, des sages, des positivistes comme Taine et Charles Robin, des libres-penseurs comme Veyne, Sainte-Beuve, Berthelot et Renan.

Veyne y sortait parfois son drapeau républicain de la poche, bien que la politique y fût consignée à la porte. — Le reste se classait parmi les penseurs libres. Il y en avait de panachés. Il ne fallait pas leur demander ce qu'ils pensaient en matière aussi controversable. — Un jour, au dessert, dans un déjeuner d'amis, comme on parlait de ces choses-là, Théophile Gautier avait répondu : « J'en pense ce qu'en pense l'acarus du fromage... » Sainte-Beuve, à qui je répétai ce propos, que je tenais de Préault, compléta la pensée en disant : « Moi qui suis un acarus de la terre. » — Le fait est que nous ne savons rien, et c'est ce qu'il y a toujours de plus vrai à dire.

Ce Théo cependant faillit compromettre la réputation d'esprits forts qu'à tort ou raison on faisait aux convives du dîner Magny. Un lundi, on se trouva treize à table, et Gautier parla de se retirer. Il était superstitieux. Pour tout concilier, Sainte-Beuve, qui professait la philosophie à la Montaigne, alla s'asseoir à une petite table, où il fit apporter son couvert ; mais on était toujours treize dans le cénacle, et Gautier, inquiet, voulait s'en aller. Alors Sainte-Beuve fit monter le petit Magny et le fit dîner avec lui à la petite table. Dès ce moment, Gautier fut tranquillisé.

« Si Veuillot le savait ! » me dit le lendemain Sainte-Beuve. Veuillot le sut, et il en fit des gorges chaudes. Cela devait être, même au prix de quelque injustice à l'égard de Sainte-Beuve, dont l'esprit de tolérance ne pouvait être compris, encore moins pratiqué, par Veuillot.

Le fils Magny est devenu, sous la République, un haut fonctionnaire du Ministère de l'Instruction publique ; il a été un instant préfet.

Gavarni trouvait que Paul de Saint-Victor mangeait mal sa soupe, il tenait mal sa cuillère ; et le docteur Veyne disait que Flaubert, de sa grosse voix, gueulait des énormités, tandis que Gautier, de sa voix d'or, un peu grasseyante, dis-

tillait des infections chatoyantes. Je ne sais pas
si les Goncourt ont relevé ces observations
dans leur Journal.

Sainte-Beuve avait le goût de la *sodalité*.
— Le mot, qui ne se trouve pas dans tous les
Dictionnaires, est employé par lui dans ses
articles sur la *Correspondance* de Béranger [1] :
« Réellement, dit-il du poète-chansonnier, il a
le goût très prononcé de l'amitié buvante et
chantante, de la *sodalité*. » Sainte-Beuve ne
l'avait pas au même degré, et ce n'est pas avec
les Goncourt qu'on aurait pu fonder un *Caveau*,
à moins que ce ne fût celui d'une concession à
perpétuité ; mais il appréciait ces réunions
d'amis, où l'on était libre de dire des bêtises.
On ne s'en privait pas chez lui à table, et il
laissait la bride sur le cou à qui parlait le plus
librement. Il aimait pourtant que la présence
des dames fût là pour tempérer la crudité des
propos ; il n'était en rien pour la liberté absolue, et il aurait volontiers rappelé le mot du
vieux Michaud, qu'il cite ailleurs [2] : « On ne
dit bien que ce qui est difficile à dire. »

Il a écrit que Talma tirait parti de tout pour son

1. *Nouveaux Lundis*, t. I, 11 novembre 1861.
2. Dans son article sur *Prevost-Paradol*, *Nouveaux Lundis*,
t. I (4 novembre 1861).

art [1]. Lui-même en a donné l'exemple dans les *Nouveaux Lundis*. Les dîners Magny n'ont pas été étrangers aux séries d'articles sur *Gavarni* et sur *Théophile Gautier*, qui parurent dans *le Constitutionnel*, à partir du 12 octobre 1863 [2].

Il satisfaisait son goût pour Gavarni, qui n'était pourtant pas un convive très régulier au dîner de quinzaine. La misanthropie le gagnait. Pendant que Sainte-Beuve préparait ses articles sur lui et interrogeait son œuvre, il m'envoya une fois interroger l'homme à Auteuil : « Pourquoi diable en veut-il tant savoir ? » me demanda tout d'abord Gavarni. — « Parce que, répondis-je, il étudie la Seine, il la prend à sa source, et il a besoin de la connaître au Point-du-jour... » Gavarni sourit, me répondit très aimablement, et comme je lui demandais la permission de me promener dans son jardin, qui était une merveille, un objet d'art, qu'il avait créé : « Oui, oui, me dit-il, mon garçon, et mangez une pomme dans le fruitier... » J'en emportai une comme souvenir.

Théophile Gautier avait, je l'ai dit, maintenu le tutoiement romantique avec Sainte-Beuve, et

1. *Causeries du Lundi*, t. XI, *Notes et Pensées*, p. 509.
2. *Nouveaux Lundis*, t. VI.

n'avait pas cessé non plus de l'appeler « l'oncle
Beuve ». La filiation avec le « père Hugo » existait toujours pour lui. Sainte-Beuve, qui ne fumait pas, mais qui laissait tout le monde fumer
chez lui, allumait une bougie, dès que Théo entrait, pour qu'il pût y allumer son cigare, qu'il
laissait à chaque instant éteindre en causant.
Sainte-Beuve l'appelait *Théo-Apollo*. Les longs
cheveux, qui lui retombaient sur les épaules,
en faisaient toujours le lion du passé, et lui
donnaient un air de sphinx, avec sa large face
hirsute et boursouflée. Il n'était pas beau, mais
on eût dit un lion au repos, quand il appuyait
ses belles mains sur le dossier de sa chaise, tournée à l'envers, de façon à ne montrer que sa
tête superbement encadrée par toutes ces cri-
nières. Il avait dans la rue la démarche d'un
éléphant, ce qu'on appelle le coup de fouet, qui
lui donnait l'air de boiter. Un matin, il sortait
de chez Sainte-Beuve, avec son fils qui l'accompagnait quelquefois. Je les rejoignis un quart
d'heure après, dans la rue du Cherche-Midi,
marchant très lentement par une pluie battante.
Ils n'avaient pas de parapluie. Une fois qu'on
en avait oublié un, chez Sainte-Beuve, on crut
que c'était le sien, et Sainte-Beuve lui écrivit
pour lui dire que son parapluie n'était pas perdu.

« Je ne me sers jamais de ce meuble de philistin », lui répondit Théo. — Nous étions plus bourgeois que cela chez Sainte-Beuve, et j'ai conservé son parapluie.

J'ai dit que tout le monde fumait chez Sainte-Beuve, excepté lui ; j'avais introduit la cigarette, Mme Dufour fumait le cigare. Un jour, Octave Feuillet vint faire sa visite de candidat à l'Académie, et remit un peu dédaigneusement sa fourrure à la femme de charge, la prenant pour une bonne ordinaire. Mme Dufour en tira un magnifique porte-cigares, qui sortait à moitié de la poche de côté, en ôta tous les cigares et les remplaça par des *soutados*. Sainte-Beuve n'a jamais rien su de cette substitution funambulesque.

Pour en revenir au dîner Magny, Mme Sand venait quelquefois dîner en cabinet particulier avec le graveur Manceau. Elle faisait demander Sainte-Beuve qui allait causer quelques instants avec elle ; il voulut une fois les faire entrer tous les deux dans la salle où se trouvaient réunis tous les convives du dîner Magny. — « Non pas, dit le graveur Manceau ; avec vous je me trouve à l'aise, mais vous avez là les Goncourt, qui me gênent... » Les Goncourt n'ont pas mis cela dans leur Journal. Le jeune était impertinent ; l'aîné était présomptueux ; et ils n'étaient amusants ni l'un ni l'autre.

Parmi les convives du dîner Magny, M. Jules Zeller ne se doutait pas de ce qu'il devait à mon prédécesseur Pons. La princesse Mathilde avait voulu ouvrir un cours d'histoire chez elle, dans son hôtel, rue de Courcelles, à l'usage de ses petites cousines, et elle avait demandé à Sainte-Beuve de lui procurer un bon professeur. Sainte-Beuve pria son ancien secrétaire, qui était lui-même professeur d'histoire, de lui indiquer quelqu'un, ayant titre et qualité, et qui fût à la hauteur de l'emploi. On avait pensé d'abord à un homme très distingué, maître de conférences à l'École normale, M. Thiénot, à qui sa santé fit décliner la proposition. Pons désigna M. Zeller, qui professait aussi à l'École normale. Le choix fut agréé. Les *Lettres à la Princesse* portent trace de ces négociations aux dates d'octobre et de novembre 1863. M. Zeller ne pouvait que s'acquitter en toute conscience de la mission qui lui incombait. La princesse Mathilde, qui s'intéressait surtout à l'histoire de sa propre famille, le raillait agréablement, quand il parlait des Grecs et des Romains. « Il me semble, lui disait-elle, que je vous vois coiffé du casque antique... » Le casque des pompiers.

8

Les cours de M. Zeller n'en devinrent pas moins
une institution chez elle, et lui-même finit par
être le commensal, le vassal de la maison. Il ne
s'en séparait plus ; il était désormais inféodé.
Comme un autre, il ne sut pas rester neutre
lors de la fameuse querelle de Sainte-Beuve
avec la princesse Mathilde, qui les brouilla à
propos du passage de Sainte-Beuve au *Temps*,
en 1869. Toutes ces petites faiblesses, qui cons-
tituent le courtisan, ne lui ôtaient rien de ses
qualités d'historien, que Sainte-Beuve avait su
reconnaître dans trois articles sur les *Entretiens sur l'histoire, — Antiquité et Moyen Age*,
— par M. J. Zeller [1]. C'étaient ses cours de chez
la princesse Mathilde recueillis en volumes.

Le dîner Magny fut ainsi fécond en articles.
Paul de Saint-Victor eut aussi le sien, par la
suite, à propos d'*Hommes et Dieux* (1867).
Sainte-Beuve y rappelait la belle lettre de Vic-
tor Hugo à Saint-Victor : « On écrirait un livre
rien que pour vous faire écrire un article. »
Les Goncourt avaient eu le leur, sur *Idées et
Sensations* ; c'est un peu l'histoire des dîners
Magny, que celle des *Nouveaux Lundis* ; ils se
côtoyaient.

1. *Nouveaux Lundis*, t. IX, 1865.

V

UNE MATELOTE A BERCY — LES « NOUVEAUX LUNDIS »
— LITTRÉ — RENAN — LA « VIE DE JÉSUS »

Tous les ans, on allait « manger une matelote » à Bercy, chez M. Guérin, un riche marchand de vin, encore un ami et un client du
docteur Veyne, qui créait des centres et des
« garants d'amitié »,partout où il passait. Sainte-
Beuve, le célèbre avocat Nogent-Saint-Laurens,
ami d'enfance et compatriote du docteur Veyne,
le peintre Gleyre, Juste Olivier, de Lausanne,
ami à la fois de Sainte-Beuve et de Veyne, Champfleury, quelques autres convives de marque, le
président du tribunal de commerce de la Seine,
des parents et amis personnels de M. Guérin.
assistaient à ce dîner, présidé par la gracieuse
maîtresse de maison, Mme Guérin, qui mettait Sainte-Beuve à table à sa droite. — On
m'invitait aussi, et la première année on me

plaça tout à côté du poète chansonnier Gustave
Mathieu, qui, lui, était arrivé du bas Samois en
velours épinglé, tenue de chasseur, la fleurette
toujours à la boutonnière. Il fut un peu intimidé
de voir tout le monde en habit noir : il avait cru à
la simple « matelote » annoncée, et il se trouvait
en présence d'un grand dîner, presque officiel.
Il reprit vite son aplomb ; il s'attendait à ce qu'on
lui fît chanter *Monsieur Goderu*, sa chanson contre le souverain régnant, très reconnaissable,
à la charge qu'il en avait faite ; on ne la lui demanda pas, mais au dessert, M. Guérin lui ayant
dit : « Eh bien, Mathieu, comment trouvez-vous
mon champagne ? » — le chansonnier repré-
sentait une maison de champagne, ce qui était
parfaitement compatible avec son esprit et son
humeur de poète nivernais et chansonnier, —
il répondit : « Il est bon, mais j'aime mieux le
mien. » — « Si je n'avais pas un représentant,
je vous prendrais », répliqua M. Guérin.

Ce grand commerçant, notable de Bercy, était
un homme intelligent, jeune, actif et républicain.
C'est chez lui que se faisait l'élection d'Eugène
Pelletan contre l'empire. — On n'y parlait pas
politique les jours de gala. Nogent-Saint-Laurens et Sainte-Beuve s'y rencontraient pour la
première fois. Nogent crut devoir faire ce sot

compliment à Sainte-Beuve : « J'ai lu *Volupté*, je n'y ai rien compris. » Le lendemain, Sainte-Beuve me dit : « Il est bête, Nogent. » Cette fâcheuse impression se dissipa à plusieurs années de là, sous l'influence du Palais-Royal, où il était question de créer un Conseil de Régence, qui n'aboutit pas. — On le sait de reste.

Les Misérables paraissaient en 1862, et c'était le grand événement du jour. On ne parlait que des *Misérables*. Il en fut beaucoup question au premier dîner de Bercy. Sainte-Beuve avait pour principe qu'un aide de camp ne devait pas juger son ancien général. J'ai publié de lui, dans sa *Correspondance*, à la date du 17 mai 1856, une lettre dans laquelle il explique son silence depuis des années sur Hugo. Il y dit, entre autres : « Je ne saurais le faire (*écrire sur lui*) comme il convient à un critique indépendant, sans paraître méconnaître et violer une ancienne amitié, ou sans avoir l'air d'y vouloir remonter et de m'y reprendre. » — Il faut lire la lettre tout entière, très courageuse et très digne. — En 1856, il n'était encore question que des *Contemplations*, qui furent aussi le grand événement littéraire, effaçant tous les autres. — On faisait cercle autour de Sainte-Beuve, dans le salon de Mme Guérin, à Bercy ; il causait discrètement, sur un ton nuancé, de sujets délicats et fins. Il n'aimait pas le bruit. « Partons », me fit-il signe, quand la conversation reprit, bruyante, sur le grand sujet du jour, *les Misérables*. Nous nous éclipsâmes *à l'anglaise* (il disait *à la française*) ; mais, le long du quai, nous reconnaissions, derrière nous, la voix de Veyne, qui hélait Sainte-Beuve et la conversation qui continuait sur *les Misérables*. Nous nous cachâmes sur la berge, derrière des tonneaux. Et ce n'était pas à qui retrouverait François Ier perdu, comme dans *le Roi s'amuse*. « Laissons-les passer, me dit Sainte-Beuve ; j'ai mon article à faire demain... »

Son article, — son aiguillon perpétuel, outre celui qu'il portait en lui-même, et dont il mourut. Il ne l'évoquait pas en vain, et ce n'était pas un de ces prétextes auxquels on se raccroche comme à une échappatoire. Une histoire fort amusante me revient à ce propos. Un soir, chez lui, Mme Dufour s'était prise de querelle avec une servante, qui l'insulta grossièrement. Elle en eut une attaque de nerfs, monta dans sa chambre et s'assit sur le rebord de son lit, où elle se cognait la tète à coups de poing ou contre le mur. Nous montâmes tous après elle, Sainte-Beuve en tète ; il la saisit par les

poignets pour l'empêcher de se faire du mal,
mais elle était la plus forte, très nerveuse et
surexcitée, et il avait de la peine à la tenir.
« Troubat, calmez-la, me dit-il ; si je n'avais pas
mon article à faire demain, je la calmerais... »

— « Non, monsieur, s'écriait-elle, je n'ai pas
besoin d'être calmée... »

Toute la maisonnée, ce soir-là au complet, se
mit à rire. La Correspondance de Diderot en
a de pareilles.

Cependant les *Nouveaux Lundis* suivaient
majestueusement leur cours et s'étalaient de
plus en plus, en nappe élargie, à la troisième
page du *Constitutionnel*. On les attendait avec
impatience tous les lundis. Gambetta saisissait
un soir le journal par la hampe, à l'entresol du
café Procope, le brandissait et s'écriait de sa
voix retentissante, même au repos, et avec cet
accent méridional, qui n'était pas celui de tous
les Midis : « Voyons ce que dit *l'oncle Beuve*,
ce matin ! » Il était dix heures du soir, mais
en ces années de jeunesse et de quartier latin,
est-ce qu'il y avait une heure pour les braves ?
Je venais de faire deux heures de lecture à *l'oncle Beuve*, et j'allais me coucher. Je demeurais
au passage du Commerce, dans une chambre
d'hôtel qu'avait habitée autrefois Sainte-Beuve.

Je lui faisais alors, pour mes débuts, la lecture à haute voix, tous les soirs, de l'*Histoire de Louvois*, par M. Camille Rousset, un livre à chaux et à ciment, sur lequel Sainte-Beuve a écrit de fort beaux articles ; mais ce qui éveilla tout à fait en moi la vocation de secrétaire, ce furent les *Entretiens de Gœthe et d'Eckermann*, apportés un jour en manuscrit par M. Émile Délerot, qui en avait écrit la traduction et l'avait gardée dans son tiroir, sur le refus des éditeurs de la publier. Ce qui l'en fit sortir, ce fut le volume sur le même sujet, publié chez Hetzel, par M. Charles, professeur d'allemand au lycée Bonaparte. L'éditeur n'avait consenti à le publier qu'à la condition que le traducteur en enlèverait sang et vie, et n'y laisserait que les pensées de Gœthe, désossées et desséchées. La librairie française avait des préventions contre Gœthe et, en général, contre tout ce qui venait de l'étranger. M. Délerot envoya sa traduction à Sainte-Beuve, et ce fut celle dont il se servit pour écrire ses trois articles du *Constitutionnel*, qui mit aussitôt en goût l'éditeur Charpentier. Il publia la traduction en deux volumes de M. Émile Délerot, ce qui fit dire à Hetzel : « Si j'avais su que Sainte-Beuve fît trois articles au *Constitutionnel*, j'aurais publié la traduction de

M. Charles en entier. » Sainte-Beuve avait l'esprit *gœthique,* et Hetzel nourrissait encore en ce temps-là autant de préventions contre lui que contre Gœthe. Elles achevèrent de fondre, depuis, au dîner Bixio, ce qui donnait raison à Sainte-Beuve, pour les bons effets qu'il attendait de la sodalité littéraire.

Ces années 1862-1863 furent pour Sainte-Beuve un épanouissement complet de son talent, en pleine maturité. Il s'éperonnait sans cesse, ne voulait rien perdre de ce qui enrichissait la critique, la renouvelait et en faisait une science nouvelle, toute nourrie d'observations et de faits. Ce n'était plus de la critique de livres. A cinquante-neuf ans qu'il était près d'avoir en 1863, il était en pleine possession de lui-même et de son expérience : sa santé ne paraissait pas encore altérée, comme elle n'allait pas tarder à le devenir. Au contraire, un regain de force intellectuelle et physique se lit dans cette physionomie ferme et fine, aiguisée et rajeunie par l'habitude incessante de la production. Les joues sont pleines, mais nullement molles. Les petits yeux clignotants laissent percer des regards de malice et de bonté. Mon ami Gabriel Marcel, de la Bibliothèque nationale, à qui je montrais cette photographie par Bertall, en tira ce diagnostic :

« C'est le portrait d'un médecin, porté à l'indulgence, qui a le coup d'œil juste et droit, et qui
voit avec précision... » Médecin, il aurait pu
l'être, en effet, puisqu'il avait commencé et
poussé assez loin ses études médicales ; il pré-
féra être le médecin des esprits, en leur appliquant la méthode expérimentale, qui ne s'apprend qu'à la clinique ou dans les laboratoires.
Du mot de Guizot, tombé sur son *Joseph Delorme*,
— *Werther jacobin et carabin*, — il ne survécut
que le *carabin*, mais il le resta toute sa vie. Il
en avait gardé les impatiences juvéniles et toutes les chaleurs de cœur, qui se manifestaient
par des pâleurs subites, aux moindres contrarié-
tés amoureuses, car il était amoureux à soixante-
quatre ans comme à vingt. Le docteur Veyne,
qui vit seul juste dans sa maladie, attribuait ces
symptômes passionnels à la maladie de la pierre,
dont il est mort, et qui l'aiguillonnait. Il m'accordait que l'aiguillon du travail pouvait bien
aussi y être pour quelque chose, car rien n'é-
chauffe plus un cerveau que de le tenir, sans
relâche, comme nous le faisions, penché sur
une forge allumée.

L'échec de Littré à l'Académie, en 1863, fut
pour lui l'occasion d'un renouvellement d'action, comme il en prenait l'offensive, quand il

était piqué au jeu et au vif. L'évêque d'Orléans,
M. Dupanloup, était venu, le matin même du
jour de l'élection, combattre la candidature de
Littré par des démarches personnelles auprès des
membres de l'Académie, sur lesquels il se sentait de l'influence. Il la fit échouer. Sainte-Beuve
releva le gant par une série d'articles du *Constitutionnel*, et il n'avait jamais rendu service
aux Lettres — lui à qui elles en doivent tant
d'autres — autant que ce jour-là. Il révéla un
Littré tout à fait inconnu, même du public lettré. Il n'est ineptie qui ne courût alors sur le
nom de Littré. Sainte-Beuve dissipa toutes les
ignorances à son égard ; il fit de lui, le premier,
une biographie complète, et telle que Hachette,
l'éditeur du *Dictionnaire* de Littré, lui demanda
de la publier en brochure, malgré le traité qui
liait Sainte-Beuve, pour ses articles du *Constitutionnel*, aux éditeurs Michel Lévy frères. Ces
derniers accordèrent de grand cœur, et la publication d'Hachette retourna ensuite, telle que
Sainte-Beuve l'avait modifiée, aux *Nouveaux
Lundis*[1].

Littré demeurait alors à Maisons-Laffitte. Il
venait le lundi saluer et remercier Sainte-Beuve.

---

1. T. V. 1863.

Je vis ainsi de près ce saint laïque qui faisait
profession d'athéisme et encore plus d'indiffé-
rence philosophique en ces matières intangi-
bles. Il pratiquait la religion lucrétienne en face
de la science et de l'éternité. Il avait toutes les
vertus, et le respect de la famille en particulier.
Sainte-Beuve, qui voulut être enterré civilement
et qui n'était engagé dans aucun lien de famille
qui pût l'en empêcher, me dit un jour : « Littré
est si hautement philosophe et il a tant de respect pour sa femme et sa fille, qui sont pieuses,
que vous le verrez enterré par l'église. » On
sait que c'est ce qui arriva, et qui n'étonna que
ceux qui ne connaissaient pas Littré. On ne lui
sut aucun gré de sa tolérance, et ceux mêmes
qui en profitèrent, triomphèrent sans mesure
de cet échec à la libre pensée. Il avait aussi toutes
les faiblesses humaines. Sainte-Beuve, dans ses
articles, qui le faisaient si bien connaître, et qui
fouillaient à fond sa vie publique et privée, en
exerçant sur lui toute sa méthode et en ne laissant rien dans l'ombre, avait parlé de sa famille
et de ses origines en termes tout à fait hono-
rables et sympathiques. Il avait rappelé tout un
passé glorieux d'atavisme républicain, remon-
tant aux journées terribles de la Révolution.
Littré vint le prier de ne pas reproduire ces

passages, quand il recueillerait ses articles en
volume. Sainte-Beuve, en naturaliste des esprits,
avait coutume en pareil cas de résister et de
tenir bon. « C'est acquis », disait-il. — C'était
acquis en effet à la science qu'il créait et qui
consistait à ne rien négliger de tout ce qui pouvait faire connaître un homme. Ses articles
restèrent tels qu'ils avaient paru dans *le Constitutionnel*. Littré ne réclama plus, et ses amis,
Charles Robin, et autres, qui faisaient profession comme lui de positivisme, continuèrent de
rester les amis de Sainte-Beuve.

Dans le même temps, chez Champfleury, je
fus témoin d'un phénomène analogue. Il s'occupait en ce moment de son *Histoire de la Caricature moderne*, dans laquelle il donne la pré-
dominance à Daumier, et il venait de publier
un article sur le père du grand caricaturiste,
qui exerçait la profession de vitrier à Marseille,
et avait été poète et royaliste. Il n'y avait rien
là dont la piété filiale eût à souffrir. Daumier
n'en vint pas moins demander à Champfleury
de supprimer cela de son volume. Champfleury
se souvint de ce qu'il avait entendu dire à
Sainte-Beuve : « C'est acquis », et il ne retran-
cha rien. Daumier ne lui en sut pas mauvais gré
par la suite.

9

La *Vie de Jésus*, de Renan, allait être le grand
événement littéraire de 1863. On redoutait des
poursuites. Ce livre inoffensif, qui rendait aux
questions qu'il soulevait le service de ramener
l'attention sur elles, était exorcisé, dès son apparition, à sons de cloches et de glas funèbre.
M. Renan était l'objet de toutes les réprobations
intéressées. Ce noble esprit, dont Sainte-Beuve
avait dit et écrit : « Il ennoblit tout ce qu'il
touche », était traîné dans toutes les boues et
dans toutes les gémonies. Il servait de lieu commun à toute l'éloquence sacrée, des sommets
jusqu'aux plus bas fonds de la chaire. Un curé
de village exhibait, à la grand'messe, la photographie de Renan, et en tirait contre lui des
conclusions grotesques. Il le comparait à un de
ces animaux, possédés du démon, que le divin
maître avait poussés à la noyade, dans la para-
bole évangélique. Le fait est que Renan n'était
pas beau ; il était aussi possesseur d'un de ces
nez de curieux, qui penchent naturellement sur
les livres ; il y avait aussi en lui de la vieille
femme. Petit de taille, de tenue simple, il s'arrêtait souvent sous les arcades de l'Odéon pour
bouquiner ; personne, parmi ses objurgateurs
qui le coudoyaient, ne se doutait que c'était
Renan, et il s'y rencontrait quelquefois avec des

rédacteurs de *l'Univers* ou du *Monde*, — une
coquille détachée de *l'Univers*. — Pendant huit
ans, j'ai assisté à de nombreuses conversations
entre lui et Sainte-Beuve : il s'arrêtait souvent
rue du Montparnasse en revenant le matin de
Bellevue, où il demeurait l'été. Sainte-Beuve
professait le culte du *Vrai*, — du *Vrai seul* ; —
il l'a assez proclamé. Renan se perdait quelquefois dans l'idéal. Sainte-Beuve dit un jour de
lui : « Il est comme les poissons qui, quand on
les serre de trop près avec la main, donnent un
petit coup de tête et disparaissent dans un
nuage. » Sainte-Beuve était démocrate; Renan
regardait de haut l'humanité ; il avait l'esprit
aristocratique[1].

1. M. Émile Faguet a laissé tomber sur eux ce jugement de
haute impartialité littéraire, qui ralliera tous les bons esprits:
« Les deux plus grandes intelligences du xixᵉ siècle, Sainte-
Beuve et Renan, n'ont rien inventé, mais se sont donné la
peine, je veux dire le plaisir, de tout comprendre, de tout
comprendre à fond, ce qui est une manière d'inventer. Ils se
sont donné le plaisir de se placer devant toutes les idées, et
d'en faire le tour, et puis d'entrer en elles jusqu'à leurs plus
grandes profondeurs, et de démontrer en quoi elles étaient
vraies et en quoi fausses, et, par ainsi, de les découvrir beaucoup plus que ceux qui les avaient inventées… » Sainte-Beuve,
peint par lui-même, n'aurait pas mieux dit ; c'est l'esprit même
de Sainte-Beuve expliqué par M. Faguet (*Un réquisitoire contre Renan*, — il s'agissait du livre de M. Hippolyte Parigot. —
La Revue, numéro du 1ᵉʳ mars 1910).

Comme About, dont la *Gaëtana* fut pourchassée par la cabale sur tous les théâtres, comme Sainte-Beuve, dont le cours sur *Virgile* souleva tant de tumulte et ne put avoir lieu au Collège de France, Renan expia, devant les foules, le crime de s'être séparé de l'Église. Son cours au Collège de France, en 1862, fut odieusement empêché par toute une cohue ameutée; les sifflets, les cris d'animaux, les vitres qui tombaient avec fracas, produisaient au dehors une épouvantable cacophonie. La police pourchassa amis et ennemis. Nous nous trouvâmes, Champfleury et moi, réfugiés sous une porte cochère avec Émile Augier; Mme Sand passait sur la chaussée en voiture découverte, et une autre Muse, Mme Louise Colet, fit aussi une apparition rapide en sapin.

A une compensation que lui offrit plus tard M. Duruy, Renan répondit : « *Sit tecum pecunia tua...* » Il a fallu la troisième République pour le venger, et le nommer administrateur du Collège de France. Il n'était pourtant pas républicain, — ce qui est à l'honneur de la République de lui avoir rendu sa chaire et donné ce haut poste.

J'ai eu quelquefois l'honneur de dîner à côté de lui, dans le Cénacle de Sainte-Beuve [1] ; on

1. C'est sous ce titre, *le Cénacle de Sainte-Beuve*, que le

tenait aisément cinq ou six à la petite table
ronde, posée au milieu de la salle à manger. Les
dames, au premier abord, trouvaient Renan laid ;
à la fin de la soirée, elles le proclamaient un
charmeur. La gaudriole lui répugnait ; il a été
d'une sévérité outrée à l'égard de Béranger, tout
le contraire de sa nature ; mais il avait la dou-
ceur, l'onction, la persuasion évangéliques.
Sainte-Beuve a écrit de lui à la princesse Mathilde qu'il avait gardé le pli du sacerdoce ; il
en avait toujours l'art de bien dire, et il savait
pénétrer d'une voix aimable, qui était l'un de
ses dons naturels, au cœur et à l'intelligence des
femmes. Il leur donnait le goût des choses dont
il parlait, et qui ne tenaient qu'à la science grave
et sérieuse.

Ces propos de table sur des sujets parfois plus
lourds que l'air, comme disait Nadar, et toujours
quelque peu mystiques, entretenaient en nous
le culte de l'idéal, sans nous faire perdre terre.
Un jour Sainte-Beuve répondit à Renan, qui lui
faisait part de ses incertitudes sur des questions
d'ordre moral et d'avenir de notre civilisation :
« Nous passerons par un nouveau moyen âge... »
Nous y sommes peut-être, mais les époques

présent ouvrage avait paru dans *la Revue* (15 décembre 1909,
1er mars 1910).

ont-elles jamais conscience de ce qu'elles sont ?

Le doux roman de la *Vie de Jésus*, qu'on
peut juger aujourd'hui sans passion, n'en ins-
pira pas moins, à la veille de paraître, des inquiétudes aux amis de l'auteur. Le directeur
du *Journal des Débats*, où écrivait Renan, M. de
Sacy, vint trouver Sainte-Beuve et lui dit : « Il
est déjà question de poursuivre le livre. Pour
conjurer tout danger, faites un article qui pré-
pare l'opinion et qui adoucisse les angles, dans
le Constitutionnel ; le même jour, en paraîtra
un de moi, dans le même sens, au *Journal
des Débats*... Nous avons la *Revue des Deux
Mondes*, peut-être bien aussi *le Moniteur* (qui
était encore le *Journal officiel* de ce temps-là,
et qui publiait de grands articles littéraires de
M. Alfred Maury et autres amis de Renan),
c'est un rempart que nous formons autour du
livre : nous le couvrons de notre autorité... il
passera sans encombre, de la part de l'ad-
ministration... » Ainsi fut fait. Sainte-Beuve
a recueilli depuis, en tête de son article sur
la *Vie de Jésus* [1], la note préparatoire qui
avait paru, sous ses initiales, dans *le Constitutionnel* du 24 juin 1863. Elle serait à relire en

1. *Nouveaux Lundis*, t. VI.

entier ; je n'en reproduirai que la fin : «... La manière de M. Renan est aussi une adoration, mais à l'usage des esprits libres et philosophiques. Il y a, Jésus l'a dit, plus d'une demeure dans la maison de mon père. Il y a plus d'une route qui mène à Jérusalem ; il y a plus d'une station dans le chemin du Calvaire. » Ce livre, somme toute, a marqué un progrès, un adoucissement dans les mœurs. S'il y a encore des gens qui brûlent les livres, on ne brûle plus les auteurs.

VI

Sainte-Beuve avait coutume, quand il recevait des altesses, de les prier de lui désigner qui elles voulaient qu'il invitât avec elles. C'était sa politesse, dont il ne se départait pas avec les princesses de l'art et de la littérature. Il y avait eu chez lui, bien avant mon entrée dans la maison, des dîners, présidés par Augustine Brohan, qui avaient laissé d'éblouissants souvenirs. Un jour Mme Sand lui écrivit : « Faites-moi dîner avec M. Berthelot... je voudrais le connaître. » Sainte-Beuve écrivit à M. Berthelot, et pria Mme Sand de lui indiquer quels autres convives elle désirait. Mme Sand désigna Flaubert et Dumas fils. C'était une assez belle tablée. Bien qu'il n'eût pas coutume de servir les

gens de sa maison à ses convives de marque
et de haute distinction, — il ne trouvait pas
cela convenable ni poli, — il me jugea cette
fois suffisamment acolyte (j'avais conquis des
droits à l'ancienneté) pour me faire asseoir au
bout de la table qui était oblongue, et lui servir
de vis-à-vis à lui-même, qui occupait l'autre bout.
Ce fut splendide d'esprit et de gaieté : Dumas
en alimentait la table à lui seul. Sainte-Beuve
disait que lorsque Dumas et About se trouvaient
en présence, le volant passait d'une raquette à
l'autre, sans jamais tomber à terre, et que même
c'en devenait fatigant pour les personnes présentes, qui ne pouvaient pas toujours suivre.
Ce soir-là, About n'y était pas ; mais Dumas
tenait la place des deux amplement. Mme Sand
parlait peu : elle allumait une longue cigarette
blanche entre chaque plat, amorçait la conversation par un mot sur des sujets graves et sérieux, historiques ou philosophiques, puis se
taisait et fumait. Sainte-Beuve m'avait qualifié
de jacobin ; cela suffit à Mme Sand pour parler
de Louis XVI. Berthelot se donna comme républicain radical : la suite l'a bien prouvé.
Flaubert ne se prononça pas bien nettement.
Quant à Dumas, il se contenta de dire : « Quel
âge aurait-il, Louis XVI ? Il serait mort depuis

9.

longtemps... » On parla des Goncourt. Dumas
porta ce jugement sur eux : « Ils se croient
très dépravés : ils referont un jour *Paul et Vir-
ginie*, et ce sera leur meilleur livre. » Enfin,
l'histoire suivante a besoin d'être gazée :

« Vous ne savez pas, Sainte-Beuve, comment
Flaubert a été reçu par l'impératrice à Compiègne ? Il se présenta en frac, culotte courte, un
magnifique bouquet à la main ; elle était couchée sur sa chaise longue, ses jolis petits pieds
à découvert un peu plus haut que la cheville...
Flaubert s'inclina et se retourna visiblement
troublé... Elle s'aperçut de l'impression qu'elle
faisait, et c'est depuis ce temps qu'elle aime
tant *Salammbô*. » — « Oh ! Alexandre, que ra-
contes-tu là ? » dit Mᵐᵉ Sand.

Sainte-Beuve avait été une fois à Compiègne
(il tondit de ce pré la largeur de sa langue) pendant l'hiver de 1863, et en avait rapporté cette
impression : « Les paroles de l'impératrice,
étendue sur sa chaise longue, montent et des-
cendent comme un jet d'eau... il serait agréable
et reposant d'aller causer une heure avec elle, le
lundi, quand l'article a paru, dans le quartier
Saint-Georges... » Comme je racontais ce propos, dix ans après, à Compiègne même, où
j'étais bibliothécaire, devant une délégation de

la Bibliothèque nationale, à qui je faisais visiter les appartements, M. Georges Duplessis,
qui était bonapartiste, s'écria: « Quel cynisme! »
M. Léopold Delisle remit les choses en leur place:
« Le quartier Saint-Georges, mais c'est le quartier de M. Thiers! »

De tous les convives réunis ce soir-là chez
Sainte-Beuve, un seul, celui en l'honneur de qui
le dîner avait été offert, est au Panthéon. Une
note de Sainte-Beuve, dictée par lui, retouchée
de sa main, — bien authentique, — devançait
le jugement de la postérité : elle avait été demandée à Sainte-Beuve par Renan et elle leur
fait honneur, à tous *trois* :

Note pour M. Berthelot.

Il s'agit d'un savant du premier ordre, jeune, inventeur, et dont tous les travaux en chimie ont été marqués d'un caractère à la fois d'originalité scientifique
et d'utilité pratique. M. Berthelot, de l'aveu de l'Europe savante, est un des hommes qui font marcher
la science; il ne cesse de se livrer à des expériences
qui se traduisent chaque jour par de nouvelles dé-
couvertes : ses méthodes d'analyse deviennent des
points de départ pour d'importantes séries de travaux.
Or, M. Berthelot est chargé de deux cours : l'un, supérieur au Collège de France, l'autre, d'enseignement élémentaire à l'École de Pharmacie. Cette der-

nière place l'occupe sans profit suffisant pour la science ; et le professeur, chargé d'enseigner des éléments, ne peut se concentrer comme il le voudrait sur les recherches d'invention pour lesquelles il possède une aptitude manifeste et où il a fait ses preuves décisives.

Il s'agirait de lui conférer des fonctions qui lui procurassent les mêmes avantages matériels avec moins de fatigue et de déperdition de force. Il y a des inspecteurs généraux pour les Écoles de Droit, il y en a pour les Facultés des Lettres, pour les Facultés des Sciences, pour les Écoles de Médecine.

Les Écoles de Pharmacie forment la seule branche de l'Enseignement qui n'ait pas ses inspecteurs généraux. La création d'une telle place d'inspecteur général des Écoles de Pharmacie en faveur de M. Berthelot serait d'une utilité incontestable, et il est l'homme indiqué.

On est sûr d'une approbation universelle.

Il n'est aucun savant désintéressé, aucun homme compétent et jaloux avec grande raison du maintien de la suprématie scientifique de la France vis-à-vis des autres nations, qui n'applaudisse à une mesure de cet ordre, qui mettra à même un inventeur éminent, un esprit aussi original que profondément laborieux, de produire tout son mérite et de remplir toute sa carrière. Ce sont de ces actes qui honorent un règne éclairé.

Je ne sais quelle suite fut donnée à cette note.
Je crois bien qu'elle passa ignorée, malgré le
conseil de la fin. D'autres compensations étaient
réservées à l'illustre savant, qui venait souvent
voir Sainte-Beuve et l'assistait au cours de sa
maladie. Il l'entretenait des choses de la science.
Un jour il raconta que quand une femme avait
eu des relations avec un homme, l'enfant qu'elle
aurait d'un autre homme pouvait ressembler au
premier. La chose ne se passe pas, d'ailleurs,
autrement, dans la race canine, où l'on a bien
soin d'écarter tout ce qui pourrait gâter la race.
L'humanité seule ne procède pas encore par
sélection.

Sainte-Beuve n'aimait pas beaucoup qu'on
pôsât quoi que ce soit sur l'édredon qui recouvrait son lit, et qui était recouvert lui-même d'un
couvre-pied brodé, blanc et propre. Or, le premier soin de Berthelot, en entrant dans la chambre, qui servait de cabinet de travail, était de
déposer son chapeau bien au milieu de l'édredon, puis de dérouler un long et épais foulard,
qui faisait plusieurs fois le tour de son cou et
de le mettre sur le chapeau ; alors il prenait
son temps pour tousser et se moucher assez longuement, et de façon retentissante. C'était encore un nez de curieux, mais taillé à pic en

forme de promontoire, qui présentait sur les deux narines une large surface donnant prise au mouchoir. Le front était large et beau ; la physionomie, ouverte, agréable, sympathique ; il la garda longtemps jeune ; il n'avait réellement vieilli d'aspect que dans les dernières années, et son esprit était resté le même. J'en puis parler, ayant eu quelquefois l'honneur de causer avec lui à la rencontre dans la rue. C'était le dernier survivant, parmi les plus illustres, du Cénacle de Sainte-Beuve.

Les dates se confondent dans le tohu-bohu de mes souvenirs, et je les coordonne de mon mieux. C'est comme un kaléidoscope où toutes les nuances se mêlent. Je fais moins la chasse aux dates qu'aux faits, semblable en cela probablement à tous ceux qui ont recueilli et semé la parole tombée de la table ou des lèvres des maîtres, et l'ont datée de cette formule vague : *In illo tempore...* En français, nous disons : un jour, une fois...

Une fois donc que j'avais mis à louer la maison de Sainte-Beuve, dix ans après sa mort, un bourgeois, qui vint la visiter, me dit : « Quoi ! il entrait par cette petite porte !... et la princesse Mathilde aussi, quand elle venait le voir ?... » Et bien d'autres, ajoutai-je ; il n'y avait pas d'au-

tre issue, à moins d'entrer par les fenêtres du
rez-de-chaussée. Cela me rappela qu'un soir
Mirès, le célèbre banquier, avait accompagné
Sainte-Beuve chez lui, et, après avoir visité la
maison, l'avait trouvée petite ; mais surtout il
y manquait, à ses yeux, écurie et remise. — On
se passait encore en ce temps-là d'ascenseur,
d'électricité et même de salle de bain, qu'on allait prendre en ville. L'escalier était petit, étroit,
en colimaçon : un tapis le recouvrait de marche
en marche, jusqu'au second étage. On accédait
au cabinet du maître par un couloir au premier
étage. « Il y a un pas », disait le maître, dès
qu'on entrait dans sa chambre, avertissant par
là d'un degré auquel on pouvait choir. Dire tous
ceux et celles qui l'ont franchi, si l'on en avait
gardé registre jour par jour, reconstituerait aujourd'hui une jolie histoire littéraire. Ce serait
un annuaire des Lettres, où l'on retrouverait les
plus marquants et les plus obscurs. Tout un
calendrier !...

Flaubert arriva un matin tout furieux de
n'avoir pas retrouvé un pont de sa jeunesse,
sur la Marne, à Charenton, dont il avait besoin
pour recomposer un paysage. C'est de lui que la
Muse courroucée, et qui ne lui pardonnait pas,
Mme Louise Colet, disait : « Toujours la matière,

jamais l'âme ! » Je me contentais de penser, et
il me semble encore que la vérité, dans ce cas,
était moins dans la description minutieuse du
paysage que dans la vision que pouvait en avoir
gardée l'artiste, puisqu'il s'agissait du passé;
mais Flaubert n'aurait pas admis cette théorie
trop idéale [1].

La Muse venait quelquefois visiter Sainte-
Beuve en voisine : elle demeurait rue Vavin. Cela
n'amusait pas toujours Sainte-Beuve, qui la
trouvait exubérante et débordante... Elle exha-
lait sans cesse — elle expectorait, disait-elle —
sa colère contre Léonce (c'est ainsi qu'elle appelait Flaubert dans un de ses romans), et elle
ne désarmait pas. Flaubert, quand on lui en
parlait, se contentait de répondre : « Je dirai
d'elle ce que Danton disait de Marat : elle est
insociable » ; et il nous raconta un matin leur
rupture tragi-comique : « J'étais assis au coin de
son feu, en face d'elle ; j'étais arrivé un peu tard :
elle me harcelait à coups de pied, me disant que

1. J'étais, sans le savoir, de l'avis du peintre-poète, l'auteur
de *Dominique*, qui écrivait à sa mère, le 16 août 1866 : « En passant par le souvenir, la vérité devient un poème, le paysage un
tableau... » (Eugène Fromentin, *Lettres de jeunesse*, publiées
par M. Pierre Blanchon, un vol. gr. in-18, Paris, Plon et Nour-
rit, 1909.)

je revenais de la barrière, que j'aimais mieux
ces femmes qu'elle... Elle me mit hors de moi;
à un moment, j'avisai une bûche au coin de la
cheminée, et je mesurai la distance de la bûche
à la tempe... Puis, tout d'un coup, j'eus une vision de cour d'assises... je me levai, je partis
et je ne reparus plus... »

De son côté, un soir qu'elle m'avait prié d'aller
corriger des épreuves chez elle, elle me fit ce
récit topique de l'un de ses principaux griefs
contre Flaubert : « Il ne m'a jamais fait le moindre cadeau, disait-elle, et moi, j'avais un bijou
qui me venait de ma mère; je le fis incruster sur
un beau porte-cigares que j'achetai, j'y fis gra-
ver autour cette devise : *Amor nel cor*, et je le
lui donnai... Comprenez-vous mon indignation,
vous qui avez l'âme droite, quand, lisant *Madame Bovary*, j'y tombai sur ce passage : « Outre la cravache à pommeau de vermeil, Rodolphe avait reçu un cachet avec cette devise:
Amor nel cor... » Je me retins, comme je pus,
de rire, et le lendemain matin, quand je racontai cela à Sainte-Beuve, pendant qu'il se rasait,
il posa son rasoir sur le marbre de la cheminée
pour ne pas se couper.

C'est chez Mᵐᵉ Colet, du temps qu'elle demeurait rue Vaneau, que je vis Mᵐᵉ Victor Hugo

ou Vavin ?

pour la première fois. La Muse nous avait invités un soir, Champfleury et moi, à dîner, en
pique-nique : nous y allâmes, chacun, de notre
pâté, sans nous être concertés, mais ce n'était
pas trop de deux pâtés pour le nombre de convives que nous trouvâmes et qui n'avaient rien
apporté. Il y avait entre autres Mme Hugo et son
fils Charles, suivi de sa chienne. Mme Hugo,
étendue dans un fauteuil, exprimait la souffrance
et la douleur. Ses traits, encore très beaux, très
marqués, rappelaient celle que Sainte-Beuve a
appelée une Maltaise. Elle ne put résister à un
mouvement de prosélytisme et me prenant pour
un bon jeune homme — Mme Colet ne m'avait
pas présenté — elle me dit, s'adressant à moi,
le bras tendu en avant, et d'un geste tragique :
« C'est M. Bonaparte qui est cause que mon
mari est en exil ; c'est M. Bonaparte qui est
cause que ma fille est partie... » Je savais à quoi
m'en tenir sur M. Bonaparte, mais je restai
cloué à ma place sans répondre. Après dîner,
par ses agacements, Mme Colet provoqua de ma
part une réponse peut-être maladroite ; il y eut
un peu d'orage, une légère tempête. Je me gardai d'en parler le lendemain à Sainte-Beuve,
qui m'aurait dit : « Aussi pourquoi y allez-
vous ? » Il la connaissait et se garait d'elle. Je

lui dis seulement que nous avions passé la soirée avec Mme Hugo. Quand je revins le soir, il
savait tout : Mme Hugo était venue le voir, et lui
avait raconté la scène qui s'était passée. Mme Colet lui avait révélé après mon départ que j'étais
le secrétaire de Sainte-Beuve. — Elle nous a mis
plus tard, Sainte-Beuve et moi, dans son livre :
Les Dévotes du grand monde, et nous y a bien
arrangés. J'y renvoie le lecteur.

.[*].

Je n'exerce pas moi-même ici de représailles :
je raconte pour raconter. Je n'en finirais pas, si
je n'en venais de suite à de plus hauts sujets...
Paulo majora canamus.

Salammbô avait été l'un des événements littéraires de 1862 ; elle était attendue, annoncée à
son de trompe et de trompettes par tous les
journaux, dans toutes les coteries ; jamais livre
n'avait fait plus sensation que celui-là à l'avance.
Flaubert revenait un jour du Croisset, et cou-
rait droit chez Sainte-Beuve. « Vous m'apportez
Salammbô? » demanda le critique. — « Non pas,
répondit Flaubert : je ne veux pas paraître
avant *les Misérables :* le maître d'abord... » —
« Vous êtes bien bon », lui dit Sainte-Beuve.

Enfin les *bonnes feuilles* arrivèrent : Sainte-
Beuve se mit aussitôt à les lire, ne voulant pas
que je lui en fisse la lecture, car il me trouvait
prévenu contre le livre. Champfleury m'avait
mis en garde, sans parti pris, mais d'après ce
qui lui en était revenu.

Dans la matinée, Sainte-Beuve me fit appeler ; je le trouvai dans des dispositions toutes
contraires. Ces étrangetés, ces exotismes, toute
cette grandiloquence, ces périodes pompeuses
et chateaubrianesques lui parurent fausses et
exagérées. On a ses articles des *Nouveaux Lundis* sur *Salammbô*. Flaubert répondit pour défendre et expliquer son œuvre, et entre eux
s'engagea une polémique, dont Sainte-Beuve
ne laissa rien perdre, puisqu'il inséra le mémoire de Flaubert en appendice dans son volume [1]. Ils n'en furent que meilleurs amis après,
et ils le restèrent. Les lettres de Flaubert, qu'on
a publiées après la mort de l'un et de l'autre,
doivent être prises à leur date, antérieure à
l'article de Sainte-Beuve sur *Madame Bovary*,
qui lui a été tant reproché. Ils ne se connaissaient pas encore, et Flaubert était pétri de préjugés néo-romantiques que la jeune École de la

1. *Nouveaux Lundis*, t. IV, 1862.

Revue de Paris, où avait paru son roman expurgé par eux-mêmes (les Laurent-Pichat, les Ulbach), entretenait contre le critique. Il était en outre hugolâtre, et il avait le courage de manifester son admiration pour le poète à Compiègne et rue de Courcelles.

Plus tard, il est vrai, après la brouille de Sainte-Beuve avec la princesse Mathilde, Flaubert, dans sa *Correspondance* avec George Sand, jugea sévèrement le critique passé au *Temps,* et prit parti pour la princesse. Les termes dont se sert Flaubert prouvent qu'il n'avait pas un sens exact et net de l'indépendance de l'écrivain et du penseur. Il ne comprit rien à la situation, et se montra ami de cour. Il donnait raison à Champfleury qui distinguait toujours entre l'art de cour et de ville. Il osa dire que Sainte-Beuve aurait dû cesser d'écrire, plutôt que d'entrer au *Temps.* C'était peut-être plus facile à d'autres qu'à Sainte-Beuve, de qui la plume ne tomba des mains que comme l'épée des mains d'un guerrier mourant.

VII

LA PRINCESSE MATHILDE — LE PRINCE NAPOLÉON
— Mme DE TOURBEY — COURBET

Je touche ici au point culminant de mes Souvenirs, et je me mets sous l'invocation de La Bruyère, dont Sainte-Beuve a dit : « L'autel est au centre et au cœur de l'œuvre, un peu plus près de la fin que du commencement et à un endroit élevé d'où il est en vue de toutes parts [1]. » Il s'agit de la statue du *grand roy*. Je ne vise pas si haut, et je ne sais pourquoi me revient à tout moment à la bouche ce vieux couplet d'Offenbach :

> Au mont Ida trois déesses...

Trois, c'est peut-être deux de trop ; c'est bien assez d'en aborder une, et même encore au-

1. *Nouveaux Lundis*, t. I, article sur *La Bruyère*.

jourd'hui qu'elle est morte, d'en parler avec
tous les égards dus à une personne, dont Sainte-
Beuve a écrit : « Elle a le front haut et fier,
fait pour le diadème [1]... »

C'était le bon temps de leur amitié. On n'était
pas plus sur les marches du trône que cela, rue
du Montparnasse, quand la princesse Mathilde
vint poser pour le portrait à la plume, demandé
à Sainte-Beuve par l'éditeur Glaeser, pour la
Galerie Bonaparte. Elle s'assit à sa table de travail en face de lui, — à la place du secrétaire,
à qui elle laissa un souvenir de son passage :
« Voilà une bonne plume », griffonna-t-elle sur
un bout de papier. C'était une avance et une
politesse, qui fit sourire Sainte-Beuve, quand
le secrétaire lui montra le corps du délit. Il
prenait des notes, tout en l'écoutant, la laissant
parler ; il crayonnait des croquis, à la façon d'un
Latour qui s'inspire de son modèle. Ses Portraits de Femmes s'enrichissaient d'un pastel
de plus. Il y mettait toute la grâce et toute la
philosophie possibles, sans gaucherie, sans timidité, comme un peintre à la hauteur du sujet.
Il l'était toujours en pareille circonstance. Ils

1. *La princesse Mathilde. Causeries du Lundi*, t. XI (3ᵉ édition).

se sentaient dignes l'un de l'autre, s'estimaient et ne se redoutaient pas, et c'est ce qui avait déterminé le choix de l'écrivain, peintre de portraits, observateur moraliste, pour un tel modèle.

Il reçut lui-même, en échange de ce portrait, le sien, également à la plume, tracé de cette écriture à longs traits, large et rapide, que j'ai reproduit depuis en tête de mes *Souvenirs et Indiscrétions*. Elle excellait à ces jeux de plume et elle en fit un autre de Viollet-le-Duc, qu'elle aimait beaucoup. De toutes les philosophies de l'histoire, les ruines de l'amitié ne sont pas la moindre qu'enseigne l'histoire des révolutions, et l'on comprend le scepticisme des princes à l'égard de ceux que la Fortune a faits leurs amis et qui s'éloignent d'eux, après leur chute. C'est ce qu'on appelle l'indépendance du cœur. Ils en donnent de bonnes raisons, et les princes se les expliquent et les acceptent.

Sainte-Beuve dînait tous les mercredis rue de Courcelles, où la princesse avait son hôtel, aujourd'hui disparu; le dîner Magny en était une succursale; il y rencontrait Taine, Renan, Flaubert, les Goncourt, Théophile Gautier, Viollet-le-Duc, Berthelot, Charles Robin, tous amis de l'empire en ce temps-là, il faut bien le dire, car ils ne se seraient pas trouvés là.

Sainte-Beuve la priait en retour de désigner
ses hôtes, quand elle lui faisait l'honneur de
venir dîner chez lui. J'ai vu défiler dans ce
cortège le plus bel homme de son temps, le
surintendant Nieuwerkerke, M. Charles Giraud,
doyen de l'École de droit ; celui-là l'inspirait
toujours mal. J'en ai su quelque chose à la mort
de Sainte-Beuve, quand elle réclamait ses let-
res à cor et à cri : « Toutes les fois qu'il y a
du papier timbré, me dit le père Buloz, on est
sûr que M. Giraud est derrière... » Et le prince
Napoléon, en me tapant au défaut de l'épaule :
« M. Giraud a cru devenir sénateur, à la mort
de Sainte-Beuve ; mais il ne le sera pas... » —
La princesse Mathilde disait de son côté à Sainte-
Beuve : « Quand je parle de M. Giraud à l'empereur pour le nommer sénateur, il ne me répond pas, tire sa moustache et me tourne le
dos... » Je ne sais plus qui elle emmenait encore
dîner chez Sainte-Beuve, je ne les ai pas tous
notés, et Sainte-Beuve donnait ces jours-là
campos à toute sa maisonnée, qui ne faisait pas
partie du service. Il ne voulait pas imposer les
personnes de sa maison à ses hôtes.

Le don magnifique des albums du peintre
Giraud, que la princesse Mathilde a fait à la
Bibliothèque nationale, permet aujourd'hui de

reconstituer la liste complète des intimes et
familiers de la rue de Courcelles. Elle avait une
prédilection marquée pour Théophile Gautier
et Flaubert ; les Goncourt avaient su la prendre, et en général tous les descriptifs, poètes
ou peintres : sa qualité d'aquarelliste l'y prédis-
posait peut-être. Sainte-Beuve l'avait remarqué ;
après la cassure inopinée et bien *napoléonienne*
de leur amitié, il disait : « Je ne l'amusais pas ;
notre conversation, quand elle venait me voir,
était plutôt grave ; Théophile Gautier raconte
chez elle des histoires de sa façon, où il sait
dorer la pilule : la coupe est empoisonnée, mais
les bords sont exquis. »

Elle était femme, et elle aimait qu'on la trou-
vât belle. Théophile Gautier lui décochait les
plus beaux sonnets du monde, qui le faisaient
aimer d'elle ; et il aimait qu'on l'aimât.

Les *Lettres à la Princesse*, que j'ai publiées,
témoignent, sous la forme élégante et polie, que
Sainte-Beuve savait y mettre, des sujets d'entretien qui leur étaient habituels. Rien de fri-
vole ni de banal ; tout au contraire, un échange
constant de pensées et de sentiments élevés ;
des portraits parfois à l'emporte-pièce ; d'autres,
en revanche, où l'éloge émousse la critique et
qui restent frappés pour la postérité. Malheu-

reusement elles paraissent énigmatiques par
endroits. La faute en est à ce qu'on n'a pas, en
regard, la contre-partie qui les aurait éclairées.
La princesse prit trop vite peur de ce qu'elle
avait écrit : M. Giraud (pas le peintre) lui avait
monté la tète. Un matin, Flaubert, qui était un
brave homme, vint me dire de sa bonne et
grosse voix : « J'use ma salive à vous défendre ;
on a dit à la princesse que vous vouliez aller
publier ses lettres à Bruxelles !... » L'affaire alla
jusqu'à Compiègne. L'empereur manda le préfet
de police, M. Piétri, qui se renseigna auprès
d'un ami que je tenais de Champfleury, et que
j'avais introduit chez Sainte-Beuve, M. Demar-
quay, ancien peintre, commissaire de police aux
délégations judiciaires. On lui doit un bon portrait posthume de Sainte-Beuve, qu'il fit par reconnaissance (Sainte-Beuve avait demandé la
croix pour lui à M. Piétri), et qui est au musée de
Boulogne-sur-Mer.

Pauvre princesse ! elle s'illusionnait sur la
portée de ses lettres, et sur la consistance de
l'empire [1]. Je l'entends encore, un après-midi,
le lendemain du jour où le polonais Berezowski
avait tiré sur le czar, à la revue du bois de

1. Voir l'appendice à la fin du volume.

Boulogne, entrant chez Sainte-Beuve, me demandant tout de suite si j'avais assisté à cette
belle journée, et triomphant de ce qu'elle avait
dit le soir même à notre ennemi mortel : « Eh
bien, monsieur de Bismarck, vous ne nous
croyiez pas si forts ! » parce qu'on avait fait un
bel étalage de parade militaire sous ses yeux.

Dans le même temps, Sainte-Beuve, tenu au
courant par le prince Napoléon, me disait : « On
ne sait pas ce que c'est que les Prussiens ! ce
sont les Macédoniens modernes ; on raille Bismarck et on ne le connaît pas... C'est un grand
ministre... Au lieu de se provoquer entre deux
peuples, qui sont à la tête de la civilisation, on
ferait mieux de fonder deux Écoles, l'une de
Berlin, l'autre de Paris ; nos jeunes savants
iraient se fortifier à leurs laboratoires, qui sont
plus puissants que les nôtres ; et les Prussiens
viendraient s'assouplir à notre gentillesse française... » Voilà ce que disait Sainte-Beuve en
1867. — On ne peut pas en conclure qu'il fût
pour la guerre, qui se préparait d'un côté, avec
préméditation, et, de l'autre, avec toute l'imprévoyance qui a toujours présidé aux destinées
des nations. — Ce n'est que de nos jours que
la guerre est devenue scientifique, et le dernier
mot, depuis 1871, appartient au Japon.

La princesse Mathilde ne se montra pas moins aveuglée, le jour qu'elle vint faire une scène à Sainte-Beuve pour son entrée au *Temps*, en 1869. Elle incarna ce jour-là le droit divin de l'idée napoléonienne. « M. Sainte-Beuve était un vassal de l'Empire, me dit-elle, mon frère et moi l'avions fait nommer sénateur. » Elle ne comprenait pas autrement la liberté d'écrire et de penser. — Et lui, depuis longtemps, avait répondu au contraire, dans son discours du Sénat du 25 juin 1867, *A propos des Bibliothèques popalaires*, qu'il ne se croyait nommé sénateur que pour avoir à « défendre les intérêts de ses confrères du dehors, rendre hautement justice à tant d'efforts laborieux, malheureusement trop dispersés, et répondre peut-être à quelques accusations comme on est tenté d'en élever trop légèrement, à chaque époque, contre la littérature de son temps. » — Il en faudrait encore quelques-uns comme lui au Sénat et à la Chambre pour défendre les Lettres.

Le prince Napoléon, frère de la princesse Mathilde, ne cessa de voir Sainte-Beuve et l'assista jusqu'au dernier jour. Il l'appréciait à sa vraie valeur d'homme et de citoyen. Il venait le voir familièrement, et avait avec lui de longs entretiens, dans lesquels il lui témoignait la plus

10.

grande confiance. Son amitié pour lui ne s'oxyda pas avec les années, et elle éclate encore, avec une fidélité qui fait honneur à leurs sentiments réciproques, dans la belle page qu'il lui consacra, dix-huit ans après, dans *Napoléon et ses détracteurs* :

Sainte-Beuve faisait également partie de la Commission (de la *Correspondance de Napoléon I*er). Je le connaissais beaucoup ; je savais qu'il n'aimait guère Napoléon. C'était un esprit charmant, surtout critique, et empreint de socialisme autoritaire. Je demandai à l'empereur de réfléchir avant de l'exclure, et j'eus plusieurs longues conversations avec Sainte-Beuve sur l'œuvre que j'entreprenais. Je lui en expliquai le but, je lui dis les sentiments et l'esprit que j'y apporterais, et lui demandai loyalement s'il voulait m'aider ou me contrecarrer. Il me tendit la main: « Après tout, me dit-il, vous connaissez mieux Napoléon que moi qui ne m'en suis pas spécialement occupé ; vous avez une mission à remplir, et, si vous voulez de moi, je vous seconderai. » Jamais en effet nous ne fûmes en désaccord, notre amitié fut vive et durable, j'allais passer de longues heures dans son petit logement de la rue Montparnasse, je l'assistai pendant sa maladie. Je le regrettai vivement. Après sa mort, il ne fut pas remplacé à la *Correspondance* [1].

1. Le prince Napoléon tenait à donner à la *Correspondance* de Napoléon I*er un caractère rigoureusement historique, et il n'y laissait subsister rien qui prêtât à l'anecdote. Il supprima

Cette façon de sentir l'amitié témoigne d'un grand cœur : elle n'est pas commune, et elle s'accorde avec le témoignage véridique et sincère de tous ceux qui ont vécu dans l'intimité de Sainte-Beuve, et l'ont jugé sans parti pris.

Je ne reviendrai pas sur le fameux dîner, qui ne fit tant de bruit que parce que le jour où il eut lieu se trouva être celui du vendredi saint. Je l'ai raconté ailleurs, j'en ai même donné le menu dans mes *Souvenirs et Indiscrétions*. Ni le prince Napoléon ni Sainte-Beuve ne l'avaient choisi exprès, et quand ils furent prévenus de la qualité de ce jour, ils n'avaient aucune raison pour en remettre la date. Les invitations étaient lancées, et aucune ne fut refusée, sauf celle de Mme de Tourbey, morte en 1908, et vivement regrettée — elle le méritait — par M. Ernest Daudet, dans le *Figaro*, sous le nom et les traits de comtesse de Loynes. Elle ne voulut pas faire honneur même au dîner maigre que Sainte-Beuve lui offrait de faire servir exprès pour elle. Les autres convives, désignés par le prince Napo-

un jour ce *post-scriptum*, qui terminait une lettre très sérieuse : « Ma femme a-t-elle un nouvel amant ? Le diable emporte les femmes. » — Je le tiens de Sainte-Beuve, qui ne l'avait pas inventé. Sainte-Beuve n'inventait rien, et c'est ce qui fait l'autorité de sa critique.

léon, étaient Taine, Renan, About, Charles Robin et Flaubert. Ils dînaient également le vendredi — mais non le vendredi saint — chez
Mme de Tourbey, rue de l'Arcade, où le prince
Napoléon s'entourait ce jour-là d'amis intimes,
pour échapper à toute contrainte que lui imposait le Palais-Royal.

Charles Edmond racontait à ce propos une
plaisante anecdote. Il surprit un après-midi
l'aumônier du Palais, l'abbé Doussaint, en train
de manipuler de l'eau dans des bouteilles.

« Qu'est-ce que vous faites donc, l'abbé? demanda-t-il.

— Vous le voyez, je fais de l'eau bénite.

— Mais que mettez-vous dedans?

— Ce qu'il faut pour la conserver.

— Comment! ce n'est donc pas par pure in-
cantation?...

— Oh! cela ne suffirait pas.

— Et comme vous en faites!... Mais c'est toute
une provision!

— La princesse part en voyage, et elle emporte
tout cela... Demandez au prince s'il la trouve
bonne, l'eau bénite.

— Comment! s'il la trouve bonne?

— Eh! oui, le soir de ses noces, selon son
habitude, avant de se mettre au lit, il voulut

boire un verre d'eau ; celle de la carafe était
amère ; alors, il but à même au pot-à-l'eau...
elle était encore amère. « Mais qu'est-ce qu'a
donc l'eau ce soir ? » s'écria-t-il. La princesse,
qui l'épiait, tapa des mains et s'écria toute
joyeuse : « Vous êtes béni, c'est de l'eau bénite...»
Elle était heureuse qu'il en eût avalé quelques
gorgées.

Vieille coutume de Sardaigne peut-être, pensa
Charles Edmond, qui s'empressait de déguer-
pir, dès qu'on annonçait la visite de M⁰ⁱ de
Tourbey, en bas, dans le salon. Cela faisait rire
Sainte-Beuve. En revanche, quand Paradol venait le voir : « Ah ! disait-il, Mᵐᵉ de Tourbey n'est
pas loin... » Paradol arrivait sur son cheval
blanc, qu'on attachait dans une cour à côté, et
auquel on donnait du sucre. Mᵐᵉ de Tourbey
ne tardait pas en effet, à venir... dans son coupé.

Le statuaire Préault appelait Mᵐᵉ de Tourbey
« une femme de feu » à cause de ses yeux profonds et glauques, chargés d'électricité comme
l'eau de mer. Elle avait su se faire une cour
d'amis, parmi lesquels Émile de Girardin en
tête. Son salon était à la fois politique et littéraire : Sainte-Beuve rencontrait à dîner chez elle
Mistral, Hector Crémieux, le turc Khalil-Bey,
protecteur des Lettres et des Arts ; mais les meil-

leurs amis de « Jeanne », dès ce temps-là, étaient
Lucien Biart, auteur d'un Voyage au Mexique,
mort depuis longtemps, et Ernest Daudet.

Elle était aimable et charmante, et c'était encore l'avis de Nadar, quand on prononçait le nom
de Mme de Tourbey devant lui[1].

Un changement de ministère, dans son intérieur, permit à Sainte-Beuve de l'inviter à dîner. Il craignait une incartade de la part de son
intendante, qui n'aimait pas Mme de Tourbey.
Mme Dufour s'étant prise de querelle avec lui
et l'ayant quitté, Sainte-Beuve ne se gêna plus,
il invita Mme de Tourbey et le prince Napoléon en priant celui-ci, comme à son ordinaire,
de désigner les autres convives. La première
fois, ce furent Émile de Girardin et Eugène Delacroix. Ce goût du prince Napoléon pour le
grand peintre romantique le distinguait de sa
sœur, qui détestait cette peinture, et n'aimait
que la peinture classique — celle surtout qui
relatait les faits et gestes de l'histoire du Con-
sulat et du premier Empire.

Sainte-Beuve rendait sa visite le lundi, rue de
l'Arcade. Il avait voulu venir voir avec moi, un

1. Elle avait de l'esprit. Un jour qu'on critiquait devant elle
le peintre Amaury Duval d'avoir exposé au Salon une Vénus
debout : « Il faut bien se reposer quelquefois », dit-elle.

matin, dans l'atelier de Courbet, un tableau que
je lui avais signalé, superbe œuvre picturale dont
l'exécution à première vue éloignait toute idée
scabreuse ; on pouvait ne pas tenir compte du
sujet, et ne voir que deux magnifiques études
de nu, une blonde couchée sur le dos, tout de
son long, sur un lit de repos, et une brune
debout, la dévorant des yeux au pied du lit.
Proudhon parla de ce tableau en moraliste ; —
il y vit surtout une étude de mœurs, et n'en fit
pas un grief à l'artiste, son compatriote franc-
comtois et qui était plein d'admiration pour le
philosophe. Sainte-Beuve y admira une œuvre
magistrale en peinture, et en parla chez Mme de
Tourbey. Khalil-Bey présent demanda aussitôt
l'adresse de Courbet pour aller la voir ; on lui
dit : rue Hautefeuille. Le grand seigneur boule-
vardier entendit : rue Hauteville, et se rendit
au numéro indiqué, où, nécessairement, on ne
connaissait pas Courbet. Il revint furieux. Tout
s'expliqua : rendez-vous fut pris avec Courbet.
Khalil-Bey offrit tout de suite d'acheter le tableau.
Il était déjà vendu. « Faites-m'en un autre », dit
Khalil-Bey. Courbet fit la suite et le complé-
ment, qui donnèrent lieu à une série de tableaux
et tableautins, réfugiés aujourd'hui dans quelque musée secret d'Europe ou d'Amérique.

Un matin d'hiver de 1867, Sainte-Beuve,
encore tout pantelant d'une exploration maladroite que lui avait faite Ricord, gardait le lit,
quand on vint le prévenir que M. Rapetti,
secrétaire de la Commission pour la *Correspondance* de Napoléon Ier, avait une communication urgente à lui faire de la part du prince
Napoléon. Je quittai la chambre, mais j'y fus
vite rappelé et mis dans la confidence. M. Rapetti apportait à Sainte-Beuve une lettre du
prince Napoléon qu'il devait communiquer au
Siècle : c'était convenu avec le directeur du *Siècle*, M. Havin. Le prince Napoléon adressait à
Sainte-Beuve un mémoire, très éloquent, sur la
question romaine et l'affaire de Mentana, toute
récente ; M. Rapetti me dit : « Vous en ferez la
lecture à M. Sainte-Beuve et vous garderez le
secret : le prince Napoléon compte sur vous
là-dessus... » Ce n'est plus un mystère pour personne, depuis surtout que ce document a été
publié *in extenso* dans le troisième volume,
formant la *Nouvelle Correspondance* de Sainte-
Beuve. Le prince Napoléon y attaquait vivement la politique impériale et y prenait à partie
à la fois M. Thiers et M. Rouher, « deux aco-
lytes imprévus », comme les appelait Sainte-
Beuve dans une note du 8 décembre 1867, qu'il

me dicta et que j'ai publiée depuis dans ses
Cahiers[1]. Tous deux étaient pour l'occupation
de Rome et le maintien du pouvoir temporel
du pape. Le prince Napoléon soutenait la politique contraire dans un magnifique plaidoyer
où il cassait toutes les vitres, comme il lui était
déjà arrivé de le faire au Sénat. Il avait la
plume vibrante et passionnée, comme la parole,
et il ne ménageait rien. Je ne sais comment
l'affaire s'ébruita : il y avait eu déjà commencement d'exécution au *Siècle*; Sainte-Beuve avait
communiqué le mémoire, avec une lettre d'envoi, dont il avait reçu l'épreuve. Bref, la publication en fut arrêtée. Le prince Napoléon remer-
cia Sainte-Beuve du bon concours qu'il lui
avait prêté, et leur amitié n'en fut que plus
cimentée et raffermie.

Sainte-Beuve était rentré au *Moniteur*, et un
dimanche soir, comme j'allais surveiller *en
dernière* la mise en page de son article, au bureau même du correcteur, M. Fourché, en pleine
imprimerie, celui-ci me dit : « Entendez-vous
comme l'atelier est en rumeur !... tenez, c'est
cette dépêche que nous venons de recevoir du

1. Page 119 des [*Cahiers de Sainte-Beuve* (chez Alphonse
Lemerre).

Château et qui paraîtra demain, qui les met dans
cet état... » Je lus : « Nos chassepots ont fait
merveille. Signé : Général de Failly. » Le lendemain matin, quand j'arrivai chez Sainte-Beuve,
je le trouvai dans le même état de surexcitation
que les compositeurs de l'imprimerie du *Moni-
eur :* « En 1830, Paris aurait fait une révolution pour cela, me dit-il. » Malheureusement le
2 décembre était passé depuis là-dessus, qui avait
tout assagi. Sainte-Beuve était resté un vieux
de la vieille, malgré son adhésion à l'empire.

Il avait le cœur jeune, je l'ai dit, et le témoignait en toute circonstance.

VIII

M. DURUY — LA CROIX DE MONSELET — LE BEAU,
LE BIEN, LE VRAI — Mlle FAVART CHEZ SAINTE-
BEUVE — MARIE SASSE — D'ALTON SHÉE

Une de mes illusions (car je m'en faisais,
comme Sancho Pança) était de croire, quand
Sainte-Beuve m'avait dicté quelque bel article
ou quelque belle lettre, que le coup avait immédiatement porté, que la lumière s'était faite
dans tous les esprits. Je m'étonnais ensuite de
la lenteur que la vérité mettait à faire son chemin dans le monde, et du peu de pouvoir de
la presse sur la transmission rapide de la pensée. La lumière des étoiles ne nous arrive pas
plus lentement. Ainsi Sainte-Beuve, toutes les
fois qu'il s'est occupé de l'Académie, s'est atta-
ché à démontrer que les fauteuils actuels n'a-
vaient pas la généalogie qu'on leur attribuait,
qu'ils ne remontaient qu'à la Restauration, qui

avait reconstitué les anciennes Académies, telles qu'elles existaient avant la Révolution. La
Convention les avait abolies toutes, et rempla-
cées par des classes de l'Institut, qui durèrent
jusqu'en 1816. Ce large fossé ne compte pas
aux yeux de ceux qui veulent absolument renouer la chaîne des temps, sans faire état de
la solution de continuité, comme cela ne manque jamais à la prise de possession de chaque
nouveau titulaire, dont on fait remonter la des-
cendance académique à des époques antédilu-
viennes. « C'est flatteur et agréable à entendre »,
a écrit quelque part Sainte-Beuve, mais c'est
aussi bien artificiel.

L'autorité de sa critique s'est brisée également contre la formule banale du *beau*, du *vrai*
et du *bien*, qui est entrée dans le langage sorbo-
nique et académique. Il y a comme cela de ces
locutions qui sévissent, et dont les orateurs par-
lementaires ne cherchent même pas à se défendre. Elles leur sont comme des chevilles pour
étayer et échelonner leurs discussions [1].

_____

1. Une de ces dernières est le fameux « tournant de l'histoire », qu'on retrouve à tout bout de champ à la tribune,
dans les journaux, dans les conversations. Elle est entrée,
comme du chiendent, dans l'éloquence parlementaire. J'y
ajouterai volontiers encore les « signes des temps », les

Sainte-Beuve s'en expliqua un jour formelle-
ment avec M. Duruy, qui était venu lui demander de faire un Rapport sur l'état des Lettres,
depuis le second Empire, pour être publié et
mis sous les yeux de l'empereur à l'Exposition
universelle de 1867.

C'est moi qui, dans cette circonstance, fis
les honneurs de la maison au ministre de l'Instruction publique. Sa calèche venait de s'arrêter sur les neuf heures, un lundi matin, devant la
porte, conduite par lui-même; le valet de pied
derrière. Il arrivait de Villeneuve-Saint-Geor-
ges, sa résidence. Sainte-Beuve prévenu me fit
dire de recevoir le ministre, en attendant qu'il
eût fini de se raser. J'introduisis M. Duruy au
salon, et le priai de s'asseoir. « Non pas, je ne
m'assieds jamais, me dit-il, je croyais M. Sainte-
Beuve plus matinal…»Je lui répondis par un coup
de poing en pleine poitrine : «Eh bien, monsieur
le ministre, lui dis-je, vous n'avez donc pas
voulu décorer notre ami Monselet ?… — Non,
me répondit-il étonné; le ministre de l'Instruction publique est collet monté; ce n'est pas un
petit abbé… — Monselet non plus, lui dis-je, il

« époques de transition », la « gloire la plus pure de notre
histoire », etc., etc.

est marié, père de famille... — Ah! il est marié? il a des enfants? l'on ne m'avait pas dit
cela... Je viens d'ailleurs proposer un plan à
M. Sainte-Beuve qui permettra de rectifier des
erreurs, s'il y en a eu... — Je ne dis pas qu'il
y ait eu des erreurs, mais nous aurions aimé
que notre ami Monselet fût décoré... » J'ajoutai
alors :

— On vous a refusé ces jours derniers l'instruction primaire, gratuite et obligatoire? (Il ne
pouvait être question encore, en ce temps-là,
d'instruction laïque.)

— Oui, me répondit-il; on préfère encourager les canons rayés et les frégates cuirassées ;
on trouve que ces engins portent plus loin que
l'instruction...

Là-dessus, Sainte-Beuve entra, et je remon-
tai au plus vite, me rendant compte alors seulement de ma hardiesse et me demandant ce
qu'il allait en advenir. Je me remis avec achar-
nement au travail ; c'était le moment où Sainte-
Beuve préparait ses articles sur Proudhon, dont
j'avais un monceau de lettres à copier devant
moi. La conversation se prolongeait au-dessous; le bruit m'en arrivait confusément par la
cheminée. Enfin un roulement de voiture annonça le départ du ministre. Sainte-Beuve

remonta, et tira la langue en rentrant dans sa chambre. C'était un signe de contentement de sa part, un reste de malice du XVIII° siècle, à qui ce signe était familier.

— Vous lui avez donc demandé la croix pour Monselet? me dit-il ; vous avez bien fait...

— Mais qu'est-ce qu'il vous a dit ?

— Quand vous êtes remonté, il m'a demandé : quel est ce jeune homme ? (*Comme dans Faust.*)

— C'est mon secrétaire, ai-je répondu.

— Il m'a demandé la croix pour...

— Pour Champfleury ? avait interrompu Sainte-Beuve.

— Non, pour Monselet.

— Ah ! je comprends ; Champfleury l'avait demandée pour Monselet, au Comité des Gens de Lettres ; et moi, je vous la demande pour Champfleury et pour Monselet...

Le ministre lui exposa alors le but de sa visite matinale ; il venait lui proposer de se charger d'un Rapport sur l'état des Lettres, dont il écrirait la Préface, et pour lequel il s'adjoindrait des collaborateurs spéciaux. Champfleury fut tout de suite adopté pour le Roman ; Monselet, pour le Théâtre ; dans la même matinée, M. Germain, doyen de la faculté des Lettres de Montpellier et professeur d'histoire, de passage à

Paris, et qui était venu rendre visite à Sainte-Beuve, accepta de faire le Rapport sur l'Histoire.

A quelque temps de là, Sainte-Beuve lut dans le *Journal des Débats* que le Rapport projeté tendrait à la démonstration de la fameuse formule. — M. Duruy avait rencontré M. Cousin, qui l'avait complètement retourné. — « Écrivez », me dit Sainte-Beuve, et il me dicta une lettre, qu'on peut lire dans sa *Correspondance* à la date du 9 décembre 1865, et qui remit les choses à leur vrai point :

Le *beau*, le *bien*, le *vrai*, y disait-il, est une belle devise et surtout spécieuse. C'est celle de l'Enseignement, celle de M. Cousin dans son fameux livre : ce n'est pas la mienne, oserai-je l'avouer ? Si j'avais une devise, ce serait le *vrai*, le *vrai* seul. — Et que le beau et le bien s'en tirent ensuite comme ils pourront !

C'est aussi celle qu'on a mise sur le piédestal de son buste dans le jardin du Luxembourg : *Le Vrai seul.*

Je me suis fait l'historiographe de sa salle à manger, et j'y rentre. Quand il fut nommé sénateur, en 1865, le curé de la paroisse de Notre-Dame-des-Champs, l'abbé Du Chesne, lui envoya

un magnifique brochet, qui provenait de ses
étangs de Sologne. Sainte-Beuve, en recevant
ce cadeau, me dicta une lettre, dont je n'ai retenu que la fin. Après un rappel des pêches
miraculeuses et de la multiplication des poissons, dont parle l'Écriture, il ajoutait :

Quel dommage, monsieur le curé, que nous ne
soyons plus au temps où l'on pouvait faire sa partie
de whist avec son curé, sans que cela tirât à conséquence! Aujourd'hui les chemins de fer ont rapproché les distances: Rome est trop près ; dès qu'on a
son curé en face de soi, à sa table, il semble que le
pape soit derrière... Excusez-moi donc, monsieur le
curé, si je ne puis avoir l'honneur de vous prier de
venir prendre votre part de ce magnifique brochet...

Et il lui envoya les *Causeries du Lundi* au
jour de l'an.

Le brochet fut mangé en compagnie de M. Ni-
sard et de M. de Sacy ; et, comme on n'avait
pas de fourneau assez grand dans la maison, on
l'envoya chez Magny pour le faire cuire.

A mesure que sa santé déclinait, Sainte-Beuve
recevait davantage ; il n'allait plus dans le monde,
mais il avait quelquefois à dîner Mérimée et
Viollet-le-Duc ; d'autres fois, c'était une tablée

11.

de critiques, J.-J. Weiss, Sarcey, Edmond Scherer...

Nous eûmes un soir l'aimable et charmant Alcide Dusolier, en habit bleu, à boutons d'or, qui avait écrit dans *le Figaro* un article dans lequel Sainte-Beuve avait senti un ami qui le piquait au jeu.

Jean Aicard, Claretie, Coppée, Verlaine furent aussi de ses visiteurs intermittents.

Je ne puis les énumérer tous, ma mémoire aurait eu besoin, dès ce moment-là, que j'y ajoutasse une rallonge.

Jules Claretie a raconté, dans *le Livre d'or* de Sainte-Beuve, la joie qui fut donnée au poète critique, par la Comédie-Française, le 21 décembre 1868. L'illustre tragédienne, Mlle Favart, avait déclamé une pièce de vers de Sainte-Beuve, *les Larmes de Racine*, pour l'anniversaire de la naissance du grand poète. Sainte-Beuve, à ce moment-là, ne sortait plus du tout : la maladie le clouait chez lui : à peine faisait-il une courte promenade dans son quartier. L'administrateur du Théâtre-Français, M. Édouard Thierry, lui offrit de venir lui faire entendre ses propres vers chez lui par la tragédienne. Un grand dîner fut donné à cette occasion dans le salon, transformé en salle à manger, pour la circons-

tance. Sainte-Beuve avait à sa table ce soir-là,
outre Mlle Favart et M. Édouard Thierry, l'ami
intime de ce dernier, l'auteur de la *Fille de
Roland*, Henri de Bornier ; le sculpteur Mathieu-
Meusnier, auteur du buste si soigné de Sainte-
Beuve qui fait pendant à celui de Daunou à la
Bibliothèque de Boulogne-sur-Mer, ami également d'une autre glorieuse interprète de l'art,
Sarah Bernhardt ; Paul Chéron, le docteur Veyne
et son propre secrétaire, pour qui cette soirée,
cette fête de l'art est demeurée inoubliable.

A la fin de sa vie, Sainte-Beuve avait loué et
annexé à sa maison une maison mitoyenne d'à
côté, afin qu'il n'y vînt pas des locataires
bruyants, qui l'eussent dérangé. Il n'avait fait
qu'une maison et un jardin des deux. Cela lui
permit un jour de donner un magnifique concert.
Son amie Marie Sasse, dont j'ai conservé une
photographie plantureuse avec ces mots : « A
mon bon ami M. de Sainte-Beuve, Marie Sasse »,
était venue lui demander de faire entendre chez
lui des morceaux de *Sigurd*, par un auditoire
qu'elle désigna, Camille Doucet, Arsène et Henri
Houssaye, et de les inviter à dîner avec elle,
ainsi que le compositeur Ernest Reyer, qui
devait tenir le piano, et le baryton Maurel, qui
lui donnait la réplique à elle-même. — On loua

un piano... pour avoir l'air, me dit Champfleury
(car il n'y en avait pas, même pour avoir l'air,
chez Sainte-Beuve); et Paul Chéron fut encore
de la fête. Sainte-Beuve estima qu'il faisait pendant, par sa mine réjouie, à la grande cantatrice. Ce n'était plus la Comédie-Française,
c'était l'Opéra qui dînait ce soir-là chez Sainte-
Beuve, et chacun y apporta sa note diverse.
Après le dîner, on passa au salon d'à côté dans
la maison annexée, et dont il fallut tout de suite
ouvrir les portes-fenêtres donnant sur le jardin,
parce que le plafond fut jugé trop bas pour le
volume de voix qui allaient s'y faire entendre.
Reyer se mit au piano, et le concert commença.
Toutes les fenêtres de la rue Notre-Dame-des-
Champs, pourtant assez éloignée, se garnirent
bientôt d'habitants des maisons voisines, très
intrigués de cette aubaine qui leur arrivait à
heure tardive. Ils ne se savaient pas si voisins
de l'Opéra que cela. La mode n'était pas venue
encore des fils conducteurs qui mettent toute
oreille en communication directe avec les grandes scènes ni de ces horribles instruments qui
emmagasinent les voix.

Quand on fut rassasié de musique, Mme Sasse
vida sa fiole homéopathique qu'elle portait sur
elle, et se mit en demeure de rassembler tous

ses cahiers épars de papiers de musique. —
« Eh ! quoi, vous partez ?... lui dit Arsène Houssaye. — Eh bien, qu'est-ce qu'on va faire à
présent ? répondit-elle ; est-ce qu'on va faire
des crêpes ?... » Sainte-Beuve ne l'entendit pas,
et on ne le lui répéta pas. Il s'était mis en quatre pour être agréable ; il souffrait horriblement,
cela se voyait sur son visage crispé, et il prenait encore la peine de mettre des bûches dans
la cheminée. Il ne sut jamais le mot de la cantatrice : après tout, elle avait parlé sa langue
naturelle ; il ne fallait pas lui en demander davantage. Elle était toujours du *beuglant*.

Autre cantatrice.

Un soir, Sainte-Beuve alla entendre Thérésa
aux Champs-Élysées ; il s'était mis exprès au
fond du jardin. Le lendemain il me dit : « J'ai
cru qu'elle ne chantait que pour moi... je n'ai
pas perdu un mot de ce qu'elle disait... » Et il
aimait à comprendre, même à l'Opéra, ce qui
faisait qu'il n'y allait pas souvent. Il n'en revenait jamais complètement satisfait. Il payait
par là sa rançon d'esprit critique, voulant tout
d'abord se rendre compte de ce qu'il voyait et
de ce qu'il entendait. C'était trop de curiosité
à la fois sur la grande scène de l'Académie impériale ou nationale de musique.

Le dernier article, qu'il ait essayé de me dicter et qu'il ne put continuer (la plume lui tomba
des mains au onzième feuillet en le relisant et
l'amorçant de quelques lignes), était consacré
aux *Mémoires* de son ami et cousin, le comte
d'Alton Shée, ancien pair de France, — né pair
de France par hérédité. — Une figure originale
entre tous ses visiteurs et amis de la fin. Le
comte d'Alton Shée ne manquait pas un mardi
de venir le voir, et cela dura quelques années,
au cours desquelles il nous racontait ses Mémoires, qu'il allait publier en volumes. Il était
aveugle et se faisait accompagner par son secrétaire. Rien de plus intéressant que ces récits
rétrospectifs de la vie la plus échevelée qui se
puisse, où la politique avait autant de part que
le plaisir, qui avait connu toutes les folies et les
orgies du règne de Louis-Philippe, où l'on
s'amusait ferme. D'Alton Shée avait été page de
Charles X, puis il avait siégé parmi les pairs
par droit de naissance ; il avait contribué avec
Morny à la fondation du Jockey-Club. La savate, en laquelle la jeunesse dorée excellait en
ces années-là, et les descentes de la Courtille
lui étaient familières. Un mercredi des Cendres
qu'il rentrait de bonne heure pour se coucher,
son domestique lui demanda : « A quelle heure

faut-il réveiller monsieur ? — Vendredi », lui cria-
t-il. — Berryer était le tuteur de d'Alton Shée,
frère lui-même « du plus blond des clercs »,
Mme Jaubert, amie et confidente d'Alfred de
Musset. — Sa parenté avec Sainte-Beuve remon-
tait à Boulogne-sur-Mer, où il y a une place
Dalton. — D'où lui venait le sang plébéien et
révolté qu'il portait en lui et qui se manifesta
de bonne heure au Luxembourg, dès qu'il eut
l'âge de réfléchir ? Seul, il vota la mort, lors de
la comparution de Louis Bonaparte devant la
Chambre des pairs, après l'échauffourée de
Boulogne. Il était républicain et libre penseur
de la veille, — la révolution de février le trouva
tel. — En 1869, un comité radical le porta contre Thiers, ce qui le fit calomnier ; on dit de lui
qu'il était le candidat du « socialisme gouver-
nemental ». Nous étions tenus au courant de
sa campagne électorale par le docteur Veyne, qui
faisait partie de son comité. M. Galichon, marchand de vins à Bercy et directeur de la *Gazette des Beaux-Arts*, qui était du comité Thiers,
me prit moi-même véhémentement à partie à
l'imprimerie Claye, rue Saint-Benoît, à cause de
mes relations sainte-beuviennes avec d'Alton
Shée. « Je reconnais bien en vous, à vos paroles et à votre ton, un membre du parti modéré »,

lui répondis-je. Je ne croyais pas pouvoir le qualifier mieux.

Sainte-Beuve, dans l'article qu'il avait commencé à me dicter sur son parent et ami, a tracé de lui le portrait suivant :

... Il est à mes yeux l'un des plus frappants exemples du courage et de l'effort qu'il a fallu à un homme entraîné dans sa jeunesse par la fureur de la dissipation et la fièvre du plaisir, pour se ravoir à temps et ressaisir possession de lui, pour devenir un esprit sérieux, conséquent, philosophique, un citoyen convaincu, ferme et inflexible, ayant réfléchi à toutes les grandes questions sociales et s'étant formé sur toutes une opinion radicale sans doute et absolue, mais qui, j'en suis certain, se rapproche fort de ce qui prévaudra dans l'avenir. C'est à deux générations de distance quelque chose d'assez analogue à ce qu'était, sous la Restauration, cet autre radical également sorti des rangs de l'aristocratie, M. d'Argenson [1].

C'est d'Alton Shée qui appelait Proudhon « le grand presbyte », parce que le père du socialisme, qui prévaut quarante ans après sa mort, tenant peu de compte du présent, voyait plus de loin que de près.

1. *Nouveaux Lundis*, t. XIII.

A la mort de d'Alton Shée en 1874, comme
je montais saluer sa digne veuve, je rencontrai
dans l'escalier Gambetta, qui en descendait, et
je lui rappelai le jugement odieux, porté par
M. Dufaure, qui avait calomnié l'adversaire de
M. Thiers : « Ce sont d'infâmes doctrinaires, me
répondit le grand tribun ; il ne laisse pas la
valeur d'un déjeuner. »

Une heure après, au cimetière Montparnasse,
il prononçait un de ses plus beaux discours
sur la tombe de d'Alton, celui où il proclama,
si je ne confonds pas, « la République athé-
nienne ».

Lors du *Sénatus-Consulte* de septembre 1869,
Sainte-Beuve reçut encore la visite du prince
Napoléon, qui venait d'en entendre la lecture au
Sénat, et qui apportait ses impressions toutes
chaudes à Sainte-Beuve. « Exécrable », s'écria-t-il
en entrant. Sainte-Beuve l'écoutait, assis entre
deux tabourets, en proie à d'atroces lancine-
ments qui lui venaient de la vessie. A un moment, il lui dit d'une voix affaiblie : « Mais
l'empereur, qu'est-ce qu'il pense de tout cela ?
— L'empereur, il n'est pas même mauvais »,
répondit le prince Napoléon d'une voix de clairon retentissante.

Ce mot : « Il n'est pas même mauvais », m'a-

vait fait dresser l'oreille, je crus que le prince
Napoléon oubliait que j'étais dans la chambre à
côté, d'où l'on entendait tout ; je m'éloignai.
Sainte-Beuve m'appela l'instant d'après, et
comme je ne répondais pas, le prince Napoléon
lui dit : « Il était là quand je suis entré. »

Une autre histoire sur le gâtisme, qui présidait alors aux destinées du pays, nous fut racon-
tée dans le même temps par le docteur Mounier,
médecin-major du Val-de-Grâce, ami d'enfance
et compatriote du docteur Veyne, dont il ne par-
tageait pas d'ailleurs les opinions politiques. Le
docteur Mounier revenait du camp de Châlons
et il raconta à Sainte-Beuve qu'un soir l'empereur
l'avait fait demander. Ils se promenèrent deux
heures dans le camp, s'arrêtant, discourant,
silhouettant les gestes de personnes qui causent
de choses sérieuses, les mesurent, les pèsent,
en parlent avec componction et intérêt. On alla
le dire à M⁰ᵉ Mounier, qui accourut pour assister,
comme tout le monde, à ce spectacle flatteur
pour elle : son mari, en aparté avec l'empereur,
à distance respectueuse des oreilles aux aguets.
Enfin l'empereur prit congé du docteur Mounier,
qui fut rejoint aussitôt par sa femme. « Que te
disait-il et de quoi avez-vous parlé si longtemps?
demanda-t-elle. — Il voulait avoir mon opinion

sur le zouave Jacob. — Et c'est de cela que
vous avez parlé tout le temps ?... — Oui. » Il
paraît bien qu'ils n'avaient pas parlé d'autre
chose.

Je ne saurais oublier l'étoile de Magnier, d'Edmond Magnier, qui sortait de l'horizon à Boulogne-sur-Mer. Il écrivait de longues lettres à
Sainte-Beuve, qui l'invitait à dîner, quand il
venait à Paris. Il disait de son jeune compatriote, dont il avait peine à calmer l'impatience,
le désir d'arriver : « C'est un *moderne* ; les
lauriers de Jules Lecomte (autre Boulonnais)
l'empêchent de dormir. » Plus tard, Magnier
s'est plaint de ce que Sainte-Beuve n'avait rien
fait pour lui. Il avait bien trouvé son chemin
de lui-même, mais il n'avait pas su s'y tenir.
Ni l'*Événement* ni le Sénat ne suffisaient à ses
vastes ambitions, mais je ne voudrais point l'ac-
cabler ici par une dernière pelletée de terre. J'ai
compati de tout mon cœur à son infortune,
quand je l'ai vu s'écrouler si misérablement,
moi qui l'avais connu jeune, *avant la lettre*,
piaffant à la porte de la renommée et de la
fortune, et qui assistais à sa chute si lamenta-
ble. Je lui ai tendu la main quand il s'est sou-
venu de moi dans sa décadence. Je n'avais rien
à lui pardonner, car il ne m'avait fait aucun

mal ; et il m'avait ouvert l'*Evénement*, où je pouvais écrire et penser librement. J'en usai largement et insouciamment, et j'y trouvais de grandes satisfactions d'amour-propre.

IX

Les Goncourt ont trop fait de bruit de leur
rupture avec Sainte-Beuve pour que je n'en
reparle pas. Leur *Journal* en est plein. Ils n'ont
pas eu l'esprit de Flaubert, qui usa de son droit
de discussion, en répondant aux articles critiques de Sainte-Beuve par un mémoire justifica-
tif. Sainte-Beuve avait commencé à me faire
lire tout haut les *bonnes feuilles* de leur roman
sur *Madame Gervaisais;* ce lui aurait été l'occasion d'écrire un dernier article sur le Roman
moderne, et il me dictait des notes à mesure.
La Rome, décrite par les Goncourt, dès les premières pages, le choqua tout d'abord par son
invraisemblance, et son jugement en dépendit.

Il avait pour eux un grand faible, et n'avait jamais manqué l'occasion de leur être agréable. Il m'avait même rabroué fortement à leur sujet, une fois que je m'étais fait l'écho des sarcasmes de Champfleury sur leur façon d'envisager l'histoire de l'art sous la Révolution. Il était déjà embarqué au *Temps* et brouillé avec la princesse Mathilde, quand ils vinrent un après-midi lui faire une visite de politesse, et prendre des nouvelles de sa santé fort atteinte. Il n'en avait plus que pour quelques mois, et il était en plein dans le feu de ses articles sur *Talleyrand*. Il mit tout de suite les Goncourt sur le sujet de *Madame Gervaisais*, et leur fit part de ses observations. Ils le prirent mal, objectèrent qu'ils s'étaient *tués* sur ce livre, — à quoi il répondit qu'il ne fallait pas se tuer (ce n'était pas ce qui rendait les livres meilleurs) ; — à son avis, ils s'étaient trompés tout simplement, et il le leur exprima avec modération et avec la politesse, dont il ne se départait jamais. Ils se retirèrent visiblement fâchés, comme deux enfants gâtés. A quelque temps de là, un ami se chargea de répéter à Sainte-Beuve le propos qu'ils avaient tenu sur son compte, la veille, chez la princesse Mathilde. Elle avait demandé de ses nouvelles. « Sainte-Beuve, avait répondu Jules

de Goncourt, il ne s'est jamais mieux porté...
il est en train de nous *éreinter...* » Sur ce mot
d'*éreinter*, Sainte-Beuve pâlit, bondit et s'écria :
« Je n'ai jamais *éreinté* personne... c'est Cassagnac (il parlait du père) qui éreinte... fermez le
volume, me dit-il » ; et le dossier en train fut
classé. Ce fut dommage, car le Roman moderne,
en 1869, y perdit une étude à fond, pour laquelle s'étaient amoncelés les matériaux sur la
table du maître. Bien d'autres que les Goncourt
y eussent trouvé leur compte, et sans doute
aussi leur satisfaction, car un article de Sainte-
Beuve en ce temps-là, c'était la Renommée qui
s'ouvrait.

Les Goncourt s'exhalèrent en récriminations
dans leur *Journal* ; ils allèrent même jusqu'à y
consigner un mot assez déplacé de la princesse
Mathilde, qui prouve qu'elle n'avait pas lu Rabelais, car elle aurait mieux apprécié l'abbaye
de Thélème. Champfleury m'écrivit : « Dans cette
« maison de *coquines* », dans ce « mauvais lieu »
de la rue Montparnasse, on ne traitait que de
choses intellectuelles, et le maître de la maison,
tout épicurien qu'il fût, avait cette suprême
qualité de relever les défaillants, de se mettre
au service des gens timides, de les pousser,
de les aguerrir et d'user pour eux de tout son

crédit qu'il ne marchandait pas. Il a trouvé des
ingrats, des salisseurs de sa mémoire comme le
Goncourt que, dans l'intimité, il appelait un
sot ; le sot s'est vengé, croyant n'avoir plus rien
à craindre, c'est la règle. »

Sainte-Beuve avait le pressentiment des légendes qui couraient un jour sur son compte.
Il nous le dit une fois : « Si vous vivez longtemps
après moi, vous en entendrez de belles et de bonnes... » Elles avaient commencé de son vivant,
et je ne peux négliger l'aventure qui lui arriva
avec une cousine de la princesse Mathilde, la princesse Julie, qui lui avait envoyé le journal manuscrit de ses pensées. Il me le fit lire tout haut, et
tout d'un coup je m'arrêtai à son nom, entre-
voyant une enfilade d'injures. « Elle avait oublié,
comme l'écrivit Sainte-Beuve, la dragée qu'elle y
avait mise. » Il y était dit que Sainte-Beuve
vivait crapuleusement, qu'il entretenait trois
femmes à domicile..., etc. Il répondit de la belle
encre, et l'on trouvera sa réponse dans les *Lettres à la princesse,* où je l'ai recueillie à sa date
(18 juin 1868). Elle mit les rieurs de son côté,
mais celle qui la reçut ne riait pas.

Et c'est ainsi que les légendes s'accréditent.

On parle encore des « bas instincts » de Sainte-
Beuve, et ce qui m'a étonné, c'est que ce soit

le docteur Cabanès, promoteur du buste de
Sainte-Beuve dans le jardin du Luxembourg, qui
se soit fait l'écho de ces sottises [1].

Je me contenterai de le renvoyer aux couplets
humoristiques de Sainte-Beuve sur Paris, à la
fin de son article sur les *Jeudis de Madame
Charbonneau* : « Paris, ville de lumière, d'élégance et de facilité, c'est chez toi qu'il est doux
de vivre, c'est chez toi que je veux mourir !... »
Il y raconte que, lorsqu'il se promène dans
ses quartiers « non lettrés et tout populaires »
(le quartier de la Gaîté), « quand je m'y replonge,
dit-il, dans la foule comme cela me plaît surtout les soirs de fête », — les jours de kermesse, — il y voit « ce que n'offrent pas à beaucoup près, dit-on, toutes les autres grandes
villes, une population facile, sociable et encore
polie ; et s'il m'arrive (c'est toujours Sainte-
Beuve qui parle) d'avoir à fendre un groupe un
peu trop épais, j'entends parfois sortir ces mots
d'une lèvre en gaieté : *Respect à l'âge !* ou :
Place à l'ancien ! Je suis averti alors, ajoute-
t-il, et assez désagréablement, je l'avoue, de ce
qu'on est toujours si tenté d'oublier, mais je le

1. Dans *l'Intermédiaire des chercheurs et curieux*, LVIII,
327.

suis avec égard, avec politesse ; de quoi me
plaindrais-je ?... '. »

Les voilà les *bas instincts* auxquels fait allusion M. Cabanès. Ils ne sont pas aristocratiques.
C'était peut-être la marque naturelle d'aristocratie de ce grand esprit, de se mêler volontiers
aux foules, d'en partager le sentiment populaire,
d'être pour la fusion des classes, en un mot,
de pratiquer l'égalité sans ostentation. Ces ins-
tincts-là, il les communiquait à tout son entourage. Un jour, Champfleury lui envoya sa propre gouvernante, fille de très basse condition,
et qui avait son franc parler, naturellement,
sans croire bien ou mal dire. Elle aperçut au
fond du jardin Claude, le Savoyard, commis-
sionnaire du coin et de la maison, qui sciait du
bois. Il faisait froid au dehors, et nous, nous
travaillions dans la chambre de Sainte-Beuve,
où le calorifère et la cheminée entretenaient
une douce chaleur. Elle nous en fit un repro-
che. « Ce pauvre homme qui se gèle là-bas pour
vous..., dit-elle. — Nous sommes des travail-
leurs aussi,... dis-je. — Elle a raison, dit Sainte-
Beuve. » Il avait le sens des iniquités (qui sont
des inégalités) sociales.

1. *Nouveaux Lundis*, t. III.

Au contraire des parvenus de tous les temps
et de tous les régimes, qui jugent indistinctement, à première vue, sans les connaître, avant
même de les avoir entendus, tous les hommes à
leur niveau, qui les ravalent, les humilient et
les rabrouent, Sainte-Beuve avait cette supériorité d'instinct et de noblesse d'élever à lui tous
ceux qui l'approchaient. Il ne leur marchandait
rien de lui-même, de son esprit, de son enseignement. Il portait avec lui la doctrine encyclopédique et l'appliquait à tous égards, dans
la conversation comme dans ses articles ; — il
mettait au four pour tous, soignait, chauffait,
retournait, rissolait et servait chaud, toutes les
semaines, un plat des *Causeries du Lundi*.

Philibert Audebrand, avec qui j'ai été très lié
dans ses vieux jours, à l'âge où je dégringolais
moi-même la pente rapide qui mène à la vieil-
lesse, me dit une fois, sans que je l'y provo-
quasse : « J'ai passé tout le temps de l'empire
à harceler Sainte-Beuve... — Il ne s'en apercevait guère, lui répondis-je ; pendant que vous
vous faisiez la plume sur lui dans *le Charivari*
et quelques autres feuilles boulevardières, d'où
autant en emportait le vent, il était harcelé, lui,
par l'article à faire... Avez-vous vu beaucoup
d'écrivains — de ceux qui écrivent dans les

journaux — s'absorbant à ce point dans leur
tâche hebdomadaire, descendant tous les lundis
matin dans un puits de mine, qu'il s'était creu-
sée, et n'en sortant que le dimanche soir, à
l'heure où il n'y avait plus moyen de donner
encore un dernier coup de pioche ? »

Audebrand me laissait ainsi causer avec lui
tous les dimanches, et quand une fois le robinet aux souvenirs était ouvert, il ne cessait pas
de couler ; mais le vieux républicain de 1848,
ami de Lamartine et de Cavaignac, en revenait
toujours à son dada, l'empire, et c'était son unique grief contre Sainte-Beuve : « Pourquoi
avait-il adhéré à l'empire ? »

Je dus le lui expliquer à mainte reprise, autant
que j'avais pu m'en rendre compte moi-même
et voir clair dans un esprit très large, très ouvert, mais très compliqué aussi d'un penseur,
qui posait pour condition à celui qui exerçait
la mission de critique, d'avoir des yeux tout
autour de la tête pour tout voir et pour tout
comprendre.

Je commençais par mettre cette réserve que
de simples bourgeois républicains, tels que j'en
avais connu dans ma ville natale, en 1848, entièrement dépourvus de toute ambition politique,
avaient vu plus clair, dans le jeu du prince-pré-

sident, puisqu'ils prédisaient déjà l'empire, que
de hautes personnalités, à qui il ne déplaisait
probablement pas en ce moment-là de se faire
illusion, telles que Thiers et Victor Hugo ; et je
tâchais d'expliquer ainsi Sainte-Beuve :

« Il n'était pas royaliste, il n'était pas non
plus républicain. Il prit parti pour le second
empire, parce qu'il crut en une révolution
coordonnée et réelle, en une table rase et complète de tout ce qui restait encore debout d'artificiel et de factice, de figé dans le passé, de
doctrinarisme en un mot dans tous les sens, si
peu conforme à l'esprit national et démocratique d'un peuple de tout temps aussi émancipé,
quoique très disciplinable, et qui a toujours
tendu aux solutions claires et pratiques. »

En expliquant Sainte-Beuve comme je le faisais, je racontais mes propres mémoires, car
son adhésion plutôt que son ralliement à l'empire fut bien souvent l'objet de propos échappés ou de bribes de conversations, provoquées
par un choc imprévu, une malice du *Journal
des Débats*, une risette aimable et fâchée de
Prévost-Paradol. Il s'en est expliqué particulièrement et très explicitement dans son article
même sur Prévost-Paradol [1].

1. *Nouveaux Lundis*, t. I, 4 novembre 1861.

12.

Sceptique comme Béranger en ces matières de *moi* et de *non moi* politiques, et, comme le vieux chansonnier patriote, auquel on l'a comparé pour sa simplicité bourgeoise, tout aussi éloigné du drapeau blanc que du drapeau rouge (les deux épouvantails de l'époque pour les modérés et pour les conservateurs), Sainte-Beuve aurait conclu, comme Proudhon, du coup d'État à la révolution sociale, dont il entrevoyait l'avènement, sans bouleversement, sans désordre, par le seul fait d'un gouvernement, s'annonçant comme devant rompre définitivement avec toutes les vieilles formules, tombées en désuétude, et surtout s'il tenait ses promesses de doter la France d'un régime démocratique, original et rénovateur. — Ce fut son utopie : qu'on la lui pardonne ; il en était revenu, et il resta fidèle à lui-même, tout au long de sa carrière, jusqu'au jour où il se proclama publiquement, à la face du Sénat conservateur, de la gauche de l'empire : « L'empire a une droite et une gauche ; à gauche est le cœur [1]. » — On ne le lui faisait pas dire ; les circonstances l'y poussèrent.

Il se rangeait par là de l'opposition libérale. Son livre sur *Proudhon* indique assez qu'il était

---

1. Discours sur les *Bibliothèques populaires*, 25 juin 1867.

utopiste et socialiste. Il débute par un regret
sympathique à la mémoire d'Enfantin.

L'absence absolue de charlatanisme domine
en lui et dans tous ses actes. Il ne faisait rien
pour la galerie : quand la popularité lui vint, à
la suite du discours du Sénat où il proclama le
grand diocèse de la libre pensée, elle fut la conséquence des incidents qui la provoquèrent, et
sur lesquels je ne reviendrai pas. Ils font partie
aujourd'hui de toutes les biographies, — et en
particulier de celles que j'ai écrites et qui ont
servi de répertoire commun.

Je ne pourrai donc que me répéter et ressas-
ser en prolongeant plus longtemps ce mémorial
de récapitulation, où la méthode critique n'est
guère observée. Il y est plus tenu compte des
faits que des dates, mais ils sont tous renfer-
més dans ce cycle de huit ans, où je fus témoin
et comparse de tout ce que je viens de remé-
morer. On y trouvera peut-être des légèretés
et des erreurs, mais pas une tare. La vie privée
et publique de Sainte-Beuve reste intacte de
toute souillure [1].

1. « J'ai mes faiblesses... ce sont celles qui donnèrent au
roi Salomon le dégoût de tout et la satiété de la vie, j'ai pu
regretter de sentir quelquefois que j'y éteignais ma flamme,
mais jamais je n'y ai perverti mon cœur. » (*Note confiden-
tielle à Jean Reynaud, Souvenirs et Indiscrétions*, p. 206.)

Il tenait essentiellement à sa probité et à son indépendance littéraires : « Ma critique ne vaut que par là », disait-il, quand on lui demandait quelque complaisance, qui pouvait compromettre son autorité.

J'ai raconté, tout à la fin du XIII⁰ et dernier volume des *Nouveaux Lundis*, la scène amusante qui s'était passée dans les bureaux du *Constitutionnel*, au sujet de l'Histoire de César, qui venait de paraître, et j'ai publié, à la suite de son refus d'écrire l'article, que lui demandait Paulin Limayrac, le début qu'il m'en dicta en rentrant chez lui, tout contraire aux théories historiques et providentielles de l'auteur de ce livre.

Il s'accordait encore vingt-cinq ans de vie littéraire, après sa mort : il se sera créé alors, disait-il, une littérature nouvelle, qui changera les conditions de la critique.

Mᵐᵉ Sand, qui l'aimait beaucoup, eut la prescience de ces modifications profondes, quand elle écrivait à Flaubert, après la mort de Sainte-Beuve : « Ce sera le dernier critique... » Elle prévoyait la révolution radicale qui allait s'opérer dans la presse, et les besoins nouveaux d'informations, qui ne permettraient plus d'accorder tant de place à la littérature proprement dite. Déjà, du vivant de Sainte-Beuve, M. Paul

Dalloz, directeur du *Moniteur*, où le critique, après l'expiration de son traité avec *le Consti- tutionnel*, était retourné, avant de passer au *Temps*, en 1869, m'avait dit, un jour que je rap- portais des épreuves : « Dites à Sainte-Beuve qu'au lieu de faire de si longs articles, il fasse des comptes rendus de livres purement et sim- plement... » C'est à quoi il réduisait la critique littéraire, telle que Sainte-Beuve en avait créé le genre et étendu le domaine. Décidément, il fit bien d'aller au *Temps*, où la tradition litté- raire se maintient et se perpétue.

Ce fut sa dernière année, et il ne pouvait mieux mourir, comme il l'a dit lui-même, « aux mains de ceux qui ont voix délibérative au cha- pitre de l'avenir. » Sa mémoire a déjà dépassé le quart de siècle qu'il s'était assigné, et son nom est allé en grandissant. Il restera le Plutar- que français du xixᵉ siècle, avec l'esprit d'exa- men en sus, qui lui était propre, et dont il a fait une si merveilleuse adaptation aux Lettres.

Taine l'a rangé parmi les « cinq ou six ser- viteurs les plus utiles de l'esprit humain ». — C'est une opinion qu'on peut adopter.

Rien ne le détournait des Lettres, et l'em- ploi du temps était toujours occupé à leur dé- fense. Nous ne connaissions pas le repos heb-

domadaire, et, quand il le fallait, tout un
dimanche se passait à rendre l'un de ces services que signale Taine. C'est ainsi qu'il me
dicta tout un après-midi des lettres pour les
membres du Conseil supérieur de l'Instruction
publique qui devait juger le lendemain un savant homme, un exégète de première main,
Bergmann, doyen de la Faculté des Lettres de
Strasbourg, qui avait eu le tort de commenter
et d'annoter un livre posthume de Proudhon
sur les *Évangiles*. La condamnation de ce livre devant les tribunaux entraîna la dénonciation du membre de l'Université, Bergmann,
que sa vieille amitié avec Proudhon et sa profonde science des textes désignaient tout naturellement pour prêter son concours d'érudit à
une publication de cet ordre. Bergmann, membre du Consistoire protestant de Strasbourg,
accoutumé à traiter des questions d'exégèse,
avait trouvé tout naturel qu'on s'adressât à lui
et s'y était mis, de tout cœur, avec une véritable candeur de savant, sans se douter de l'esprit d'aveuglement qui régnait, en 1866, dans
les bureaux de la rue de Grenelle. Il fut mandé
devant le Conseil supérieur de l'Instruction publique, sous la menace de révocation, arriva la
veille de la comparution, un dimanche matin,

et courut droit chez Sainte-Beuve, à qui il avait fourni quantité de lettres de Proudhon, qui sont entrées dans le livre inachevé du critique biographe. Il était de ceux qu'on reconnaît tout de suite à leur physionomie honnête et ouverte. « « Monsieur Bergmann ?... lui dis-je, en lui ouvrant la porte. — Vous me connaissez ? me dit-il. — Non, je vous reconnais », et je l'introduisis dans le cabinet du maître.

Sainte-Beuve me dicta lettre sur lettre pour le Conseil supérieur ; — une entre autres pour M. Ravaisson, que j'ai recueillie dans sa *Correspondance* [1], où il est dit :

« ...Ce loyal et profond savant n'a corrigé les épreuves que sur le point spécial philologique... Il a été imprudent, pas autre chose ; il a été naïf. Un conseil disciplinaire paternel est fait précisément pour apprécier ces choses. On croira être utile à l'Université en scindant l'injustice. Je ne sais comment cet honnête homme prendra cette part publique de dégradation, mais je sais bien que Strasbourg et l'Alsace tressailleront !...

Oh ! que je voudrais être ministre pour cinq minutes !

Pour moi, si Bergmann était complètement frappé,

1. Tome II, à la date du 12 mars 1866.

je me voilerais la face et je crierais ; s'il l'est à demi,
je ne me couvrirai qu'une joue et je gémirai...

Bergmann ne fut que semoncé ; on ne lui fit
que la leçon, lui qui aurait pu la faire à tant
d'autres, dont la chaire était un cours de haut
enseignement, qui écrivait un jour à Sainte-
Beuve : « L'allemand n'est obscur que pour ceux
qui ne le savent pas », et qui expliquait à l'instant à livre ouvert les prétendues *obscurités*
dont Sainte-Beuve, qui ne se piquait pas de savoir l'allemand, lui demandait l'éclaircissement.

Les lettres de Sainte-Beuve lui épargnèrent
la révocation, mais il partit ulcéré et ne par-
donna pas l'indignité dont il avait souffert. Il
opta pour l'Allemagne, après l'annexion.

Je ne lui cherche pas de circonstances atté-
nuantes ; ceux qui s'en étonnèrent alors et lui en
firent un crime, avaient été les plus chauds partisans de la guerre qui nous faisait perdre l'Alsace. Tout au plus, s'ils ne reprochèrent pas à
Sainte-Beuve d'avoir protégé Bergmann auprès
du Conseil supérieur !... Sainte-Beuve, mort
avant la guerre, n'avait pas vu les désastres auxquels nous avaient entraînés l'incurie, l'insou-
ciance et l'imprévoyance d'un régime dont il
était dignitaire ; il criait casse-cou, on ne l'en-

tendait pas. « Ce n'est qu'un littérateur », avait
dit M. Rouher. Eh ! oui, et c'est ce perpétuel
souci, cette incessante préoccupation des Lettres, qui lui assigne, dans la postérité, sa place
parmi les plus grands esprits de son temps et de
son siècle.

UNE AMIE DE SAINTE-BEUVE

LETTRES, ENTRETIENS ET SOUVENIRS

L'auteur a imposé l'anonymat comme condition à la publication de ces Souvenirs ; il les a fait servir de cadre aux Lettres de Sainte-Beuve, et c'est tout ce qu'il a voulu pour expliquer et justifier les relations et l'échange de correspondance qu'il entretint avec l'illustre critique, qui se montra paternel et *gœthique*. L'esprit philosophique, qui se dégage de ces Lettres et de ces Souvenirs, fait honneur à tous deux, et je remercie la main qui m'a jugé digne d'en être l'éditeur responsable.

J. T.

I

En l'année 1864, j'étais une très jeune femme, avide des choses de l'esprit, — choses toutes nouvelles pour moi, n'y ayant jamais été initiée dans le milieu familial où le destin m'avait jetée.

Tous les épanchements d'une âme naissante, toutes les curiosités d'une intelligence éveillée, qui veut connaître le pourquoi des choses, avaient été refoulés, dans mon enfance, par l'ignorante sévérité de ceux qui m'entouraient.

Quelle que fût la pensée que je voulais émettre, un silence sans appel m'était ordonné. Il en était résulté une sorte de timidité maladive, qui plus tard me fit rester à l'écart, vivant en moi de la seule nourriture de mes pensées.

Cette contrainte, ce refoulement perpétuel,

imposés à ma raison, — et dont je ne fus pas
seule à souffrir en silence, — caractérisaient
alors ce qu'on appelait la bonne éducation des
filles, nées dans un certain rang social : on les
élevait à ne pas penser ; on mettait tout autre
enseignement artificiel à la place ; mais la source
cachée, sans cesse comprimée et repoussée en
moi, devait produire un remous et se changer
en un torrent dévastateur, qui ne laissa rien
subsister de mon éducation première.

J'avais l'amour du Vrai, instinctif, philosophique, et sans nier rien de ce qui ne peut être
expliqué ni démontré, — y croyant même, car
tout y ramène, et les plus grands esprits s'incli-
nent devant l'inconnu, — je sentais remuer en
moi ce qu'on appelle l'esprit critique. J'étais
déjà disciple de Sainte-Beuve, sans le savoir,
sans m'en douter même. Ce n'est pas moi qui
nierais les affinités ni la religion naturelle, à
laquelle je me rattache !...

Le doute était en moi, mais je devais le contenir ; et cette épreuve dura jusqu'au jour où,
affranchie par le mariage, j'abandonnai toute
pratique extérieure. Je me sentais attirée vers
les philosophes, sources de toute lumière ; par
un heureux hasard, dans mon milieu provincial,
où l'on a le temps de tout lire, j'abordai l'Ecole

d'Alexandrie; je me mis à étudier les *Ennéades*
de Plotin, et je ne m'en tins pas là. Ce furent
pour moi d'heureux instants que ceux où je
croyais découvrir, dans les nombreuses mines
que j'explorais, des parcelles de Vérité, à l'émotion profonde qu'elles me faisaient éprouver.—
Je rejetais les scories et saisissais avec avidité
la poussière d'or!...

Qu'on ne croie pas cependant que j'eusse une
physionomie préoccupée et morose. Bien loin
de là, cette dualité, qui est en chacun de nous,
avait en moi une vie, si parfaitement distincte,
que personne ne s'est jamais douté du double
caché, qui m'absorbait le plus. L'être extérieur
était une jeune femme enjouée, dont le teint
riche de santé était bien fait pour dissimuler ce
mystère. Visage souriant, tendant une oreille
attentive à tous les échos, à celui de Paris surtout, qui m'apparaissait comme un centre de
vie et de lumière, dans ma détresse provinciale.

Un soir, dans notre modeste logis, tout à fait
conforme aux ressources d'un employé du gouvernement, nous offrions le thé à quelques
intimes. La conversation s'engagea sur la politique, qui donnait des inquiétudes au parti conservateur; c'était le cliché du jour. Le chef

hiérarchique de mon mari, qui se trouvait parmi nos invités, voyant les têtes s'échauffer et voulant faire diversion, s'écria tout à coup :

— Moi, en fait de politique, je préfère la littérature, et depuis quelque temps je lis dans *le Constitutionnel,* avec un grand plaisir et un vif intérêt, des articles qui paraissent tous les lundis, et qui sont signés Sainte-Beuve.

Sainte-Beuve !... Je ne sais pourquoi ce nom, qui m'était inconnu, résonna à mon oreille comme un clairon lointain et resta implanté dans mon esprit. Ces écrits qu'un homme de grand sens venait de prôner, il fallait que je les connusse. Je continuai à servir le thé, mais un léger tremblement agitait ma main, ce qui m'attira de spirituelles plaisanteries, que je pris gaiement.

Dans ces sortes de réunions, je me mêlais peu à la conversation ; ma grande timidité m'interdisait toute phrase de longue haleine ; mais elle me permettait d'échanger des mots aimables avec chacun, ce qui, ma jeunesse aidant, m'avait valu la réputation d'une aimable maîtresse de maison.

Le lendemain, je priai mon mari de s'abonner au *Constitutionnel,* et, dès lors, ce fut ma lecture favorite. J'attendais le lundi avec impatience. Aussitôt l'arrivée du facteur, je prenais mon journal, je mettais mon chapeau et je m'échappais dans les champs.

O campagne de S..., ta plaine monotone est bien avare d'ombrages, mais un saule rabougri suffisait pour abriter ma tête, et une pierre pour m'asseoir. Là j'étalais *le Constitutionnel* sur mes genoux, et quelle fête pour mon esprit ! Sainte-Beuve peignait ses contemporains, et sa manière si fine, si spirituelle et que je sentais en même temps si exacte, me transportait d'admiration !... et quand il s'agissait de nous montrer le profond des âmes, avec quels nobles élans et quelle éblouissante clarté il en sondait et scrutait les éternels problèmes !...

Je m'arrêtais particulièrement à ses observations psychologiques ; je les méditais longtemps ; et mon émotion était grande, car ce que je pensais, Sainte-Beuve le disait ; et ce qu'il disait, je le pensais !... et dès lors, je fus envahie par le désir impérieux d'entrer en correspondance avec lui.

J'avais parmi mes cahiers un petit manuscrit, ouvrage sans valeur, composé pour me distraire pendant mes heures de trop grand isolement. C'était le récit vrai et naïf de mes impressions de fiancée et de jeune épouse, — deux ans de ma

13.

vie... Tel qu'il était, je résolus d'en proposer la
lecture au grand critique et de le prier de m'en
donner son impression.

La jeunesse a toutes les hardiesses, J'écrivis,
et avec mon manuscrit si mince, si informe, je
frappai un léger coup à la porte du célèbre cau-
seur des *Lundis*... Sa porte s'entr'ouvrit, car je
reçus de lui la lettre suivante :

Ce 6 juin 1864.

Madame,

Je suis bien en retard pour répondre à une aussi
aimable et flatteuse lettre. J'apprécie cette marque
de confiance comme je le dois. Je voudrais tout de
suite vous dire *oui*. Me permettez-vous quelques
explications qui feront appel à votre indulgence ?

Je suis dans un état extrême de fatigue ; je souffre surtout des yeux depuis trois mois, et suis obligé
le plus souvent de me faire lire, ce qui est très lent.
Chaque semaine, je descends dans un puits (c'est ma
comparaison) et j'y habite du mardi au samedi avec
l'auteur que j'étudie et qui fait le sujet de mon article hebdomadaire. Il ne me reste donc que des instants bien courts pour me faire lire un manuscrit,
et jusqu'ici, j'ai refusé tous ceux qu'on voulait bien
me communiquer. Je suis condamné à cette vie de
travail forcé jusqu'à la mi-septembre. C'est trois mois

encore ; je sens que c'est long pour le désir d'un aimable auteur.

Aussi, ces explications humblement données, je m'en remets, madame, à vous-même, et si vous daignez m'accorder un peu de répit et me faire un peu de crédit de temps, je pourrai vous rendre bon compte du plaisir que m'aura fait la lecture de vos pages.

Je mets à vos pieds, madame, mes humbles excuses et mes reconnaissants hommages,

SAINTE-BEUVE.

En relisant votre lettre, je me sens confus de répondre si peu et si mal à tant de bonne grâce.

Trois mois !... Sainte-Beuve demandait trois mois !... Ils passèrent avec une rapidité vertigineuse. Je ne sais pas comment cela se fit : quoique je n'eusse rien dit de mon secret, il me semblait qu'il était connu ; car je m'apercevais, dans mes relations, d'un empressement très flatteur, que je ne pouvais attribuer qu'à cette cause. Les dames de la poste avaient-elles parlé ? Elles sont curieuses et fines, et de simples adresses peuvent faire deviner bien des choses...

Quoi qu'il en fût, j'avais enfoui mon manuscrit dans une armoire à linge ; je ne voulais plus y penser, jusqu'au moment des vacances, passées auprès de mes parents, où je me déci-

dai à le faire partir de B..., car je n'aurais pas
voulu le mettre à la poste à S..., pour ne pas
attirer l'attention de ces dames.

J'avais raison de me défier... Un mois
s'écoula, sans que j'eusse rien reçu de Paris ; et
cependant j'étais absolument sûre que Sainte-
Beuve avait dû m'écrire ; quelque chose me le
disait, quelque chose d'instinctif que je ne pouvais expliquer.

Le 12 novembre, j'écrivis de nouveau à Sainte-
Beuve, et voici la réponse qu'il me fit :

Ce 14 novembre.

Madame,

Il y a plus d'un mois j'ai eu l'honneur de vous répondre au sujet du manuscrit. Ma lettre était adressée à S... à Mᵐᵉ P. R. Je crains maintenant d'avoir
mal lu le nom. Ayez la bonté de faire réclamer la
lettre. Je vous répondais en deux mots trop courts,
mais qui exprimaient ma gratitude et l'impression
agréable que m'avait laissée cette confidence qui se
glisse à peu près inévitablement dans le premier roman d'une femme.

Je suis bien pressé aujourd'hui et n'ai que le temps
de vous envoyer mes excuses et mes hommages respectueux,

SAINTE-BEUVE.

11, rue Montparnasse.

Ainsi, cette réponse, que j'attendais avec tant
d'impatience, était restée dans des mains étrangères !...Cet échange d'idées entre Sainte-Beuve
et moi, au moment où je croyais le tenir, il
m'échappait !... A la vérité, Sainte-Beuve pouvait m'écrire de nouveau, et redire dans une
autre lettre ce qu'il m'avait dit dans celle qui
était perdue pour moi ; mais ce ne serait plus
la même chose... Il y aurait certainement changement ou dans la longueur ou dans les termes
de l'appréciation !...

Il me vint à l'esprit de m'en tenir là et de
rester seule dans l'avenir, comme je l'avais été
dans le passé !... Mais j'en appelle à tous, sommes-nous libres ? et faisons-nous tout ce que
nous voulons ?... Aussi, malgré ma résignation
passagère, j'obéis à la force supérieure, qui
nous mène tous ; j'allai à D..., je sonnai à l'Hôtel
des Postes ; je montrai au directeur les deux lettres reçues, disant qu'entre ces deux il y en avait
une qui ne m'était pas parvenue... Il m'écouta
avec déférence, me promit qu'il serait tenu
compte de ma réclamation, qu'on ferait des recherches...Deux jours après, me trouvant en visite chez des amis, j'y rencontrai la plus jeune
fille du receveur, qui me dit incidemment: « Nous
avons en ce moment notre inspecteur. » Natu-

rellement, on ne trouva rien ; ma conviction
était faite et je la gardai pour moi ; mais j'écrivis
de nouveau à Sainte-Beuve, et, sans doute, sans
que j'y prisse garde, je trempai ma plume dans
toute l'amertume de mes regrets, car voici ce
qu'il me répondit :

> Paris, ce 28 novembre.
>
> n° 11, rue Montparnasse.

Mais permettez-moi de vous dire familièrement
que vous êtes une enfant. La lettre a dû être écrite
vers le 15 octobre dernier; elle n'a aucune importance. Je souffrais de ma négligence ; mon secrétaire était absent, j'écris difficilement, et surtout illi-
siblement quand j'écris moi-même. Au retour de mon
secrétaire, j'ai dicté avec la presse de quelqu'un qui
a beaucoup d'arriéré. La lettre n'a rien de confiden-
tiel. Ainsi ne vous perdez point en conjectures. Si
vous venez un jour à Paris, faites-moi l'honneur de
me prévenir ; un quart d'heure de conversation en
dira plus que des lettres.

Veuillez agréer l'expression de mes respects et de
mes amitiés,

SAINTE-BEUVE.

II

VOYAGE A PARIS — LA MAISON
DE SAINTE-BEUVE

Aller à Paris !... Ce n'était pas précisément
ce que j'aurais voulu.... Ma timidité naturelle
m'en éloignait ; je me serais contentée d'un
commerce de lettres, entretenu avec un grand
esprit qui m'aurait guidée et éclairée dans le
labyrinthe des idées, où m'entraînaient de plus
en plus mes lectures. La nature de mon esprit
me portait vers les grands maîtres de la pensée ;
je dévorais les philosophes, et je me fis ainsi
une nourriture intellectuelle, qui n'était pas
précisément celle de mes contemporaines ni
même de mes contemporains, peu enclins, à ce
que j'ai cru comprendre depuis, aux lectures
abstraites. Je n'en retenais moi-même que selon
ma capacité et ce qu'elle pouvait en contenir ;
et je crois qu'il en est de même de tous les cer-

veaux les mieux organisés, en qui les semen-
ces reçues lèvent et poussent selon la qualité
du terrain sur lequel elles sont tombées.

Sans me faire plus philosophe que je ne suis,
j'étais attachée à S... par deux enfants char-
mants et un mari bon et tendre pour moi ; je
les aimais, sans que le sentiment du devoir
m'en fît une obligation, et ce bonheur calme
et doux, agrémenté de relations mondaines,
aurait suffi à toute autre que n'auraient pas tra-
vaillée des aspirations et des pensées, qui étaient
mon démon familier. J'avais besoin de *consulter* là-dessus, et il me fallait un médecin des
esprits, ce qu'on appelle un moraliste. Je crus
le trouver en Sainte-Beuve... Il me semblait
qu'il me comprendrait et qu'il ne rirait pas,
comme le fait le commun des hommes, de ce
qu'on nomme aujourd'hui « féminisme », et qui
n'était encore en moi, sans formule détermi-
née, qu'une révolte de l'esprit de la femme, tenue en tutelle, à laquelle on avait imposé une
sorte de prolétariat cérébral à perpétuité, et qui
tendait à s'émanciper, qui ne réclamait, de ma
part du moins, qu'un peu plus de justice et
d'équité dans la répartition du domaine intellectuel des deux sexes.

J'ai su depuis que ces pensées me venaient

du siècle, comme on peut le dire justement de tout esprit de réforme qui souffle sur le temps présent à toutes les époques.

Le démon de la femme aidant, — un démon que je ne désavoue pas, — j'allai voir Sainte-Beuve.

Le 16 mai de l'année 1864, je pris, à cinq heures du matin, le train de Paris. J'avais pour compagnons de route deux personnes de notre intimité : M. T..., vieillard ayant passé la soixantaine, de grande taille, au teint coloré, à la physionomie souriante ; l'autre personne, Mlle D..., jeune fille de vingt ans, très sérieuse, d'une piété peu commode... Mon voyage n'est que la continuation de mes rêves, et je puis les poursuivre sans gêne. M. T..., assis en face de moi, est plongé dans une douce somnolence ; Mlle D... a ouvert un livre de dévotion. Je puis donc me croire seule, et, comme mon âme est toute en dehors, il m'arrive par instant d'avoir un sourire sur les lèvres, et, tout de suite après, un nuage sur le front. M. D... ouvre parfois les yeux et les porte naturellement sur moi ; s'il a saisi le nuage, il suppose que je suis ennuyée de la longueur du chemin ; il s'efforce de me distraire, me fait remarquer la beauté des sites ; en lui répondant, je le regarde, je le connais

depuis longtemps, mais jamais il ne m'est venu
à la pensée de détailler ses traits. En ce moment,
tout en lui parlant, je pense à Sainte-Beuve, et
je me demande si, ayant le même âge, il y a
entre eux quelques similitudes... Mais qu'importent les traits du visage ? C'est le jeu de la
physionomie qui est tout !... C'est ainsi que,
causant avec moi-même, nous arrivâmes à Paris.

La grande capitale ne m'est pas tout à fait
inconnue ; je l'ai traversée, il y a quelques années, en allant dans le Loiret ; je ne suis donc
ni étonnée, ni éblouie...

Nous longeons le boulevard Malesherbes ; il
est très grand, aligné au cordeau et bordé de
maisons somptueuses ; que de mouvement ! que
de bruit !... Mais combien je lui préfère certain
sentier que je connais, tortueux, étroit et simplement bordé de troènes et d'églantiers !... et
rempli d'un délicieux silence !...

M. T... fait arrêter l'omnibus ; c'est non loin
de là que je dois chercher un hôtel ; et j'ai
l'heureuse chance de trouver une chambre pas
trop banale, celle de la propriétaire, que le gé-
rant veut bien me donner, parce que cette dame
est absente pour plusieurs jours. Elle ouvre sur
le premier palier ; le tapis de la table et la housse

du canapé sont brodés par des mains de femme ;
je puis me croire presque chez moi, d'autant
plus que les fenêtres donnent sur la cour ; je suis
éloignée des bruits de la rue.

Mon premier soin est de m'asseoir devant le
guéridon, et d'écrire deux mots à Sainte-Beuve
pour lui annoncer mon arrivée ; un garçon de
l'hôtel est chargé de porter mon billet rue Montparnasse.

Mais, en attendant la réponse, je sens déjà
l'impatience m'envahir, tant je voudrais percer
les ténèbres qui me cachent l'heure qui va suivre.

Le garçon ne tarde pas trop à revenir avec le
billet suivant :

Ce 17 mai,

Mercredi.

Chère madame et amie,

J'aurai grand plaisir à vous voir et à causer quelques instants avec vous : j'irais, dès ce soir, vous
chercher à votre hôtel si je ne dînais en ville [1]. *Demain* jeudi matin, serez-vous libre de venir vers

---

1. Le mercredi, il dînait chez la princesse Mathilde.

midi? Je le voudrais. Je serai chez moi et vous espérerai.

Je vous envoie l'expression de mes hommages et de mes sentiments respectueux et dévoués,

SAINTE-BEUVE.

Pour occuper le reste de ma soirée, il me vient le désir de voir la maison de Sainte-Beuve : il me semblait que sa vue seule pouvait me donner une idée de celui qui l'habitait et que le lendemain, en y allant, je me croirais moins étrangère.

Je me renseignai à l'hôtel, j'écrivis sur mon calepin le nom des rues qu'il me fallait suivre, persuadé qu'avec cette précaution je me rendrais facilement à mon but ; mais, au contraire de mes prévisions, je me trompe souvent, et suis obligée de m'adresser aux sergents de ville que je rencontre pour retrouver mon chemin. Ainsi je fais beaucoup de pas inutiles ; mais je ne suis pas fatiguée, pas davantage ennuyée ; mon imagination, séduite par ces difficultés que je veux vaincre, me transporte... Enfin me voici arrivée !... Je suis donc dans la rue Montparnasse et à ma gauche bientôt, je lis : n° 11. Je me donne autant que possible un air indifférent ; et, tout en marchant lentement, je fais l'inventaire de la façade : au rez-de-chaussée, une petite porte, trois fenêtres ; au premier, quatre fenêtres ; au-dessus, c'est la même chose ; la maison n'a que deux étages, et elle est tout entière habitée par Sainte-Beuve. Je l'ai su depuis. Juste au moment où je regardais de préférence l'une des fenêtres du premier, le rideau derrière le vitrage se souleva légèrement. Était-ce Sainte-Beuve ? Non, les fenêtres que je comptais étaient celles du gynécée ; — il y logeait le personnel indispensable à sa maisonnée, comme il disait, sa femme de charge et sa cuisinière. — Il s'était réservé pour lui le côté jardin ; et c'était probablement l'une des personnes attachées à son service qui avait levé le rideau, pendant que je considérais la fenêtre. Ma curiosité était payée de retour.

Le lendemain, il n'était pas plus de onze heures et demie, quand une voiture de remise me déposa à la porte de Sainte-Beuve. C'était un peu trop tôt, mais qu'y faire ? Je sonnai, et la porte d'un monde qui m'était inconnu s'ouvrit pour moi. Je fus introduite dans une pièce de moyenne grandeur, qui me fit l'effet d'être une salle à manger. Trois personnes s'y trouvaient debout, qui avaient l'air de m'attendre. La consigne était donnée, car un jeune homme à moustaches blondes, M. Troubat, secrétaire de Sainte-Beuve, s'approcha de moi et me pria de le suivre ; nous montâmes par un escalier assez étroit, et, à chaque marche, je sentais une émotion intense s'emparer de moi ; mes jambes tremblaient et mon tempérament sanguin s'en mêlant était en train de me jouer le plus mauvais tour ! Il avait posé sa palette de pourpre sur mes joues et, sans pitié, l'appuyait de plus en plus.

Sur le palier, qui n'était pas très haut, au bout d'un petit couloir, M. Troubat frappa légèrement et ouvrit la porte. Alors je vis Sainte-Beuve ; il était assis à sa table de travail. A mon approche, il se leva vivement, me regarda et spontanément m'ouvrit ses bras !... Ainsi je ne m'était pas trompée. Sainte-Beuve aurait pour moi les sentiments d'un père... A soixante ans, il avait l'auréole des vieillards ; de petits cheveux roux, à reflets dorés, teintés de blanc, encadraient légèrement sa calvitie, qui lui faisait un très beau front. « Il sera aussi, pensai-je, un ami, l'ami sûr que je désirais, qui déversera un peu sur moi de son esprit et de son cœur !... » Ce fut donc sans hésitation que j'allai à lui et avec bonheur que je reçus sur mon front un paternel baiser.

— Mettez-vous ici, me dit-il d'un ton affectueux, m'offrant un fauteuil placé près de la
cheminée, du même côté que lui à sa table de
travail, c'est la place que j'offre à la princesse
Mathilde, quand elle vient me voir.

Et sur un ton dubitatif

— Pauvre enfant, vous êtes venue de bien
loin, et cela uniquement pour moi ?...

Je lui en donnai l'assurance.

— Paris, dis-je, en balbutiant un peu, ne m'in-
téresse nullement, et dans Paris, personne ne
m'attire que Sainte-Beuve !...

— C'est très aimable et vous m'en voyez ravi ;
seulement vous êtes venue un quart d'heure
trop tôt, car je pensais, pour vous recevoir,
mettre ma belle robe de chambre, et vous ne
m'en avez pas donné le temps...

Sainte-Beuve avait sa coquetterie.

— Ce n'est pas ma faute, répondis-je en hési-
tant, si je suis arrivée un peu tôt ; c'est celle du
cocher, qui ne m'a pas amenée aussi lentement
que je le lui avais recommandé...

Puis un silence, un grand silence... J'étais si
heureuse, si émue ! Ce rêve de ma première
enfance, ce désir plus accentué de ma jeunesse
était donc satisfait !... Ce vide toujours béant
autour de moi, par l'absence totale de toute

personne vraiment supérieure, il était donc comblé... D'un seul élan, j'étais montée du fond des ténèbres au faîte des lumières de l'esprit !... Je pensais à ce bonheur qui m'était donné, et, pendant que Sainte-Beuve me parlait des fatigues de mon voyage, du pays que j'habitais, si j'y avais des relations agréables, etc., je lui répondais en quelques mots, j'étais distraite, trop loin de ce pays de S..., mes yeux erraient dans la pièce, se reposant avec un plaisir d'enfant sur les quelques meubles qui la remplissaient, depuis le canapé vert placé près de la fenêtre, donnant sur un jardin ; ils suivaient la grande table chargée de livres et s'arrêtaient sur la cheminée où deux petites photographies, comme on en posait alors sur les cheminées (l'une, m'a-t-on dit depuis, de la princesse Mathilde), se faisaient pendant, chacune dans son cadre de cuivre doré.

Sainte-Beuve me parlait toujours, et certainement comprenait un peu de mes ravissements. Cependant il était embarrassé, il aurait voulu m'entendre à mon tour, et me pressait pour cela.

Combien il y a d'années !... et ce sera toujours devant mes yeux !... Nous étions debout ; sans doute, je m'étais levée pour le départ ; M. Troubat et Sainte-Beuve étaient en face de moi, et Sainte-Beuve, pour me sortir de mon silence, me frappait légèrement sur l'épaule, me répétant : « Parlez, parlez sans crainte, pour que je vous entende penser. » Puis, il interpellait son secrétaire, pour qu'il vînt mettre un peu d'entrain à un entretien si difficile ; mais M. Troubat aussi était muet.

Le fait est que c'était à moi à parler, ne fût-ce que pour me faire connaître ; mais j'étais trop timide ; les pensées que je voulais exprimer affluaient... les paroles ne venaient pas !... Combien je maudissais en cet instant la sotte éducation qui faisait de ma vie un éternel silence ! Sainte-Beuve était pourtant un confesseur des esprits, qui mettait tout d'abord à l'aise son monde.

Ne voulant pas abuser de sa bonté, je pris congé de lui en disant que j'étais heureuse de l'avoir vu ; que je ne voulais pas lui faire perdre davantage un temps précieux ; que du reste je me sentais fatiguée, et que j'allais retourner à mon hôtel, espérant le voir un peu avant mon départ, dans un moment où je serais sûre de ne pas le déranger du tout.

— Eh bien, oui, me dit-il, allez vous reposer ; nous pourrons causer demain plus longuement ;

14

voulez-vous accepter à dîner chez moi avec les
personnes de ma maison ?...

— Oh! non, m'écriai-je avec une sorte d'effroi.

— Quoi ! cela vous ennuie ?

Et avec la voix que l'on prend pour parlerà
un enfant que l'on gâte :

—Préférez-vous dîner seule avec moi?... Dans
ce cas nous dînerons au restaurant... Voulez-
vous ?

— Oh ! oui, j'accepte avec plaisir...

— Alors, c'est entendu, demain à six heures
et demie, j'irai vous chercher à votre hôtel ;
d'ici là j'enverrai prendre de vos nouvelles...

Il me reconduisit jusqu'à ma voiture, me
recommanda au cocher, et, me faisant un geste
de la main : — Au revoir, n'oubliez pas... demain, six heures et demie !

Que m'importent Paris, ses rues, ses monuments !... Ma voiture, en courant, me fait lon-
ger tout cela ; mes yeux s'y portent, mais ne
s'y arrêtent pas ! Ma pensée est en dedans...
Je revis ce dernier quart d'heure. Combien je
me suis montrée sotte ! Mais ce n'était pas ma
faute et Sainte-Beuve, qui est bon, l'a compris ;
il me pardonnera l'ennui que mon mutisme lui
a causé et, par cet ennui même dont il se sou-
viendra, j'aurai une place dans sa pensée.

Combien aussi a-t-il dû être étonné, quand, répondant à son invitation de dîner chez lui avec les personnes de sa maison, je me suis écriée : « Oh ! non ! non !... »

Un tel refus ne saurait s'expliquer par un excès de timidité ; la coquetterie seule m'empêcha d'accepter. On va me comprendre.

J'ai dit que, malgré mes airs de grande jeunesse, deux fois déjà j'avais été mère. A la suite de mes dernières couches, il m'était survenu un engorgement glandulaire, dont je souffrais beaucoup moralement. Je ne pouvais me consoler de voir en moi cette espèce de difformité, assez petite en apparence, mais qui était quand même une note triste qui m'accompagnait partout. Personne cependant ne s'en était aperçu ; j'avais une abondante chevelure ; je la disposais de manière à la répandre sur mon cou, et, quand je me coiffais plus simplement, je posais sur ma tête un petit fichu, qui suffisait pour la dérober aux regards ; — alors je n'y pensais plus. — Mais à Paris !... dans un dîner avec des Parisiennes, si au courant de la mode, pouvais-je me mettre à ma guise ?...

Le seul moyen aurait été de laisser voir et de m'expliquer franchement et gaiement... mais il aurait fallu, pour cela, avoir un peu plus l'habi-

tude du monde... de Paris. Ma nature sauvage
s'effraya des efforts à faire pour être aimable
avec plusieurs inconnues, et ce fut avec joie que
j'acceptai l'offre de Sainte-Beuve de dîner seule
avec lui. J'étais sûre de sa bonté, je le croyais
indifférent pour tous les petits détails de la toilette féminine, et je pensais que, dans une conversation sérieuse, ils passeraient inaperçus.

Je rentrai, dans ces pensées, à l'hôtel, un peu
fatiguée, et je m'étendis sur le canapé. Je commençais à sommeiller quand un léger coup,
frappé à la porte, me fit lever en sursaut... Tout
en arrangeant mes cheveux un peu en désordre,
j'allai ouvrir. C'était un garçon de l'hôtel qui
conduisait un enfant de neuf ans à peine, d'une
jolie figure et tout habillé de bleu; il portait
avec ses deux mains un énorme bouquet de boutons de roses; il me le tendit en même temps
qu'un petit billet, qu'il sortit de la poche de
son veston.

J'embrassai l'enfant, je lui mis dans la main
une pièce d'argent et je rentrai dans ma chambre, heureuse et charmée.

Le billet était ainsi conçu :

Ce jeudi soir.

Chère madame et amie,

J'ai été très heureux de vous voir ce matin; je ne vous l'ai pas assez marqué, car nous autres hommes nous avons aussi nos timidités. Je me fais une fête de causer demain librement avec vous et de vous entendre me raconter votre vie. Je ne manquerai pas d'être chez vous avant six heures et demie.

Je vous prie d'agréer mes hommages respectueux et dévoués,

SAINTE-BEUVE.

III

DINER AVEC SAINTE-BEUVE

Le lendemain, à six heures et demie précises, Sainte-Beuve entrait dans ma chambre. Il était en pantalon gris, redingote noire, cravate de satin noir avec nœud tout fait, chapeau haute forme à la main, une canne, et non le légendaire parapluie qu'on lui prête. Bien que j'attache peu d'attention aux formes extérieures, il me sembla cependant que Sainte-Beuve me plaisait davantage dans son cabinet de travail qu'en tenue de ville ; mais je ne m'arrêtai pas à cela, étant heureuse de voir qu'à travers sa physionomie sérieuse, il y avait toujours cette bonne sympathie qu'il m'avait témoignée la veille.

Étant prête pour sortir, je me dirigeai vers la porte. Sainte-Beuve jeta sur toute ma personne un long regard et parut satisfait. J'avais les mêmes

ajustements que la veille, car, absolument indifférente pour la toilette, je n'avais apporté que
celle-là, et ma tenue de voyage. C'était, suivant
la mode du jour, une robe de linon, légèrement
foncée, une grande polonaise noire en soie mate,
et une capote de dentelle noire, toute couverte
de violettes de Parme. A la porte de l'hôtel,
nous prîmes le fiacre qui nous attendait.

Je ne sentais plus en moi cette grande timidité qui m'avait complètement paralysée la
veille; je n'avais à compter avec aucune personne étrangère; j'étais seule avec Sainte-Beuve,
avec cet esprit que je connaissais et avec lequel
je m'entretenais depuis si longtemps dans le
secret de mes pensées! Sa vue ne faisait qu'ajouter à mon assurance, car j'étais sûre de sa grande
indulgence. Les bévues de mon langage, non
encore formé, mes hésitations à la recherche des
mots qui devaient traduire mes idées, tout cela
me serait pardonné par l'illustre académicien!...
Bien mieux, il m'aiderait, comme il l'avait déjà
fait, à achever de traduire mes pensées, lorsque
je ne pourrais que les ébaucher. Ce qu'il voulait surtout, c'était que je me lançasse, que je
me fisse connaître et, pour m'encourager, ne
m'avait-il pas dit la veille, tandis que ses deux
mains écartaient mes cheveux et découvraient

mes tempes : « Il y a de l'esprit, je le vois, sous
ces veines bleues, il ne s'agit que de le débarrasser de ses langes !...» Et cette éducation à faire
ne lui déplaisait pas.

Cependant ce fut encore lui qui fit les frais
de la conversation pendant notre trajet ; il s'en
acquittait, m'entretenant de choses indifférentes ;
une dame laissait traîner sur la roue d'un riche
coupé une élégante toilette :

— Voyez, me disait-il ; cette robe sera perdue... quel désordre !...

Plus loin, me touchant le bras :

— Regardez à droite cette maison avec porte
cochère : c'est là qu'habite la comtesse de P...,
c'est une femme très instruite, aucune langue
ne lui résiste ; en ce moment, elle apprend l'hé-
breu... Paul Lacroix la voit souvent...

Puis il se mettait à fredonner une romance
anglaise, qu'il avait retenue, en l'entendant souvent chanter par sa mère.

Mais nous sommes arrivés ; la voiture s'arrête.
Sainte-Beuve me donne la main pour descendre, puis il continue de l'appuyer légèrement
sur mon bras et me guide dans l'escalier. Au
deuxième étage, un garçon de grande taille, vêtu
de noir, nous ouvre à deux battants la porte
d'une salle à manger, recevant le jour par deux

fenêtres, auxquelles sont de petits balcons-appuis. Sainte-Beuve me mène à l'une d'elles :

— Venez, dit-il, il faut d'abord que vous connaissiez l'endroit où vous êtes ; ici, à droite, c'est le Théâtre-Français ; d'ici l'on voit les loges des actrices : on voit même quand ces dames s'habillent. En face, demeure le prince Napoléon ; il vient souvent chez moi ; là, sous vos yeux, au-dessous de nous, ce sont les jardins du Palais-Royal ; tout à l'heure, nous entendrons la musique de la Garde... Maintenant, mettons-nous à table, le potage est servi...

Je m'arrêtai devant la glace ; j'ôtai ma polonaise ; mais, au moment de soulever ma capote, je songeai tout à coup à cette affreuse chose, que j'avais oubliée complètement ; il me fallait mettre une pointe de dentelle sur ma tête, et ce que je croyais facile et indifférent à Sainte-Beuve ne l'était pas. Debout derrière moi, il ne perdait pas un de mes mouvements. Quand il me vit tirer de mon corsage cette légère dentelle et la poser sur ma tête, il s'écria :

— Ah ! que faites-vous ? Vous allez me cacher ces beaux cheveux ?

— Oh ! je vous en prie, dis-je d'un ton suppliant, laissez-moi mettre ce léger fichu... Je sais que ce n'est pas de mode à mon âge ; mais j'en

ai l'habitude, et, à S..., personne ne s'en aper-
çoit...

— A S..., ce sont des barbares ; à Paris, nous
voulons que ce qui est joli reste joli...

Et d'un ton interrogatif :

— Vous n'avez pas froid ?...

J'aurais pu saisir ce motif ; nous n'étions encore qu'au mois de mai ; mais je ne sais pas
mentir :

— Non, dis-je, je n'ai pas froid ; c'est une
autre cause qui m'oblige à couvrir ma tête...

— Une autre cause ?... laquelle ?...

Alors je lui racontai ce qui m'était survenu
après la naissance de mon second enfant. Il
s'approcha de moi pour voir de près ce grand
mal qui semblait me désespérer, car mes yeux
humides paraissaient près de laisser échapper
des larmes ; il mit son doigt sur cette maudite
glande qui, semblable à une amande, dont elle
avait la grosseur et la forme, se montrait près
de mon oreille gauche :

— Oh ! que vous êtes enfant ! quoi ! cette mi-
sère vous désole à ce point !...

— Oui, elle me désole, et ce dont je rougis
le plus, c'est d'en être désolée !...

— Mais ce n'est rien ; un savant docteur vous
en débarrassera bien vite ; voulez-vous ? restez

demain, je ferai venir mon médecin (le docteur
Veyne) chez moi, afin qu'il voie ce qu'il y a à faire...

— Oh ! m'écriai-je, c'est inutile, j'ai consulté
les trois médecins de S... et tous ceux des envi-
rons ; tous s'accordent et disent que, pour faire
disparaître cet engorgement, il faut du temps
et, pour activer un peu le temps, les eaux de
Salins.

— Eh bien ! promettez-moi d'aller à Salins et
d'y faire une saison, deux, s'il le faut.

Et, d'un ton dans lequel l'affection avait éloigné toute crainte d'indiscrétion :

— Rien ne vous en empêche ?

— Oh ! non, dis-je vivement, rien ne m'en
empêche, et j'irai certainement à Salins à la fin
d'août.

Là-dessus nous entamâmes le potage, et, pendant quelques instants, ce fut un silence relatif,
que Sainte-Beuve rompit le premier :

— Et vous pensiez, me dit-il, que ce léger
bobo allait vous nuire à mes yeux !... Comme
vous vous trompiez !... Il me semble qu'au contraire je vous en aime davantage ; car je vous
aime, je vous aime beaucoup.

Et comme il s'animait en me disant cela, moi
vivement :

— Vous m'aimez beaucoup ?... Mais comment m'aimez-vous ?

Alors lui, avec hésitation :

— Comme... comme... comme on aime une femme.

— Oh ! m'écriai-je ; ce n'est pas cela que je veux... Oh ! mais pas du tout !... Votre âge me promettait l'affection paternelle que vous m'avez témoignée jusqu'à présent ; et vous vous trompez, ô Sainte-Beuve !... C'est bien là l'affection que vous éprouvez pour moi, et non pas une autre ?...

J'attendais une réplique ; mais Sainte-Beuve, la tête dans ses mains, gardait le silence. Alors je me lève, je vais à lui, je lui prends affectueusement la main, je l'écarte sur la mienne, qu'elle dépasse de tous côtés, et je la porte pieusement à mes lèvres, lui disant :

— O vous que je cherche, depuis mes premiers pas dans la vie, que j'ai enfin trouvé et placé si haut dans mon admiration que nul homme ne peut vous atteindre, restez grand, au moins pour moi ; car, de tout ce qui est vous, je n'aime que votre génie... et cette main qui a écrit de si belles pensées, pour lesquelles je suis venue !... Faites comme moi, je vous en prie, faites abstraction complète de mon corps de femme ; et si vous ne voulez pas m'aimer comme un père, aimez-moi comme un ami, comme Sénèque aimait Lucilius !...

A ces mots, Sainte-Beuve lève vivement la tête et me dit :

— Je ne suis pas Sénèque, et les idées qui vous ont plu ne m'arrivent dans mes écrits qu'à la suite d'un sujet qui les a fait naître. Ce sont des accidents qui se produisent de loin en loin ; mais, dans le courant de la vie, je ne suis qu'un homme, un homme très terre à terre, qui ne voit au monde qu'une chose aimable et désirable : la femme !... J'aime la femme et ne puis m'en passer... J'en ai chez moi, elles forment ma maisonnée...

— Ah ! oui, m'écriai-je, je les ai vues à mon entrée dans votre maison, et mon idéal en a été blessé [1]... Voulez-vous que je me fasse mieux comprendre par une comparaison ?...

Sainte-Beuve ne répondit pas : sa physionomie s'était assombrie dès mes premiers mots. Je poursuivais quand même :

---

[1]. Il fallait pourtant bien que Sainte-Beuve fût servi, et il aimait mieux l'être par des femmes que par des hommes ; c'est ce qu'il voulait dire. Personne autre que sa femme de charge et sa cuisinière ne couchait à domicile.

J. T.

— Je suis venue à Paris avec deux personnes, qui font partie de nos connaissances intimes. Ce matin, je suis allée avec elles voir les
monuments. Nous nous sommes arrêtés longtemps devant la colonne Vendôme, admirant
au faîte le grand homme, qui mérite si bien
d'habiter les nues... Que penseriez-vous, ô
Sainte-Beuve, si, au milieu de ces trophées de
gloire, l'artiste eût gravé en beaux reliefs...

Là je m'arrêtai : ayant regardé Sainte-Beuve,
je compris qu'il ne m'entendait pas. Cette colère
qui, dès mes premiers mots, avait envahi ses
traits, s'était accentuée de plus en plus et arrivait à un état si intense que ses lèvres s'agitaient
comme s'il avait voulu dire quelque chose qu'il
ne pouvait pas.

Qu'avais-je fait ? Dans ma cruauté de jeune
femme, j'avais été impitoyable ; moi si ignorante
de la vie, et qui ne connaissais rien des agents
secrets qui guident l'humanité !... J'avais sans
doute élargi une plaie que d'autres avaient faite
avant moi !...

— Oh ! m'écriai-je, Sainte-Beuve, pardonnez-
moi ; gardez-moi votre sympathie, je vous en
prie ; dites, dites que vous ne m'en voulez pas !...
Vous voyez bien que je suis une inconsciente,
une sauvage, une échappée des bois !...

Il me regarda, et sa bonne physionomie ayant repris le dessus, il me dit :

— Moi, vous en vouloir, enfant!... oh! non, vous pouvez me dire tout ce qu'il vous plaira ; sans le vouloir, vous me ferez peut-être encore de la peine ; mais, certainement, je ne vous en voudrai jamais !...

A travers la table, je lui tendis la main, il la serra affectueusement.

— Et maintenant, lui dis-je, puisque vous ne pouvez ou ne voulez pas être mon maître en philosophie, vous serez toujours mon ami, mon confident, vous me permettrez de vous écrire quelquefois, de vous faire part de tous mes plaisirs, de toutes mes peines, de toutes mes aspirations ; dites, cher Sainte-Beuve, me le permettez-vous?...

— Oui, écrivez-moi, ce sera toujours avec le plus grand plaisir que je recevrai vos lettres ; je n'y répondrai pas longuement, parce que cette main, que tout à l'heure vous avez portée à vos lèvres, est très fatiguée ; pour mes longues lettres, je suis obligé d'avoir recours à l'aide de mon secrétaire ; mais à vous, personne n'écrira que moi...

— Maintenant, dis-je, parlons de choses sérieuses, voulez-vous?

Il me regarda longuement, détailla avec un air d'ironie chacun de mes traits, puis, sur un ton railleur et didactique :

— Ah ! oui, parlons de la chute des trônes, du bouleversement des empires...

Depuis longtemps déjà, de beaux accords s'élevaient des jardins et remplissaient notre salle. Sainte-Beuve se leva : « Venez, dit-il, allons voir ce qui se passe au dehors. »

Nous retournâmes à la fenêtre, et portant naturellement nos regards devant nous :

— Ah ! dit-il, voici le prince Napoléon à son balcon ; il m'a reconnu, il nous salue...

Et, en même temps, il leva sa petite toque de velours noir, et moi, je m'inclinai respectueusement. Au-dessous de nous, une grande foule circulait. Dans d'autres circonstances, j'aurais pu m'intéresser à ce spectacle ; mais en ce moment j'avais plutôt hâte de revenir à table et de poursuivre la conversation qui me plaisait.

— J'ai lu, dis-je à Sainte-Beuve, plusieurs de vos ouvrages ; me permettez-vous de vous en parler ?

— Oui, donnez-moi votre appréciation sincère.

— D'abord, *Volupté* ; je commence par vous avouer que je n'aime pas ce titre ; qu'ensuite, le style de ce livre n'est pas à la hauteur de votre génie d'écrivain, et qu'enfin je préfère-rais que vous ne l'eussiez pas écrit...

Sainte-Beuve gardait le silence, son regard semblait plonger dans un sombre lointain. Je continuai :

— L'héroïne de ce livre vit-elle encore ?... et quel âge a-t-elle maintenant ?

Il sembla se réveiller tout à coup.

— Ah ! me dit-il avec un ton maussade, elle est âgée... elle a plus de cinquante ans... elle est toute plâtrée...

Il poursuivit sans que j'eusse eu l'indiscré-tion de l'y convier :

— Je la vois de temps en temps... Il y a quel-ques jours, je lui ai rendu un service, et cha-que fois que l'occasion se présente, je ne manque pas de l'aider de tout mon pouvoir...

Je continuai :

— J'ai lu aussi vos Poésies ; j'aime *Joseph Delorme* ; il m'a appris les sentiments de votre jeunesse, alors que, tout fier de votre nouvelle science, vous rejetiez loin de vous les croyances que vous aviez aimées. Vos vers ont une dou-ceur féminine, et, pour cela, je les trouve char-mants... J'en ai retenu plusieurs que j'aime ré-péter à certains instants de ma vie...

Sainte-Beuve souriait, il paraissait content.

— Mais pourtant, me dit-il, je crois qu'avec votre nature, telle qu'il me semble la connaître, vous devez préférer la prose?...

— Oui, j'aime la prose ; — la prose, comme dit Veuillot, c'est l'épée ; — combien j'aime, cher Sainte-Beuve, voir cette épée dans vos fines mains, vous en servant pour abattre les intolérants !... Mais plus souvent, vous vous servez du fleuret ; avec quelle grâce vous savez le manier, avec quelle habileté vous en dirigez la pointe, juste dans l'endroit sensible !...

La figure de Sainte-Beuve se rembrunissait ; mes adulations, pourtant sincères, ne lui plaisaient qu'à demi ; son métier de critique, qu'il avait élevé au delà de toute supériorité et qui déjà avait posé sur sa tête la couronne de gloire, il semblait le dédaigner !... Je changeai de conversation.

— Cher Sainte-Beuve, voulez-vous ? parlons des choses de l'âme... de celles qui m'intéressent le plus... croyez-vous à la vie future ?...

Il hésite ; puis :

— Oui, j'y crois encore un peu...

— Eh bien, moi, lui dis-je, je crois qu'avec notre mort finira cet affreux *moi*, cause unique de toutes nos peines...

— Alors, là-haut, je ne verrai plus mon aimable amie, permettez-moi de dire : ma Pauline !...

Après deux ou trois questions de ce genre, auxquelles je reçus des réponses analogues, je compris que Sainte-Beuve, regrettant pour lui les croyances qui avaient été la poésie de son enfance, ne voulait contribuer en rien à aider les autres à s'en débarrasser complètement, et qu'ainsi il était inutile de chercher en lui un maître en philosophie. J'avais trouvé un ami ! Après quelques velléités de galanterie bien vite réprimées, j'étais sûre d'avoir un noble ami ; j'avais désormais un conseiller en matière de goût ; je ne devais pas demander plus. — Plus aurait été trop beau, et le beau, dans la nature humaine, a ses limites.

Je m'étais tue ; Sainte-Beuve en profita pour m'interroger à son tour :

— Alors vous avez beaucoup lu ? Connaissez-vous nos romanciers en vogue ?

— Quelques-uns seulement, mais ils m'attirent peu, pour ne pas dire : pas du tout.

— Vous préférez les philosophes ? Aimez-vous Cousin ?

— Non, Cousin ne m'inspire absolument rien... tout ce qu'il a dit, je l'ai déjà appris ailleurs, et

dans des termes qui me plaisaient davantage
que les siens.

— Mais en fait de philosophes contemporains,
qui aimez-vous ?

— J'aime surtout Edgar Quinet ; il traduit
plusieurs de mes idées ; il les rend plus claires ;
il les affirme ; en un mot, il m'a fait beaucoup
de bien.

Aimez-vous George Sand ?

— Je l'ai peu lue... J'ai parcouru quelques
pages de *Lélia* ; je n'y ai rien compris. J'ai pré-
féré *Spiridion* : là je l'ai vue, ainsi que moi,
luttant avec les souvenirs d'une ancienne foi,
cherchant à s'en créer une nouvelle... heureuse
de sentir parfois cette lumière céleste, qui vient
nous rendre visite à tous, mais à la dérobée et
pour peu de temps !... mais pendant ces courts
instants nous réchauffe et nous remplit de vie !...
Ce bienfait divin que la religion appelle la Grâce,
que Spinoza appelle la Béatitude, et qu'elle,
George Sand, appelle l'Esprit !

Je dis tout cela d'un trait ; je ne voyais plus
Sainte-Beuve, je me croyais transportée dans
ma chère solitude, si favorable à ces extrèmes
douceurs, qui souvent nous envahissent et ne
peuvent s'expliquer !...

Ainsi nous parlâmes longtemps, et de beaucoup d'autres choses encore... je m'exprimais presque sans gêne, parce que j'étais sans prétention et que j'avais toute la sécurité qu'offre un entretien avec un grand esprit. Mais, à causer ainsi, les heures passent vite, et il était tard quand je pensai que Sainte-Beuve avait peut-être encore à travailler, avant de songer au repos, et que moi, je devais prendre le premier train. Sainte-Beuve, se levant, eut la bonté de me dire combien il regretterait ces heureux instants si tôt passés. Il me reconduisit à mon hôtel, me donna au front le baiser paternel en me serrant la main, et me fit promettre de lui écrire sous peu, et surtout de ne pas oublier ma saison à Salins.

Deux ou trois jours après mon retour, je lui écrivis et je le priai de me dire en toute sincérité comment il m'avait trouvée, quelle impression lui avaient laissée les quelques heures qu'il m'avait été donné de passer auprès de lui.

Je reçus de lui cette lettre :

Ce 20 mai 1865.

Chère madame et amie,

Je répondrai sans égard pour la dernière ligne de votre lettre, c'est-à-dire avec discrétion et franchise à la fois. La sûreté, quand on écrit, n'est que là.

15.

J'ai été heureux de connaître une personne qui m'avait témoigné tant de bienveillance et avec un élan si spontané, si aimable. Ce serait à moi à vous adresser des questions et à m'excuser des fautes que j'ai pu commettre dans un entretien où je n'apportais que le désir de vous agréer, de ne pas vous déplaire, de ne pas vous ennuyer surtout, de vous apprivoiser un peu. Je suis incapable du solennel ; mon sérieux est dans ma sincérité et dans mon naturel. J'ai pu ainsi vous choquer sans le vouloir, vous paraître en désacord avec tel ou tel passage de mes écrits, qui, une fois publiés et envolés, sont comme les fruits tombés à terre dont l'arbre ne se soucie plus. Je les oublie en toute hâte, dès qu'ils sont sortis.

J'ai trouvé en vous élévation, sérieux, et surtout un principe d'affection dont je vous remercie et que je tâcherai de reconnaître par quelques conseils.

Vous paraissez mépriser trop le corps et la santé ; il faut les soigner, ils le méritent. Promettez de suivre cette guérison et *solution* moyennant des eaux appropriées. La bonne philosophie n'est pas celle qui a sa racine dans la tristesse ; elle doit donner de la joie. Vous êtes jeune, mère ; vous avez l'avenir, il faut vous le conserver riche et riant ; la réalité y amène assez d'ombres sans qu'on le veuille.

Il vous faut lire avec quelque suite ; je vous ai indiqué deux lectures, les *Débats* et la *Revue des Deux Mondes*, qui vous donneront de la bonne nourriture et des envies, des indications. D'ici à quelques jours, je m'occuperai de vous adresser le *Port-Royal :* je vous demande quelques jours, parce qu'une circonstance naturelle doit me remettre en communication avec mon libraire, avec celui de cet ouvrage

Je serai heureux de savoir de vous comment vous êtes, ce que vous faites et sentez ; j'aurai bien de l'indulgence à réclamer pour ma correspondance, pour mon écriture peu lisible (à moins que je ne dicte). La fatigue fréquente qui est mon seul mal habituel me rend inégal, irrégulier. L'amitié sera indulgente et aura ses pardons. Je les implore pour l'avenir, pour le passé, et suis à vous, chère madame et amie, de tout cœur et de tout respect,

SAINTE-BEUVE.

IV

Au cours de notre entretien, pendant le dîner que je viens de raconter, Sainte-Beuve, répondant aux plaintes que je lui exprimais sur le vide de ma vie en province, m'avait dit :

— Vous n'êtes pas dans votre milieu, et vous en souffrirez toujours ; venez avec votre famille vous installer à Paris. J'ai beaucoup d'amis, de connaissances, et votre salon sera bientôt rempli. Ce contact des intelligences aiguisera votre esprit ; il fortifiera votre jugement ; il éclairera votre goût...

— Mais, m'écriai-je alors, vous voyez bien, cher Sainte-Beuve, que je ne suis pas une femme du monde.

Et lui, avec conviction :

— Je ne demande que quinze jours pour

faire de vous une femme du monde accomplie.

Je ne m'étais pas laissé séduire, malgré tout l'attrait de la perspective ; premièrement, des raisons de famille m'en empêchaient ; et puis j'étais trop l'enfant de la nature. Perdre mes montagnes et mes bois, mes seuls temples, mes seuls autels ! Oh ! non, répétais-je, cela est impossible, j'en mourrais.

De mon côté aussi, j'aurais voulu avoir mon action efficace sur Sainte-Beuve ; j'aurais voulu que, s'affranchissant de cette manière d'être *terre à terre*, comme il aimait à s'en vanter, il posât un peu plus au grand homme qu'il était véritablement.

Il n'était pas homme des sens, et voulait le paraître. J'aurais voulu le guérir de ce travers, et le défendre contre lui-même du tort qu'il faisait à sa personne morale.

J'étais persuadée, de même qu'il l'était pour moi, que quinze jours d'une vie mêlée dans tous ses instants m'auraient suffi pour amener Sainte-Beuve à ce changement.

Quelques mots, quelques comparaisons, quelques sourires désapprobateurs auraient été mes seuls instruments. Instruments de femme, dira-t-on ; mais qu'importe, pourvu que la main qui les dirige soit habile et, sans faire mal, arrive à un bon résultat !

Je revis deux fois Sainte-Beuve à Paris. En 1865, il venait d'être nommé sénateur ; il était alors à l'apogée de sa gloire ; chacun l'appelait l'homme le plus spirituel de France. Heureuse de sa nomination, j'avais été le voir pour mêler mes félicitations à celles de tous ses amis. Je le trouvai le même, ne gardant que sa bonté et cette élégance de l'âme que Théodore de Banville lui reconnaît à si juste titre [1]. Avec ces rares qualités, comme il savait fêter ses amis ! Ce jour-là, un monceau de cartes et de lettres encombrait sa table de travail ; après les premières effusions de l'arrivée, il s'assit en face de cette avalanche et m'offrit une chaise à ses côtés : deux corbeilles étaient devant nous, et, tout en faisant un triage, nous causions ; moi, de lui, de ses travaux, de sa gloire ; lui, de moi, de mon étroit sentier, de ses épines, de ses fleurs !...

Je fis ma seconde visite en 1867 : les journaux m'avaient appris qu'il était malade ; je lui écrivis tout de suite ; sa réponse parut si triste, si découragée que je partis immédiatement.

1. Théodore de Banville, *Petites études. L'Ame de Paris. Nouveaux Souvenirs*, XVI, p. 168. Paris, G. Charpentier, 1890.

A mon arrivée, je le vis très gai, se disant beaucoup mieux, presque guéri et me fêtant avec son affection habituelle ; me priant avec instance de dîner chez lui le soir ; ce que je refusai encore... et de n'avoir pas donné à Sainte-Beuve ce plaisir auquel il tenait réellement, il m'est resté un regret qui semble s'accroître avec les années !

Au mois d'août de l'année 1869, je reçus une lettre de M. L. Chenillion, que je n'avais pas l'honneur de connaître ; il m'annonçait l'arrivée d'une petite caisse, qui me fut remise en même temps que sa lettre :

« Je ne vous dis pas, m'écrivait-il, quel est celui que représente le buste que vous allez recevoir, car je suis sûr que vous allez bien vite le reconnaître. »

Je fis sauter le couvercle de la caisse avec mon impatience habituelle ; j'enlevai le papier et je m'écriai : « Sainte-Beuve ! » — C'était en effet le petit buste si expressif, si vivant, si raviné par la souffrance et la maladie, mais qui rend si bien la physionomie de Sainte-Beuve, dans cette période douloureuse de la fin de sa vie, — où le sculpteur Louis Chenillion la saisit en 1868.

La mort de Sainte-Beuve me surprit comme un coup de foudre, en 1869. Il me sembla, dans

le premier moment, qu'une ombre épaisse allait
se projeter sur notre pays. Mon esprit, depuis
trente-sept ans, porte encore le deuil des Lettres françaises, — et le mien propre, dominé
par le souvenir d'une bonté latente, qui ne s'af-
fichait pas, mais si compréhensive, si effective,
qu'elle me paraissait être une émanation de l'âme
universelle.

C'est à cette qualité rare — la bonté — que
j'ai voulu rendre hommage, en publiant les lettres que j'avais reçues de Sainte-Beuve. J'ai cru
que la reconnaissance me faisait un devoir de
donner ma note d'amour dans le concert dis-
cordant de haines et de rancunes aveugles et
irréfléchies, qui se réveillent parfois, avec tant
d'âpreté, contre la mémoire de ce grand esprit,
que George Sand appelait « une des lumières »
de sa vie, et qui en fut, en effet, une des plus
hautes, du siècle littéraire où il vécut.

Je livre dès lors ces Lettres à la publicité.

1

Ce 6 juin [1865].

Ma chère madame et amie,

Je ne veux aujourd'hui que vous remercier de votre lettre : je n'y réponds pas encore. Je suis surchargé, voulant écrire un article pour *le Constitutionnel* de lundi prochain [1], afin de ne pas tout à fait paraître déserter le métier. Ces semaines-là, je suis une *non valeur*.

J'ai lu avec bien du plaisir tout ce que vous m'avez raconté ; je le relirai et vous dirai mes pensées à ce sujet. Voilà un temps magnifique : ne nourrissez rien de triste, fondez les ennuis, retrouvez votre fraîche santé bourguignonne dont votre teint a gardé la couleur. Soyez bien enfin et je serai le plus charmé de vos amis.

Avec mille tendres respects,

Sainte-Beuve.

Je n'ai rien oublié de ce que j'ai promis.

1. Probablement l'article intitulé : *De la Poésie en 1865* (lundi, 12 juin 1865, *Nouveaux Lundis*, t. X). Sainte-Beuve ne faisait plus son article hebdomadaire ; il était très fatigué et déjà travaillé par la maladie.

2

Ce 12 août 1865.

Chère madame,

Je me demandais où vous étiez, si vous aviez obéi aux prescriptions de la science et aux conseils de l'amitié : à la bonne heure ! je ne connais pas les eaux de Salins, mais j'aime à croire que ce sont celles qu'il vous faut et que leur vertu sera efficace. — Je n'ai vu Salins qu'en courant, à distance : c'était du temps des diligences : je passais à une demi-lieue environ par une grande route, et j'ai vu une jolie ville se dessiner dans un cadre de montagnes. Il y a à Salins un homme (je ne veux pas dire par là qu'il n'y en ait pas plusieurs), mais un homme entr'autres, de mérite et original : M. Max Buchon, érudit et curieux, qui a traduit des romans populaires de l'allemand et fait des poésies très rustiques et voisines de la nature ; il est ami de quelques-uns de mes amis d'ici : — c'est une nature rude, échantillon de race jurassienne. — Je ne savais pas le pays si pittoresque ni si beau. Nous autres Français, nous commençons toujours par connaître et vanter l'étranger. Nous sommes les derniers à nous découvrir nous-mêmes.

Je vois avec plaisir que vous lisez : il y a, de temps en temps, dans les *Débats*, de bons articles ; M. de Sacy en fait d'assez aimables et de naturels ; Littré

en fait de savants et de durs ; Taine, de savants et
de bien ingénieux. Cuvillier-Fleury rend compte au
moins de ce dont il parle, quoique ce soit bien tiré
par les cheveux. Vous ne me dites pas que vous ayez
lu de la *Revue des Deux Mondes*.

Je savais bien que vous m'aviez trouvé tout autre
que vous ne vous l'étiez figuré ; j'ai fort déchu, à la
simple vue, de l'idéal rêvé ; mais peu m'importe si
vous daignez m'accepter sous ma vraie forme et me
conserver quelque amitié : l'essentiel est de ne point
mentir.

Je vous souhaite la meilleure santé et suis tout à
vous, chère madame, de respect et d'amitié,

SAINTE-BEUVE.

3

Ce 27 août.

... J'apprends avec plaisir que votre médecin est
content et que les eaux réussissent. Mon dieu ! comme
je ne suis pas comme vous ! Lorsqu'entre plusieurs
choses présentes ou prochaines, l'une est là qui me
plaît avant tout, c'est à celle-là que je cours d'abord ;
il n'y a de volonté qui tienne. Vous faites le contraire :
vous êtes une vertueuse, vous pratiquez l'ascétisme.
Vous valez mieux que moi.

Je ne vous en aime pas moins, chère madame,

SAINTE-BEUVE.

4

Ce 2 septembre 1865.

Chère madame,

J'ai bien raison de ne pas voyager et de rester dans mon fauteuil : c'est comme si j'avais vu les choses, quand je vous lis, c'est comme si je voyais les gens; vous me faites assister à ce manège de petite ville encadrée dans des sites sévères. Ne vous rétractez pas sur B... Je sais faire la part de tout. C'est un brave homme qui a, en effet, le nez de travers, la ride austère, la tête dure et le cœur droit. Cela ne fait pas un mari très aimable, mais peut faire un bon et sûr ami. Vous me faites plaisir par tous ces détails mêmes ; j'aimerais à savoir, cependant, que les eaux ont tout à fait opéré et qu'on ôte maintenant la *bride de chapeau* ou de *bonnet* sans plus y mettre de façons· Je reste très matériel, vous le voyez, très terre à terre, très *homme à femme*, comme les Salinois; je ne vous traite pas en stoïcienne, mais en jolie femme qui est faite pour occuper. Savez-vous qu'en cela ils ne sont pas si bêtes ?

Je me borne à vous écrire ce peu de mots qui doivent vous atteindre avant votre départ de Salins.

Je vous baise respectueusement la main,

SAINTE-BEUVE.

5

Ce 16 octobre 1865.

Je suis charmé de vous savoir de retour et rentrée dans le centre de votre vie. Peut-être est-il un peu étroit et vous en souffrez. Si vous habitiez Paris, vous vous y feriez un monde à vous, des relations ; là-bas, vous devez vous contenter de ce qui est sous la main et il y a mélange. Vous êtes un peu déclassée et dépaysée, ma chère ambitieuse ; car je veux vous donner tous les noms. Je vous appellerai aussi ma chère stoïcienne. Vous me demandez où en sont mes faiblesses. Je les gouverne le plus doucement possible. Je vis avec elles, je gagne du temps, des jours, des semaines, des saisons, j'ai en effet le temps pour moi, c'est un allié. A la fin, la force d'inertie triomphera de tout, et je serai sage, faute de ne pouvoir être autre chose.

Cette philosophie à la mode d'Horace n'est pas la vôtre. Vous aimez à lutter, à souffrir, à sentir les pointes de votre cilice moral. Je vous voudrais plus douce à vous-même, tout à fait bien portante et jouissant du bien-être et des affections, moins orageuse sous ce front uni ; mais non, restez ce que vous êtes, car c'est à cette disposition d'esprit que je dois de vous connaître.

Je vous baise humblement les mains,

SAINTE-BEUVE.

P. S. — A propos, vous me parlez du *bruit* que je fais autour de moi, et, depuis cinq mois, je suis immobile, caché, je me tiens coi, je fais le mort, c'est ma meilleure manière de vivre. On me croit absent ; je vis dans ma chambre, je lis, je pense, je réfléchis, je crois assez peu en l'avenir et je jouis modérément du présent.

Vous ne me parlez pas assez de vos lectures ; vous vivez trop, je le crains, de votre propre substance.

6

10 décembre 1865.

J'ai eu grand tort, tout de négligence, *non de cœur*. Vous aviez pensé à une chose que je ne sais plus, — ma fête ! — Je n'ai près de moi ni Virgile ni Mécène, et je ne suis pas Horace. J'ai beaucoup travaillé, paperassé, me suis tenu coi tout l'été, tout l'automne ; j'ai fait le mort, j'ai réfléchi. J'ai aussi été envahi par un flot courant de livres, de menues affaires et de soins extérieurs qui savent bien vous relancer. — On ne saurait se faire d'illusions, je sens l'âge et quelque chose de sa lenteur me gagne. — J'apprécie votre fière et hardie nature : je ne la connais pas bien et je ne me flatte pas d'y jamais bien entrer : vous m'échappez par des qualités mêmes. Les conseils que je puis donner vous vont peu, je n'ai que des palliatifs, et vous êtes de celles qui diraient volontiers : *tout ou rien !* — Vous êtes de la race des femmes modernes : le régime anodin ne vous sied pas et vous ennuie. Si j'avais dix ans de moins, je me mettrais à vous suivre, à essayer de vous comprendre, sans prétention de vous guider ; il est trop tard, et votre pas, qui gravit si bien les montagnes, m'aurait vite essoufflé. — Vous me dites, au milieu de louanges que je voudrais effacer et dont je vous prie de vous désaccoutumer, quelque chose de bien agréable : c'est le succès de ces eaux. Est-il complet ?... Oh ! ceci est à ma portée et je m'en réjouis.

Le vin aussi : oh ! j'en boirai certainement un verre ou deux, à votre santé. — Merci, aimable amie : croyez à toute ma gratitude et à mon dévouement,

SAINTE-BEUVE.

7

Ce 26 décembre 1865.

Chère madame et aimable amie,

J'aurais voulu ne vous remercier qu'après avoir bu et avoir étrenné ce cordial et généreux envoi : 24 bouteilles que j'ai vues rangées en bataille ayant chacune son uniforme et son hausse-col particulier. Mais la vérité est que nous n'avons pas encore débouché cet excellent jus de Beaune, et que j'attends un bon jour, la réunion de quelques amis. Vous êtes une personne qui, tout en pensant aux hautes idées, ne

négligez pas les goûts un peu sensuels de vos amis.
Vous avez la véritable philosophie, sévère pour vous-
même, indulgente et libérale pour les autres.

Vous me parlerez un peu de vos lectures, de votre
disposition d'esprit, de votre santé que j'ai lieu d'espérer tout à fait remise, et vous croirez bien, chère
madame et amie, aux sentiments de gratitude et de
dévouement de votre très indigne, mais fidèle directeur et serviteur,

SAINTE-BEUVE.

8

Ce 10 janvier 1866.

Hier, chère madame et amie, nous avons étrenné
le vin excellent, le *Chorey* et le *Saint-Gengoux* : ce
dernier est un agréable traître. Je ne serai content
que lorsque vous voudrez bien, venant un jour à
Paris, accepter à dîner sans façon, et me laisser
boire à votre santé. Ces soins matériels viennent
bien après les pensées plus graves, et un instant de
gaieté n'est pas incompatible avec la philosophie.
Vous avez un esprit ami des hautes études ; il ne
vous manque que le milieu ; et, à cet égard, vous
êtes hors de votre élément. De là vos ennuis, com-
pensés par les affections du cœur. Vous voyez que je
vous comprends. Je ne voulais aujourd'hui que vous
saluer, vous remercier de votre cadeau après l'avoir

dégusté et savouré. — Je n'ai pu encore avoir cette photographie que vous recevrez dans deux ou trois jours. Je ne sors pas, étant depuis quelque temps indisposé.

Je vous baise humblement la main,

SAINTE-BEUVE.

9

Ce 4 février 1866.

Chère madame et amie,

Il n'y a rien de grave et les mauvais moments sont passés. Mais le rétablissement est lent, et je suis obligé à plus de ménagement que je ne comptais. La santé, lorsqu'elle sera complètement revenue, me fera trouver plus agréable toute chose, y compris l'amitié, — elle avant tout, qui s'est montrée si fidèle pendant mon mal.

Agréez mes respectueux hommages,

SAINTE-BEUVE.

10

Ce 13 février.

Chère madame et amie,

Je vous remercie. Je suis bien et debout. Les journaux n'ont que trop parlé et ils ont même exagéré. Il est mieux que vous ne les ayez pas lus. Merci en-

16

ore1éss

core. Je suis sorti hier. Je reprends peu à peu ma vie active. Comment êtes-vous ?

Je vous serre tendrement la main,

SAINTE-BEUVE.

11

3 mars 1866.

Vous m'avez écrit dimanche une belle et bonne lettre. Je vous aime dans ces dispositions adoucies. Ne tendez pas si fort les cordes de votre âme : laissez-vous aller à l'amitié, à la sympathie, à l'intelligence même de ce que vous n'acceptez pas. Il n'y a pas nécessité si absolue pour un particulier, — surtout pour une femme (ô blasphème que je profère !) — de régénérer le monde, ne négligez pas ces grâces qui sont en vous et qui aident à vous concilier les cœurs : ite, puisqu'il le faut, une seconde saison d'eaux : que la philosophe en vous n'étouffe pas la femme. — Croyez bien que je donne tous ces conseils en ami respectueux, désintéressé et qui ne pense qu'à ce qui peut ajouter à votre bonheur.

Mille tendres hommages,

SAINTE-BEUVE.

Je ne parle plus de ma santé : elle est remise.

12

Ce 15 mai 1866.

Chère madame et amie,

Nous avons ici vos amours, M. M... B... qui est
avec sa femme. J'ai de leurs nouvelles par un ami
qui les voit. Je ne les verrai point, ayant trouvé, dans
une ou deux circonstances, le monsieur peu aimable
et puis je suis un peu jaloux ! — dah ! — Je voulais
écrire tous ces temps-ci, je n'ai pas pu, j'ai un rhu-
matisme au bras droit qui me rend illisible. Je pense
souvent à vous et j'espère que Paris vous verra. Il y
a une très belle ou jolie exposition [1] qui serait une
occasion naturelle. L'ami de M. B..., Courbet, y a
grand succès par des biches et une femme nue, dite
Au Perroquet. Mais je vous dis là ce qu'on vous ra-
contera sans doute d'ailleurs. — Je suis tout occupé
à refaire de *Port-Royal* une édition plus complète et
où il y aura bien des explications qui ne sont pas
entrées dans la première. Vous aurez cela en son
temps [2]. Je vous serre la main, — j'allais dire : je

1. Exposition, dans le sens ancien de Salon.

2. Cette lettre, jusqu'à cet endroit, était dictée. Ces derniers
mots, à partir de « je vous serre la main », ont été ajoutés de
la main de Sainte-Beuve, et on comprend qu'il ait voulu les
écrire lui-même. Il y a là une nuance de délicatesse et de politesse, qui n'échappera pas à ceux et à celles qui ont vécu
dans son intimité familière.

J. T.

vous baise la main, mais c'est trop folâtre ou trop galant : l'amitié est plus sérieuse ; à vous de respect et de cœur,

SAINTE-BEUVE.

13

Ce 11 juillet (1866).

Chère madame et amie,

Mais je vous en prie, ne vous tourmentez pas vous-même ; vous avez, d'après ce que je vois, toutes les raisons d'être heureuse ; votre vie morale est comblée. Je vous remercie de me conter ainsi vos suites d'impressions et de pensées. Je vois seulement que c'est à nous ici, légers que nous sommes, à nous rendre dignes de cette amitié ; pour la confiance, vous la placez bien : j'apprécie avec sérieux les choses sincères. Mais s'il y avait contre-confession, que ne verriez-vous pas de misères, de néant ! Laissons cela ; je vous écoute, j'aime à m'oublier en me transportant et en me transformant dans les autres. Se transformer en vous n'est pas du tout désagréable. Gardez-moi votre bonne amitié ; soignez ce corps que vous ne me paraissez pas estimer assez et qui influe tant sur l'esprit. Chassez les fantômes ; que vos souvenirs soient nets et riants.

Je vous baise respectueusement les mains,

SAINTE-BEUVE.

14

Ce 7 août 1866.

Je ne suis pas ingrat, je suis absorbé. Je ne suis pas heureux, je n'ai certes pas lieu de me plaindre du sort. Aussi, je ne me plains plus, mais je suis sérieux, renfermé ; et mes petites infirmités et mes maux, je les cache aussi. — Une de ces infirmités est d'avoir au bras droit une difficulté nerveuse qui me rend difficile toute écriture un peu prolongée. — Je dicte, mais on ne peut dicter toujours, ni pour tous et *toutes*.

— Voilà le vrai : je pense à mon aimable amie absente, idéale, scrupuleuse, ingénieuse à inventer des bonheurs pour les autres, et qui leur en procurera tant de bons, lorsqu'elle pourra venir passer ici deux fois vingt-quatre heures. Un jour ne suffit pas ; on peut être en partie empêché : jamais deux jours de suite.

Vous lisez Dante : avez-vous lu de Daniel Stern (la comtesse d'Agoult) un livre intitulé : *Dante et Gœthe* ?

Je vous baise les mains avec une respectueuse amitié,

SAINTE-BEUVE.

15

Ce 30 mars 1867.

Je vous remercie de votre fidèle souvenir. Le mien
y répond. Je suis heureux de savoir votre santé bonne.
La mienne est altérée depuis plus de trois mois : j'ai
une affection, sinon grave, du moins pénible et des
plus assujettissantes. Me voilà parmi les invalides. Le
cœur n'en en pas diminué. J'ai souvent pensé à vous
et me suis demandé ce que devenait ce projet de
voyage de Paris, quoique je dusse en moins profiter
que je ne l'aurais pu dans le passé. Cultivez toujours
les muses sévères ; vous êtes de la religion de la Vénus-
Uranie ; celle-là ne vieillit pas. Gardez-moi jusqu'à
la fin cetre bonne et chère affection inaltérable,

SAINTE-BEUVE.

16

Mercredi 3 heures.

L'heure où je pouvais vous espérer est passée[1]. Je
ne veux pas du moins qu'un mot de moi tarde à aller
vous remercier, vous dire ma gratitude profonde et
que je méditerai bien longtemps. Si j'avais eu le

1. Cette lettre se rapporte à la seconde visite que fit à Paris,
en 1867, la correspondante de Sainte-Beuve, en apprenant qu'il
était malade. (Voir la notice ci-dessus).

moindre temps de disposer les choses, je me serais
arrangé pour vous *obliger* à venir passer un peu de
soirée chez moi. Il faudra une autre fois me prévenir un jour avant votre arrivée. Je reste tout pénétré
de tant de bonté et d'une telle grâce dans l'amitié ;
je suis à vous du fond du cœur, et j'en rêverai longtemps,

SAINTE-BEUVE.

17

Ce 18 mai 1867.

Chère et noble amie,

Je vais mieux depuis quelques jours : il y a eu un
incident douloureux qui m'a fait rétrograder, mais
c'est passé : et je suis tel que vous m'avez vu. Je voudrais être autre pour causer un peu plus vaillamment
avec vous. Je comprends ces troubles de l'âme profonde, y ayant passé et, en quelque sorte, habité et
vécu durant tout le temps de ma jeunesse. Quel malheur de ne pouvoir mêler et confondre ces tristesses
pour les guérir ! Mais rien ne coïncide dans la vie et
le désaccord est continuel : l'un trop tôt, l'autre trop
tard ! Tâchons du moins que ce qui finit d'un côté se
rejoigne avec ce qui recommence et ce qui refleurit
de l'autre. Il n'y a que vous pour appliquer un des
termes de Spinoza à ces choses du sentiment : mais
vous avez de la grâce, même sous ce pavillon de
métaphysique, et c'est un de mes ennuis de ne pou-

voir disputer avec vous et vous faire la guerre sur
ces singularités d'une haute nature que (dussiez-vous
me maudire) je trouve charmante et piquante par-
dessus tout. Telle je vous ai vue apparaître ce matin
dont je me souviens.

Je mets à vos pieds mes hommages, et à votre front
je dépose le baiser du respect,

SAINTE-BEUVE.

18

Ce 23 juin.

Chère madame et amie,

J'ai reçu vos remerciements si bons, mais trop vifs
pour un aussi mince sujet. Je plaisante en disant
mince : comment allez-vous vous en tirer devant ces
gros livres [1] ? J'aurais bien des explications à vous
donner : l'ouvrage n'a peut-être pas été conçu et exécuté tout entier dans un seul et *même* esprit. La philosophie s'y est infiltrée de plus en plus au bas des
pages et comme dans le *sous-sol*, c'est la note qui
exprime le plus souvent ma pensée de fond et de derrière. Vous aurez vite distingué cela.

J'écris horriblement aujourd'hui : je suis las, ayant
eu des articles à faire depuis quinze jours, malgré
ces chaleurs. — J'ai lu avec bien de l'intérêt votre

1. *Port-Royal,* dont la nouvelle édition, en six volumes, paraissait en 1866 et 1867, chez Hachette.

récit. Je conçois l'étonnement où l'on doit être à S..
de votre philosophie *pratique* ! Si M. votre mari
n'y trouve rien à dire, à la bonne heure ! La sincérité
vaut mieux que tout, et enfin s'abstenir n'est pas
agir. — Mon conseil général est de vous détendre
l'esprit, de ne pas forcer votre nature, de la suivre doucement, de ne pas vous tourmenter vous-
même, de prendre vos eaux bien docilement, d'avoir
la circulation bien libre, l'humeur heureuse et sereine,
une philosophie fille de la santé, non de la maladie ;
de rester la même pour vos amis, ce point est essentiel, et je le mets presque avant tous les autres.

Avec mille respectueux et tendres hommages,

SAINTE-BEUVE.

19

Ce 8 juillet 1867.

Quoi ! c'est vous, Pauline, vous qui me conseillez
de ménager la chèvre et le chou ! Je ne reconnais plus
là Pauline.

Vous voyez bien que je parle à la Pauline de Corneille [1].

Je présente mes hommages affectueux à madame R...

SAINTE-BEUVE.

1. Se reporter, pour l'intelligence de cette lettre, aux incidents soulevés par Sainte-Beuve au Sénat, dans la séance du

20

Ce 5 août 1868.

Madame et chère amie,

Je vous remercie de votre bonne lettre et de vos paroles si affectueuses. — Mon état de santé est assez bon, sauf que je ne puis aucunement supporter la voiture et que je ne puis aller qu'à pied. Ceci empêche toute idée d'un tour de promenade à S...-S... — Mais qui sait ? l'avenir est inconnu et il est doux de se dire qu'on a quelque part un nid sûr, une amie au cœur d'or et sur laquelle on compte, malgré et à travers les années et l'absence, parce que l'unique anneau qui vous a d'abord lié à Elle est de diamant. — Vous qui lisez Dante, traduisez cela dans sa langue.

A vous avec mon hommage de tendre respect,

SAINTE-BEUVE.

21

Ce vendredi 6 novembre 1868.

Les grives viennent d'arriver, on leur fera honneur. Moi-même, bien que resté à quelques égards invalide, je ne suis pas malade pour l'instant. J'aime-

29 mars 1867, et à son discours : *A propos des Bibliothèques populaires*, du 25 juin de la même année.

rais à savoir quelques détails de votre vie dans ce
nouveau séjour qui paraît agréable ; je tâche de
suppléer par la pensée au mouvement. Mon esprit a
souvent voyagé vers vous sans savoir où se poser. Je
vous remercie de votre bon souvenir et je suis bien
fidèlement à vous,

SAINTE-BEUVE.

22

Ce 23 décembre 1868.

Chère madame et amie,

J'avais espéré que le séjour de S...-S... vous traitait mieux. J'approuve fort votre idée de D... Il faut
rester le moins possible dans les entonnoirs. J'ima-
gine que D..., la jolie ville des ducs de Bourgogne,
est à quelques égards une grande ville ! — J'ai été
fort ralenti dans mes articles hebdomadaires : je n'en
fais plus que rarement et à de vagues intervalles.
Je voudrais bien vous savoir un peu entourée intel-
lectuellement : cet isolement doit être lourd par moment à porter. Je fais des vœux ardents pour votre
contentement en cette prochaine année.

A vous de cœur,

SAINTE-BEUVE.

23

Ce samedi, 27 février 1869.

Chère et noble amie, je vous remercie des détails que vous me donnez sur votre vie et qui me permettent de vous voir dans votre vrai cadre. Je vous félicite d'avoir tourné votre esprit vers des lectures historiques, et de laisser la métaphysique reposer un peu. Dès que l'on parvient à s'intéresser à l'histoire, tout s'anime, la vie devient trop courte, la curiosité a devant elle un champ immense, et la vue du passé, qui a presque toujours été misérable, nous rend le présent plus supportable et d'un usage plus doux. — Un des ennuis de ma situation, qui est toujours la même (sauf quelques variations peu importantes) est de me dire que jamais je ne satisferai l'un de mes vœux, qui eût été d'aller vous visiter quarante-huit heures dans votre riante retraite, — car, vous avez beau dire, je me la figure riante. Que ce mot de *jamais* est donc pénible et quel voile il abaisse devant les yeux !

Je vous remercie de votre fidèle souvenir : il répond à quelque chose de profond et d'inviolable en moi.

Votre ami,

SAINTE-BEUVE.

24

Paris, ce 4 mai 1869.

Chère et excellente amie,

Je veux relever un mot de votre lettre qui n'est pas juste : « Pouvais-je espérer, me dites-vous, de vous avoir chez moi ? Non, je savais trop la distance etc., etc. » Fi donc ! que c'est là une vilaine et injuste idée ! Dans ces dernières années où je pouvais espérer d'avoir un peu plus de loisir, certes il m'eût été doux de m'accorder de certains petits voyages, des visites de cœur, et où pouvais-je les faire avec plus de douceur et d'attrait que vers votre Bourgogne ? Mais la santé est venue me manquer et tout détruire : mon *jamais* porte sur cet unique point : je n'ai plus à espérer de bien-être ni de mieux, je ne puis qu'empirer, non guérir. De là une tristesse que j'ai laissé échapper, en vous disant que je n'irai *jamais* là où il m'eût été si doux d'aller. Pas autre chose.

Je me figure tous les ennuis et les resserrements d'une vie où l'on ne trouve pas les points d'appui de l'esprit et l'excitation dont une intelligence active a besoin de ressaisir autour de soi les reflets. On ne peut toujours habiter seule avec les grands esprits d'autrefois : on a le désir de s'en entretenir avec d'agréables contemporains, on a besoin d'échange. Je regrette que vous ne veniez pas quelquefois ici,

17

que vous ne me permettiez pas d'espérer qu'y venant
vous accepteriez simplement ce dîner à notre table
qui vous a effrayée bien à tort la dernière fois ; c'est
maintenant le seul genre de distraction amicale qui
me reste encore.

De près, comme de loin, ma pensée vous reste à
jamais bien attachée, bien reconnaissante et fidèle,

SAINTE-BEUVE.

25

Ce 14 juillet 1869.

Certainement je suis dans le secret, ou plutôt il
n'y a pas de secret. J'ai donné à l'artiste mon voisin
et mon ami, M. Chenillion, deux ou trois noms d'amis
et celui d'une amie. De là cet envoi qui aurait pu
être fait depuis déjà quelque temps. — Je suis heureux qu'il vous plaise. J'y suis au naturel et dans
mon négligé et mon *sourcil* du matin [1].

Il faut mettre en regard un buste qui sourie. J'y
compte, je le vois d'ici. — Vous me dites que vous
lisez Shakespeare : mais il y a un mot qui m'étonne
dans votre jugement. Expliquez-le moi : j'aime les
jugements sincères.

A vous de tout cœur, chère et aimable amie,

SAINTE-BEUVE.

1. Il s'agit du buste de Sainte-Beuve par le sculpteur Chenillion, dont il a été question dans la notice qui précède ces
lettres.

Veuillez envoyer un petit mot de remerciement bien simple pour mon brave ami Chenillion.

26

Ce 24 août 1869.

Chère et aimable amie,

J'ai goûté à ces friandises, qui sont du goût le plus fin.

Je me demande souvent comment vous traite cette vie monotone dans un pays que je me figure comme le charmant berceau de la Seine, le lieu où était l'antique autel à la source du dieu ! Il paraît que ce n'est poétique que de loin.

Je trouve que vous venez bien rarement. Ma santé est toujours de même et me donne une décoloration de tout.

Vous recevrez deux volumes pleins de choses inégales : soyez-y indulgente, votre pensée est plus haute que ce genre biographique [1].

Je vous embrasse en vieil ami,

SAINTE-BEUVE.

La mort allait mettre un éternel signet, le 13 octo-

---

1. Il s'agissait des deux premiers volumes de la nouvelle édition des *Portraits contemporains*, fort augmentée, qui venait de paraître chez Michel Lévy (1869).

bre 1869, à ces relations qui furent l'un des charmes et des adoucissements de la vie de Sainte-Beuve, pendant ces quatre ou cinq dernières années où il ne cessa de lutter, par le travail, contre les souffrances et la maladie qui l'emportèrent.

SAINTE-BEUVE

ET L'ENCYCLOPÉDIE PÉREIRE

I

Un savant regretté, et qui était l'obligeance
même, M. Charles Maunoir, voulut bien me
transmettre un jour, pour en faire le meilleur
usage, une série d'autographes et de documents
qu'il tenait de son ami Henry Duveyrier, auteur
d'un livre estimé sur les Touareg, qu'il avait
visités l'un des premiers, et dont la triste fin
fut vivement ressentie à la Société de Géographie. Henry Duveyrier appartenait au monde
saint-simonien par son père Charles Duveyrier,
ami d'Enfantin et de MM. Émile, Isaac et Eugène Péreire, restés fidèles à la doctrine.

Une des idées, rapportées de Ménilmontant, et
qui germèrent dans la tête de MM. Péreire, fut
de vouloir fonder, en 1862, une Encyclopédie
nouvelle, qui ne fût pas précisément la continuation de l'ancienne, mais qui eût pour but, essentiellement démocratique, de faire fructifier à
l'infini l'arbre de la science, par la vulgarisation
large, complète, aussi étendue que possible, de

toutes les connaissances, de tous les progrès acquis à l'humanité depuis cent ans.

J'ai sous les yeux un volume où ont été reliés et rassemblés, chacun avec un recommencement de pagination, les procès-verbaux des cinq séances du Comité, la première tenue le 26 décembre 1862, la dernière le 13 mars 1863; on y discutait le plan et la direction à donner à l'ensemble de l'Encyclopédie en toute matière; mais ce n'était pas pour faire œuvre uniquement d'érudition, « de l'art pour l'art ou de la science pour la science », comme il y fut dit, que ces hommes éminents, membres de l'Institut pour la plupart, conservateurs par raison, par esprit scientifique ou par situation, avaient été convoqués.

M. Michel Chevalier, qui présidait, ouvrit la séance de début, avec la grave autorité qui lui incombait, par une revendication de réformes économiques, politiques et sociales, telles que les hommes de 1830, devenus hommes d'ordre, conservateurs, voire sénateurs du second Empire, n'en abdiquèrent jamais les principes. Il en attendait la réalisation, sans secousses, du succès de l'*Encyclopédie,* comme il la concevait, un livre émancipateur et civilisateur par excellence, qui devait avoir pour but exclusif d'instruire et d'éclairer les masses. C'était l'utopie saint-simonienne, qui commence peut-être à en trer dans les mœurs[1].

Parmi les membres présents à la première séance, au nombre de trente-deux, je relève les noms de MM. Arlès-Dufour, secrétaire général de l'Exposition universelle de 1855, qui avait été aussi du groupe de Ménilmontant ; Émile Augier ; Baudrillart, gendre de M. de Sacy, qui devint directeur du *Constitutionnel* ; Berthelot ; Duruy, encore inspecteur général de l'Université ; Faye, futur ministre du Seize-Mai, astronome qui se laissa choir dans un puits ce jour-là ; Littré, Martin-Paschoud, pasteur de l'Église réformée ; Milne-Edwards ; les trois frères Péreire, Vacherot, Viollet-le-Duc ; Zeller, qui devait être, par la grâce de Sainte-Beuve, professeur d'histoire de Mme la princesse Mathilde, etc.

Les noms de MM. Batbie, Claude Bernard, Renan, figurent dans les séances suivantes.

Le discours d'ouverture de M. Michel Chevalier se promettait monts et merveilles du programme qu'il exposait devant cette réunion d'élite. L'homme de principes, convaincu, n'en

1. Cet article paraissait dans *la Revue bleue*, le 3 janvier 1903.

attendait rien moins que « de clore l'abîme des
révolutions » — « vieille locution bien souvent
mal employée », se hâtait-il d'ajouter, et qui
l'avait été, en dernier lieu, en effet, depuis 1851,
pour justifier le 2 décembre. L'allusion était
hardie de la part d'un ami de la première heure.

L'éminent économiste, membre de l'Académie des sciences morales et politiques, appelait
les révolutions de « grands accidents », et il
comptait bien, pour en finir, sur le spécifique
qu'il préconisait. Il le résumait ainsi : « Présenter en un faisceau compact, sous un jour éclatant, toutes les ressources que les sociétés modernes peuvent faire concourir au progrès social
et politique ; mettre les gouvernements et les
peuples en mesure d'en faire une application
régulière et continue, de sorte que, dans la conscience de tous, les améliorations populaires
n'aient désormais d'autres limites que celles du
possible... » — C'était un programme progres-
siste et possibiliste, comme on dit à présent. Il
se montrait partisan de *toutes les libertés,* y
compris celles du travail et d'association, et af-
firmait que les idées qu'il exprimait là avaient
tellement gagné de terrain qu'elles étaient celles de tout le monde, « sauf un petit nombre de
personnes attardées ».

Ces idées-là, en effet, étaient communes à d'autres conservateurs éclairés, amis de l'ordre qui ne lecroyaientpas incompatible avec le progrès, et qui sentaient le besoin de réformes urgentes. — M. Michel Chevalier citait le mot de Napoléon Ier à l'appui de la paix universelle, « qu'une guerre européenne est une guerre civile », et il aurait pu rappeler aussi celui de Napoléon III: « L'Empire, c'est la paix. »

Les Expositions universelles semblent avoir hérité du plan de l'*Encyclopédie* Péreire (c'est ainsi qu'on l'appelait), car ce qui n'avait pu être réalisé par le livre (qui aurait eu quarante volumes au moins, mis à la portée de tous), l'a été par cette vaste leçon de choses, qui se renouvelle tous les dix ans, et dont on dit toujours, à la fin de chacune, que ce sera la dernière. Elles stimulent le progrès. Elles empêchent la stagnation des idées et les remettent au point. L'inventeur vient en puiser de nouvelles et le spécialiste s'y perfectionne. C'était au fond la théorie du livre qu'on voulait faire, et qui fut abandonnée après plusieurs années de tâtonnements, faute peut-être d'ardeur suffisante et de conviction de la part des esprits dont M. Michel Chevalier attendait plus de mobilisation.

II

Parmi les papiers provenant de Charles Duveyrier, que m'a transmis M. Maunoir, se trouvaient des lettres de Sainte-Beuve, qui furent
l'occasion de ce don. Duveyrier, frère du vau-
devilliste Mélesville, s'était chargé de trouver
des collaborateurs à l'*Encyclopédie :* il y avait
adjoint le critique des *Lundis*, en dépit, paraît-
il (d'après une lettre désagréable qui a été
publiée), de M. Michel Chevalier, qui nourrissait on ne sait quelle prévention contre la *pré-
ciosité* de Sainte-Beuve. Il ne se doutait pas que
le critique avait fait du chemin, depuis la con-
densation de ses premières œuvres. Il ne le
croyait pas apte à vulgariser. M. Chevalier repoussait l'un de ses collaborateurs les plus déliés,
les plus pratiques, les plus prompts à entrer en
besogne, comme on le verra par ses propres
lettres à Duveyrier.

Duveyrier était l'instigateur et l'âme de l'*Encyclopédie ;* il était lui-même une Encyclopédie

vivante, et prenait vite feu dans la conversation. Sainte-Beuve l'appelait *Diderot*. Il avait reçu l'empreinte directe du XVIII° siècle : c'en était un vrai fils, sans croisement ni dégénérescence. L'esprit en lui agitait la matière. Avec cela, sympathique à tous, ayant la confiance des plus grands esprits. Mme Sand lui écrivait des lettres amicales et confidentielles, qu'il avait conservées. Il était allé droit à Sainte-Beuve comme à un vieil ami. Cela datait du temps de Bazard et d'Enfantin. Le livre de Sainte-Beuve sur *Proudhon* s'ouvre par le regret de n'avoir pu rendre en personne les devoirs funèbres à deux hommes à qui il portait « haute estime et grand respect. L'un d'eux, Enfantin, dit-il, que j'avais connu aux jours de ma jeunesse et dont j'avais apprécié la largeur de cœur, les belles facultés affectives et généreuses ; l'autre, Proudhon... » etc. C'était là une profession de foi, quand même on se soit « approché du lard, sans se laisser prendre à la ratière », et qu'on en ait rapporté l'impression d'une « religion en formation, d'une religion sous cloche ».

La collaboration de Sainte-Beuve à l'*Encyclopédie* devait consister en un volume, qui en aurait été l'Introduction. Il toucha même vingt mille francs d'avance pour ce livre, mais il *exigea* qu'on lui laissât rendre intégralement la somme, sans honoraires ni indemnité d'aucune sorte pour ses travaux commencés, quand MM. Péreire renoncèrent à leur publication. Il n'y mit d'autre condition que de se libérer peu à peu et par acomptes de cinq mille francs. Il n'eut que le temps de payer le premier : son légataire universel (j'en sais quelque chose) solda le reste en une fois, en l'étude de M* Marc Fabre, notaire, et l'un de ses exécuteurs testamentaires.

Le critique des *Lundis* se rendait tous les samedis, rue de l'Université, chez Duveyrier, où l'on se réunissait pour discuter et concerter les plans de l'*Encyclopédie*. Il en revenait par la rue des Saints-Pères où on le rencontrait, chargé de livres et de papiers, comme quand il était maître de conférences à l'École normale. — L'échange des idées reprenait ensuite, sans perdre de temps, par correspondance.

Dans une lettre du 12 septembre 1865, Sainte-Beuve conseillait de concilier le genre de publicité avec les nécessités qui se compliquent de nos jours de tout ce qui empêche de lire. La lettre a conservé toute son actualité :

... Vous savez quel a été dès le principe mon désir sur cette œuvre essentiellement moderne. J'aurais voulu qu'elle eût un cachet moins éclectique,
ce qui eût augmenté sa force selon moi, car rien
n'amortit la vivacité de certains esprits comme d'être
obligés à cheminer de concert avec des esprits d'une
autre école. L'idée d'une sorte de Revue ou de publication par livraisons était des plus appropriées à
la condition actuelle de la société et des lecteurs si
pressés, qui ne lisent que par morceaux...

Plaignons-nous! Il en était déjà ainsi en 1865.
On était à la veille d'une révolution écono-
mique dans les journaux. Sainte-Beuve la pres-
sent et se montre partisan de la presse qui va
de plus en plus droit au but :

Tout ce qui est prompt, fréquent, coupé, morcelé,
ajoutait-il, est plus apte à entrer dans les esprits...

On n'est pas plus pratique, et c'est ce que
nous voyons tous les jours, matin et soir. —
Cette lettre d'un si judicieux bon sens (les qualités essentielles de l'esprit en Sainte-Beuve) se
terminait par ces mots, écrits de sa propre
main (car le reste était dicté, comme il disait,
pour aller plus vite) : « Allons, Diderot, courage ! c'est à nous de vous en demander. »
Un samedi, qui tombait le 11 novembre, il

s'excusait de ne pouvoir aller à la réunion de
ce jour-là chez Duveyrier, et il se dépeignait
par un mot qui indique sa promptitude d'esprit :

... Aujourd'hui encore qui est un de ces samedis
que je vous dois et que je reprendrai, j'ai chez moi
une conférence, bien des fois remise, avec mon confrère Camille Doucet, pour son discours de l'Académie, et je ne sais si je serai libre à temps. — J'en ai à
peu près fini de la première partie de *Proudhon :* c'est
tout un volume. — Nous commencerons notre volume à nous (*l'ouvrage qui devait servir d'Introduction à l'Encyclopédie*), quand vous le voudrez : il y a
hâte de se fixer sur le plan afin que, *dans mes habitudes d'action immédiate,* je puisse me mettre à l'œuvre sans avoir du vague dans l'esprit. Or il m'en reste
encore, ne me sentant pas maître absolu pour ma
distribution.

Dans une dernière lettre, sans date précise,
il se montre encore plus prompt et homme
d'action, — à surprendre M. Michel Chevalier,
si elle lui avait été communiquée. — Il signale
le danger des tergiversations, qui devaient faire
avorter l'entreprise. Il prend sur lui de tout
faire. — On y verra combien il tenait à son
Diderot :

Ce dimanche 12. — Cher ami, je réfléchis à cette conversation d'hier sans résultat, et je sens pourtant le besoin de vous dire combien j'entre dans toutes ces difficultés dont le plus épineux retombe sur vous. Qu'il est donc difficile de réunir, de grouper les hommes, lorsque ce groupement ne se fait point de soi-même et tout naturellement par un esprit et une attraction commune et réciproque, comme au temps de notre jeunesse ! En vieillissant, il semble qu'on ait une faculté de *désagrégation*, en sens inverse de la première. Vous qui avez gardé le feu et qui êtes le *Diderot* de la chose, vous devez souffrir. Plus j'y réfléchis, plus il me semble (comme vous me le disiez un peu hier) que c'est en traitant directement avec les hommes *un à un*, que vous en tirerez encore le meilleur parti. La méthode d'autorité est encore ici la meilleure. Que je voudrais donc avoir dix ans de moins et vous dire, en retroussant mes manches : « Mettons-nous à la besogne, à toutes les besognes à la fois ! Ce que les autres hésitent tant à faire et pendant le temps où ils hésitent, apprenons-le (car, après tout, ce ne sont pas des arcanes), et faisons-le aussi bien et mieux peut-être qu'ils ne le feraient. » — C'est ainsi que l'ouvrage tout entier aurait un souffle...

III

Du monument en préparation, il ne reste que les procès-verbaux des séances dont nous avons parlé, et une cinquantaine de fascicules, imprimés chacun à part, renfermant les résumés sommaires des sujets spéciaux à traiter. L'un d'eux, intitulé : *Littérature, Programme*, sorti des presses de chez Claye et formant une plaquette in-8° de douze pages, pose les jalons d'un vaste cadre d'histoire littéraire à remplir. J'y reconnais la main du maître à certains traits, et idées familières, dont je retrouve l'expression même. Je ne sais si c'est l'habitude que j'en avais ; mais il me semble, à distance, avoir écrit ce *Programme* sous la dictée. Quelques citations m'en avaient frappé et me le rappellent :

On en viendra de plus en plus à écrire comme on parle. — Tout le monde aujourd'hui est plus ou moins imprimé. Être *auteur* est de moins en moins une distinction.

Et cette autre :

Du salon français. — Le salon français n'est pas mort... — Il est disséminé partout, dans toutes les classes cultivées... — Partout où il y a une femme d'esprit à la tête d'une maison aisée, il se forme un salon.

L'esprit conservateur reparaît dans ce qui est dit ici des académies et des conservatoires, sommairement confondus :

Les académies sont des conservatoires pour la musique un peu ancienne, comme pour la langue un peu ancienne, — utiles pour maintenir la tradition. — Chaque génération active est trop tentée de ne s'occuper que d'elle-même et de l'œuvre contemporaine du matin. Il faut des écoles spéciales, des conservatoires. — Vrai sens du mot *classique* et de la chose elle-même.

Certains romanciers, parmi les plus retentissants, pourraient s'appliquer cette appréciation des genres nouveaux :

Du rapport des genres littéraires avec l'état de la société ; les genres répondent, en littérature, à ce que sont les classes dans la société ; les classes se modifiant profondément, il est nécessaire que les genres changent.

On se demandait encore, en 1865, si l'épopée est « un genre qui peut vivre », et si le roman moderne n'est pas « la forme qui doit la remplacer ». Sainte-Beuve y avait déjà répondu dans d'autres notes jetées à la hâte :

Indices chez nous d'une littérature future originale. En rechercher les symptômes chez nos auteurs, George Sand, même Eugène Sue, Hugo. Celui-ci fait par moments l'effet d'un homme qui ouvre les portes, autant que d'un homme qui les ferme. Les *Misérables* ont des accents qui percent et ne ressemblent à rien du passé. Se rappeler l'admirable chapitre: *Une Tempête sous un crâne*. Il y a là de quoi empoigner tout un monde et des foules, comme on ne l'avait pas fait auparavant.

Quant à la question suivante: « La tragédie est-elle un genre encore vivant ? » il semble qu'après trente-sept ans de luttes et de révolutions elle soit résolue. Et cette autre : « La comédie en vers est-elle un genre bien vivant ? » il paraît bien qu'elle l'est toujours à l'Odéon, et même au Théâtre-Français ; dans tous les cas, nous tenons de Sainte-Beuve que s'essayer en vers est un bon exercice pour qui se destine à faire de la bonne prose. La comédie en vers est essentiellement œuvre de jeunesse. Banville essayait d'en détourner Gondinet, et il en faisait lui-même.

Sainte-Beuve insiste sur les « historiens critiques militaires », où il cite côte à côte Jomini, le maréchal Saint-Cyr, Napoléon, — ce dernier pris pour type de l'éloquence militaire.

Il avait de la prédilection pour l'éloquence parlementaire anglaise : il se proposait de l'étudier, dans le passé, à partir de Cromwell et ses contemporains ; il notait, comme points de repère, dans les temps modernes, les noms de lord Chatham, Burke, Fox, Pitt, etc. En France, le nom de Mirabeau s'imposait en tête du chapitre de l'éloquence politique moderne... Il avait le pressentiment d'un prochain retour de la tribune française ; mais il ne pouvait tout prévoir, surtout en 1865. On lui a reproché de n'avoir pas deviné la gloire future de jeunes talents, qui n'étaient pas encore grands : « La haute critique, en quelque genre que ce soit, avait-il répondu d'avance, dès les premières lignes de ses articles sur *Jomini*, ne précède pas les chefs-d'œuvre de l'art ; elle les suit. » — Sa hardiesse de vues et de pensée lui faisait dire : « La sauvegarde de l'esprit français est dans la rapidité même avec laquelle on écrit » ; et il avait lui-même de ces rapidités d'expression dans ses notes de moraliste, préparées pour l'*Encyclopédie*, dont quelques-unes ont été détachées à la fin de son livre sur Proudhon [1]. Il y disait :

Bien marquer où est le danger pour la France. Vanité, corruption parisienne, courtisanes, genre à la mode détestable, qui entraîne et perd la fleur des générations. Où est le remède, où est la partie saine?... La bourgeoisie se corrompant si aisément par sa tête, le recours est dans le bon sens et la vigueur des masses qu'il faut éclairer le plus possible et anime d'un souffle à elles, en tâchant de corriger la brutalité sans attiédir la force.

C'était entrer dans l'esprit de l'*Encyclopédie*.

1. Un vol. gr. in-18. Paris, Calmann-Lévy, éditeur, rue Auber, 3.

ALBERT GLATIGNY ET SAINTE-BEUVE

SOUVENIRS INTIMES

« ... Je suis poète lyrique et je vis de mon état... » C'est la profession la plus paradoxale qui remporte le prix au concours d'industries extraordinaires et excentriques, ouvert par Banville, poète lyrique lui-même, dans sa création prodigieuse et fantastique du *Festin des Titans*, des *Esquisses parisiennes*. La seconde partie de la proposition, comme on dit à la Chambre, « je vis de mon état », est évidemment une prétention ironique du personnage qui s'exprime ainsi, pour mieux accentuer le paradoxe, car on sait fort bien de quoi vivent les poètes, à de très hautes exceptions près, quand le hasard de la naissance ou de la fortune ne les a pas favorisés. Baudelaire et Glatigny peuvent être pris pour types de poètes, qui n'ont pas vécu de la richesse de leurs rimes. On peut même croire qu'ils en sont morts.

La physiologie du poète reste à faire, mais telle qu'elle ne peut sortir que du laboratoire

d'un savant, préoccupé d'études cérébrales. De
quelle distillation à part est fabriquée l'essence
humaine qui constitue un poète ? De quels sucs
résulte-t-elle ? Par quels alambics passe le phénomène de la pensée qui sécrète le vers, le
forge, le façonne, le martèle, lui donne sa
structure naturelle et le poinçonne à telle marque qu'il est impossible d'en méconnaître le titre et la qualité originelle ? Le problème a déjà
été posé par Taine et Sainte-Beuve ; ils ont jeté
les bases d'une science anthropologique nouvelle, qui n'a rien d'immatériel.

Ce pauvre Glatigny savait si bien que le poète
ne vit de gloire qu'après sa mort que, se sentant ou se croyant des aptitudes d'artiste dramatique (il n'était pas plus mauvais qu'un autre
dans ses rôles), il avait voulu contracter un engagement à l'Odéon [1]. Il ne demandait qu'à
s'assurer le vivre et le couvert, le temps de passer la saison théâtrale à Paris, d'y travailler à
son aise et d'y faire beaucoup de vers dont il

1. Cet article paraissait dans *Le Mercure de France* du
1er avril 1906, dans le moment où l'on jouait à l'Odéon le *Glatigny* de Catulle Mendès, où son nom figurait sur l'affiche,
non comme auteur ni comme acteur, mais comme titre et
sujet d'une œuvre originale, tirée de son propre roman
comique.

avait plein la tête. Il se serait contenté de deux
cents francs par mois ; on aurait bien pu les lui
donner. Sainte-Beuve l'avait recommandé à
M. Félix Duquesnel, directeur du second Théâtre-Français ; les négociations ne purent abou-
tir. Glatigny m'en écrivit tout son dépit et sa
reconnaissance pour celui qui l'avait protégé.
« Duquesnel, me dit Sainte-Beuve, aura eu
peur d'avoir un poète satirique près de lui. »
Il se piqua lui-même de ce refus, mal mo-
tivé.

J'avais répété à Glatigny ce que mon illustre
maître m'avait dit, qu'il avait cité de ses vers
une fois dans ses leçons sur la Poésie ronsar-
dienne à l'École normale, et je l'avais rempli
de joie. Ce sont là les revenants-bons des poètes, mais Sainte-Beuve avait l'amitié encore
plus effective, et il le témoignait à l'occasion, de
façon délicate. Il n'oubliait pas les poètes, quoi
qu'en ait dit M. Catulle Mendès.

Il était tout naturel qu'on rencontrât Glatigny
chez un auteur dramatique, et c'est chez Edmond Gondinet, avec qui j'étais lié depuis qu'il
avait fait jouer ses premières pièces à Montpellier, ma ville natale, que je rencontrai le
poète-comédien en 1859. Gondinet le tenait de
Banville, dont Glatigny était le disciple, qui

finit par dépasser le maître. L'homme n'eut pas
le temps de survivre au poète, mais il y eut
deux hommes en lui. Le premier, celui de 1859,
ne vivait, ne respirait que pour la poésie, —
tout au plus faisait-il grâce à la prose des grands
maîtres lyriques, — et affichait-il pour tout ce
qui n'en relevait pas un dédain hautain et naïf,
qui s'exprimait quelquefois très superbement,
mais où l'on sentait un langage d'école. La ré-
flexion vint plus tard, et avec elle le raisonne-
ment. Il ne brûlait pas ce qu'il avait adoré,
mais une plus large compréhension lui faisait
admettre ce qu'il aurait brûlé jadis. Il comprit
un jour la portée de ce qu'on appelait alors le
réalisme, et qui dégageait la littérature du *delta*
romantique, où le Rhin mourait dans les sa-
bles. Le premier coup de cloche wagnérien
était sonné par Champfleury, qui n'était pas
lui-même un *réaliste* enlisé. Il y eut conjonc-
tion d'astres, ralliement et rapatriement. Glatigny devint l'ami de Champfleury, dont les études sur la Caricature antique et moderne lui
donnaient à penser et alimentaient l'esprit satirique — autant que la lecture des *Châtiments*
— du futur auteur de *Fer rouge*.

Un esprit presque sans corps, à la recherche
sans cesse du pain idéal des poètes, plus préoc-

cupé de nourriture intellectuelle que du soin
de son estomac, Glatigny réalisa dans la vie
réelle une sorte de conte fantastique d'Hoff-
mann ; il rêvait pourtant de tranquillité et de
bonheur, et se sentait né pour le travail au sein
de la famille. Il protestait contre la qualification
injurieuse de *bohême*, trop facilement appliquée
à une existence comme la sienne, vouée entièrement à l'art et à la poésie. Il négligeait nécessairement ce qui soutient et ce qui fait vivre,
matériellement. Il était plutôt un être immatériel. La photographie, très expressive, prise à
Avignon, chez Valentin, émule de Nadar, nous
rend aujourd'hui cette spirituelle et douce physionomie, aiguisée par la souffrance et la maladie, dont la pommette saillante accentue le
creux de la joue. On songe involontairement à
« l'épiderme collé tout près des os », de la
cruelle épigramme de Piron contre Voltaire ; —
et, comme Voltaire, Glatigny est un pur esprit
à sa manière. — Le front bombé commençait à
se dénuder ; des mèches, avant-coureurs de la
calvitie, sont un peu *ramenées ;* la raie, longtemps
à la mode avec les cheveux longs, les sépare
en deux sur le côté, et laisse tomber sur l'oreille
un flot de chevelure noire, longue, hirsute et
raide comme des alènes. Le profil dans son en-

18.

semble a quelque chose de fin, d'intelligent et
de souffreteux; il y a plus de bonté que d'envie
de gémir, dans l'œil de cet enfant sans-souci,
qui gardait la plainte pour lui et tournait tout
en riant, même les plus fâcheuses mésaventu-
res. Le nez, plutôt droit mais un peu fort, est
un de ces nez malins et hardis, qui vont aux
esprits comiques. Le visage, complètement rasé,
du comédien laisse à découvert deux lèvres
railleuses, fines, gracieuses même dans leur expression satirique. Les gendarmes qui l'arrêtè-
rent en Corse auraient pu constater, somme
toute, sans même qu'il eût besoin de passeport,
que ce « fils, neveu et victime de gendarme »,
comme il s'intitula par la suite, avait le menton
rond, un peu bombé, très rapproché de la lèvre inférieure, et l'ovale du visage sans rien qui
dénotât le criminel; mais les gendarmes sont
des physionomistes sujets à préventions.

La vie de Glatigny a été écrite avec amour,
avec prédilection, par son ami M. Job-Lazare,
qui n'en a rien laissé dans l'ombre [1]. Elle a

---

1. *Albert Glatigny, sa vie, son œuvre*, par Job-Lazare, *avec
un portrait à l'eau-forte dessiné et gravé* par A. Esnault. Paris,
Typographie de A.-H. Bécus, imprimeur-libraire, 16, rue Ma-
billon, 1878, un vol. in-16.

été consciencieusement retracée depuis, dans
une conférence récente, par M. Maurice Du Bos,
à l'Association Polytechnique ; mais quelque
approfondis qu'aient été le biographe et le con-
férencier, j'ai pourtant relevé chez chacun d'eux
une lacune en ce qui concernait les relations
de Glatigny avec Sainte-Beuve et son secrétaire.
Ils ne pouvaient d'ailleurs que les ignorer, et
c'est une page de plus que j'ai la prétention
d'apporter à l'histoire littéraire. J'ai dit la re-
buffade qu'avait essuyée Glatigny, à l'Odéon,
malgré la recommandation de Sainte-Beuve. Il
fallait vivre et le poète trouva un engagement à
Bayonne, d'où la correspondance suivante s'engagea entre lui et moi :

　　　Mon cher ami,

　J'ai reçu votre petit mot, et vous en remercie.
Quand reviendrai-je ? me demandez-vous. Je n'en
sais rien. Je n'ai pas quitté l'Alcazar. J'aurais été
trop lâche pour cela. Jamais je n'avais eu tant d'ap-
pointements, bien qu'ils fussent loin d'être ce qu'on
les avait promis. C'est l'Alcazar qui m'a quitté et j'en
suis aise. Au lieu de remplir des bouts-rimés imbéciles, j'ai repris ma bonne petite vie tranquille d'étude
et de travail, et une pauvre petite comédie comme
Le Bois, qui me vaut un sourire indulgent des êtres

que j'aime et que je respecte, comme M. Sainte-
Beuve, me réjouit le cœur bien autrement que mes
succès de l'Alcazar¹. Franchement, le cœur me
saignait de m'entendre applaudir chaque soir pour
ces niaises parodies. J'ai terminé un poème d'assez
longue haleine, sur le plan du Testament de Villon,
c'est-à-dire en huitains où la rime revient quatre
fois, entremêlée de ballades et de rondels, mais essentiellement moderne². Il ne me manque plus
que l'éditeur. Je suis content de mon livre. Il y a, je
crois, un grand progrès accompli par moi. Bonjour,
mon cher ami, et présentez mes plus respectueuses
affections à M. Sainte-Beuve.

Je vous serre la main,

ALBERT GLATIGNY.

On ne reçoit pas *le Temps* à Bayonne. Pouvez-vous
m'envoyer le numéro dont vous me parlez?

Rue du Gouvernement, 7, Bayonne.

La lettre suivante n'a pas besoin de commen-

1. *Le Bois* fut joué à Bayonne le 1ᵉʳ janvier 1868, comme en
fait foi la plaquette que nous avons conservée.
2. Ce poème, imité de Villon, se trouve reproduit dans le
livre de M. Job-Lazare sur *Albert Glatigny, sa vie, son œuvre...*,
où il est précédé, page 76, d'une préface dédiée à Charles Monselet, auteur, paraît-il, du fameux vers, cité par M. Job-Lazare,
page 65 de son livre :

Nos habits laissent voir les cordes de nos lyres!

taires. On sait les mauvais traitements infligés
à Glatigny, en Corse, par un brigadier de gendarmerie qui le prit pour Jud (un célèbre assas-
sin qu'on recherchait alors), le fit arrêter, garrot-
ter et mener à pied de prison en prison. Glatigny
a raconté lui-même son martyre, qui fut la
première cause de sa mort. Un homme d'esprit, M. Émile Bergerat, a poussé le paradoxe
un peu loin, quand il a traité cette aventure de
« bouffonne ». Ce pauvre Glatigny ne s'en releva jamais, et quand il revint me voir, rue du
Montparnasse, en 1870, je dus le conduire et
le soutenir pas à pas pour le remettre dans son
chemin. Les jambes et les yeux lui refusaient
tout service. — Voici l'un de ses premiers bil-
lets de délivrance :

C'est un criminel qui vous écrit, mon cher ami. Je
sors des fers. J'en sors tellement qu'il m'est impossible de marcher autrement qu'en pantoufles. J'ai
envoyé à Claretie le récit de mes aventures pour
qu'il les publie[1].

Présentez mes souhaits les plus sincères de bonne
année à votre glorieux patron. Dites-lui que son
nom est prononcé dans les provinces les plus éloi-

---

1. *Le Jour de l'an d'un vagabond.* La première édition parut au bureau du journal *l'Éclipse,* directeur F. Polo, rue du
Croissant, 16, une plaquette in-12, 1869.

gnées de Paris, avec un respect profond, et qu'on l'adore.

Je vous serre la main,

ALBERT GLATIGNY.
Au Casino, Nice.

Je donne maintenant ces lettres à la suite les unes des autres. Elles s'expliquent par elles-mêmes, et elles ne sont pas banales:

Mon cher ami,

Merci de votre lettre et merci à M. Sainte-Beuve de son bienveillant souvenir. Si on peut faire sauter le directeur de la poste aux lettres de Bocognano, je n'en serai pas fâché. Ce que la gendarmerie commet de crimes dans ce pays est inimaginable. Tout passant qui ne salue pas un gendarme sur la route est suspect. Le chapeau de Gessler est remplacé par les gendarmes.

Lemerre réimprime mes premiers vers.

Maintenant, si je peux trouver les fonds nécessaires, je deviens directeur des théâtres de Corte, une très bonne affaire qui me donnera le temps de rimer à corps perdu.

Présentez mes plus affectueux témoignages de respect à M. Sainte-Beuve et prenez ma meilleure poignée de main pour vous,

ALBERT GLATIGNY.
Hôtel des Dames, Nice.

Si vous entendez parler que l'on ait besoin d'un
rédacteur pour un journal indépendant en province,
prévenez et proposez-moi.

Votre lettre, mon cher ami, m'arrive juste au moment où une embellie se fait dans mon existence ;
bonne chose elle-même, elle accompagne les bonnes choses. J'espère à Nice gagner les sous nécessaires à mon retour à Paris. Claretie s'occupe de me
chercher en province la rédaction d'un journal indépendant. S'il pouvait réussir ! En attendant, je fais
des vers et encore des vers. J'ai ébauché dans mon
cachot un plan de comédie en vers de huit syllabes
à rimes plates, à la manière espagnole. J'en suis content, ma petite chienne aussi à qui je lis consciencieusement toutes mes chansons nouvelles. J'ai aussi
un tas de proses. Je vais vous les envoyer en vous
priant, vous qui êtes à Paris, de me les caser dans
un journal payant [1]. En attendant, je fais sécher mes
dernières plaies au soleil. Je suis encore condamné
à me promener en pantoufles. Mon bourreau a bien
fait les choses, je vous en réponds.

Présentez mes plus respectueuses amitiés à
M. Sainte-Beuve. J'ai lu dernièrement son volume

1. Je ne les reçues jamais.

des *Nouveaux Lundis* [1] et je suis fier de voir mon nom dedans. Quelques lignes comme celles-là consolent de bien des choses et vous remettent le courage au cœur.

Je vous serre la main,

ALBERT GLATIGNY.

Hôtel des Dames, Nice.

❦

21 brumaire.

Mon cher ami,

Ayez la bonté d'aller chercher votre exemplaire de mon bouquin chez Lemerre et de lui donner l'adresse de Malassis à Bruxelles. J'aurais voulu vous le donner moi-même, mais le double état de maladie

---

1. « Je mettrais dans le même groupe, si j'avais le temps de m'y arrêter (le groupe des *jeunes* d'alors, François Coppée, Albert Mérat, Emmanuel des Essarts, Léon Dierx, André Theuriet, etc.). Albert Glatigny, un osé et un téméraire, qui, après *les Vignes folles*, est venu lancer *les Flèches d'or* : quelques-unes portent loin. J'avais précédemment retenu de belles stances de lui sur Ronsard (*celles que Sainte-Beuve avait citées à l'École normale*) ; je trouve dans le dernier recueil quelques notes douces, presques pures, *la Chanson ignorée*, les vers *A la vallée du Denacre*.. Je les remarque avec d'autant plus de plaisir que je m'y attendais moins.» *Nouveaux Lundis*, tome X, *de la Poésie en 1865*. La vallée du Denacre rappelait des souvenirs d'enfance à Sainte-Beuve, qui a lui-même chanté cette même vallée dans ses Poésies.

et de pauvreté où je suis m'empêchera de revenir à
Paris. Ma vue est comme une montre détraquée, ma
poitrine est quasi perdue. Je vais probablement laisser ma peau en Corse. Je vous ai écrit à propos de
la mort de M. Sainte-Beuve, mais j'ai mis sur l'adresse
Passage du Grand-Cerf[1]. Avez-vous reçu cette lettre?

Je vous serre la main,

A. G.

Sainte-Lucie de Tallana (Corse).

✤

19 novembre.

Mon cher ami,

Je vous réponds ces deux mots de mon lit. Si je
reçois mardi prochain une petite somme que j'attends, je m'embarquerai vendredi 26, il n'y a pas de
bateau avant, et je serai à Paris dans les premiers
jour de décembre. Je m'arrête parce que je souffre
trop.

Je vous serre la main.

ALBERT GLATIGNY.

Il est inutile de me récrire en Corse, votre lettre,
si je peux partir, arriverait après mon départ.

---

1. Je demeurais passage du Commerce, et non passage du
Grand-Cerf. La lettre de Glatigny ne me parvint pas, et je la
regrette.

Mon cher ami,

La défaillance de mon corps m'a empêché d'aller
vous voir. Banville m'a bien vite expédié chez mes
parents, et il n'était que temps d'y arriver. Je ne vous
en écris pas plus long, vous devinez sans peine pourquoi.

Je vous serre la main de tout mon cœur,

ALBERT GLATIGNY.
Beaumesnil (Eure).

❧

Mon cher ami,

Je viens d'apprendre l'élection de Jules Janin. J'ai
respiré, ce n'est pas Ollivier qui remplace Sainte-
Beuve. C'est déjà assez raide de le voir succéder à
Lamartine.

Je comptais venir à Paris ce mois-ci. Le beau temps
est venu, mais ne m'a apporté qu'une rechute. Je suis
encore au lit que je quitte deux ou trois heures au
plus par jour. Ça m'ennuie.

Portez-vous mieux que moi.

Je vous serre la main de toute ma force, qui n'est
pas grande,

ALBERT GLATIGNY.
Beaumont (Eure).

❧

Mon cher ami,

Je me suis payé une petite course de convalescence qui m'a fait le plus grand bien. J'ai envie de revenir à Beaumesnil en passant par la rue Montparnasse, ayant besoin d'ailleurs de rester deux jours à Paris... Je voudrais bien voir aussi où en est mon pauvre *Bois*, reçu chez l'Odéon, et savoir si on me le jouera pour la réouverture au mois de septembre.

Je vous serre la main,

ALBERT GLATIGNY.

Jusqu'à lundi chez M. Legris, marbrier,

Lillebonne (Seine-Inférieure).

Après cela, si je ne peux aller à Paris, à *Beaumesnil (Eure)*.

24 décembre.

Mon cher ami,

Où peut-on se procurer le petit buste de Sainte-Beuve que j'ai vu chez vous [1]? S'il n'en existe plus d'exemplaires, indiquez-moi le meilleur portrait, photographie ou gravure, afin que je me le procure. Il y a longtemps que j'en ai envie. Je veux avoir quel-

1. Le petit buste, par Chenillion.

que chose devant les yeux qui me rappelle cet homme illustre qui a été un homme si bon pour moi.

Bonjour à votre petite famille.

Je vous serre la main,

ALBERT GLATIGNY.

Ce fut la dernière lettre que je reçus de Glatigny.

Champfleury, chef des collections du musée de Sèvres, m'écrivait le 20 avril 1873 :

Mon cher Troubat,

J'avais cru qu'on vous avait envoyé une lettre pour la mort de ce pauvre Glatigny, car je vous avais écrit, même ne croyant pas que vous pussiez venir. Mais il y a eu tumulte, précipitation et bien des amis ont été oubliés, paraît-il. Cela est d'autant plus surprenant que votre volume, envoyé par moi à huit heures du matin, était sur la table de Glatigny qui rayonnait dans la journée, se faisait tailler la barbe et jouissait du soleil comme il n'en avait jamais joui. Il ne s'était jamais mieux porté, disait-il. Pour un rien, il eût dansé. Et puis dans la nuit un étouffement, une syncope, un crachement de sang pareil à celui de Molière, c'était fini. Sa femme, qui avait été réveiller à la hâte un voisin, l'a retrouvé mort en cinq minutes.

Poulet-Malassis, l'éditeur regretté, m'envoya ces derniers détails, au retour d'un voyage à Londres :

22 avril 1873.

Mon cher Troubat,

Avant de quitter Paris, j'étais allé voir le pauvre Glatigny, et je doutais de le retrouver vivant à mon retour. Le premier journal français que j'ai déplié samedi à Boulogne m'a donné la nouvelle de sa mort. Ma femme m'a fait le récit de l'inhumation, qui a laissé à désirer comme cérémonie. On a empêché Carjat de parler, de peur qu'il allât trop loin ; Leconte de Lisle et Meurice, sollicités de prononcer quelques mots, se sont récusés ; enfin Cladel a congédié l'assistance qui ne bougeait par un adieu insuffisant...

Le maire de Sèvres avait ordonné que l'enterrement civil de Glatigny prît par le plus court chemin de la maison mortuaire au cimetière.

« L'excellent Champfleury, ajoutait Malassis, s'est tout de suite occupé de la veuve, charmante femme qui a épousé Glatigny, sans illusion sur son état de santé, et qui ne s'était pas démentie une minute dans le sacrifice de sa personne et de sa fortune. »

Elle ne tarda pas à mourir après lui.

APPENDICE

LES LETTRES DE LA PRINCESSE MATHILDE

APPENDICE

SUR LES LETTRES DE LA PRINCESSE MATHILDE

(Se rapporte à la page 171)

A la mort de Sainte-Beuve, la princesse Mathilde voulut qu'on lui rendît les lettres qu'elle lui avait adressées, et elles lui furent rendues, moyennant échange, auquel, m'a-t-on dit depuis, elle n'était pas obligée, car il se pratique journellement des autoda-fés ou des restitutions obligatoires, quand l'un des deux correspondants décède, si le survivant exige la destruction ou la restitution des lettres qu'il a écri-tes. M⁰ Cheramy, qui me seconda dans l'échange des lettres, m'assura par la suite qu'elle aurait été dans son droit en réclamant les siennes et refusant de rendre celles de Sainte-Beuve. Elle eut l'intelli-gence de comprendre que les *Lettres à la Princesse* lui feraient honneur.

Je ne sais comment s'y prit M. Charles Dauzats, ou plutôt je m'en doute (car on ne refuse rien au *Figaro*, et l'on a raison), pour avoir copie de celle qu'il

publia dans son article du *Figaro* du 3 janvier 1904,
au lendemain de la mort de la princesse. Elle avait
dû l'écrire avant de se coucher, le soir même de la
première du *Lion amoureux* de Ponsard. Sainte-
Beuve en avait été tellement frappé, qu'il me la fit
copier dans le moment même, en la recevant. Elle
est caractéristique : on y sent le sang et la race :

Samedi 20 janvier 1866.

La pièce de Ponsard a réussi; elle m'a ravie —
d'abord parce qu'on y parle français, que les sentiments
qu'elle fait naître sont français et qu'elle est jouée ad-
mirablement bien ; mes vieux sentiments républicains
se sont tous réveillés ; je serais partie avec les républicains pour exterminer les royalistes, ces mauvais
Français. — J'ai essayé de siffler lorsque le père de la
jeune femme, qui se convertit à la jeunesse d'un général républicain et qu'elle épouse envers et contre tous,
auquel Hoche vient de donner sa liberté, quand ce
vieil émigré gracié lui dit : « Allons, ma fille, chez les
Anglais. »

J'ai été contente de moi. Je puis encore sentir vivement et patriotiquement. Mais le public a été forcé
d'applaudir malgré lui. Il y a des pensées fières et for-
tes, superbes. J'ai passé une bonne soirée. Les gens
qui ne pouvaient critiquer disaient nonchalamment :
« Pourquoi remuer tout cela ? » Quel esprit ! quelle
faiblesse ! quelle lâcheté ! Quant à moi, comme je ne
suis pas assez noble pour avoir eu des parents guillo-
tinés, je n'ai eu que les roses de la Révolution ; je

l'aime, je la comprends, sans excuser ses crimes ; mais je suis indulgente pour ses erreurs, et je voudrais voir tous les Français en sentir la grandeur et la défendre...

On ne peut s'empêcher pourtant, en relisant cette lettre, de songer à ces pièces de monnaie d'or ou d'argent, des premières années du premier Empire, sur lesquelles on lisait d'un côté : République française, de l'autre : Napoléon empereur. J'en ai encore vu de pareilles dans ma jeunesse, qui ne remonte pas au premier Empire. (Vérifier au Cabinet des Médailles, de la Bibliothèque nationale). — Mon ami Gabriel Marcel, conservateur de la Section de Géographie, avait bien une pièce de cinq francs à l'effigie de Louis XVI, et au millésime de 1793. L'authenticité n'en fut pas contestée à la Monnaie, mais l'explication en resta énigmatique.

FIN

TABLE

TABLE

LA SALLE A MANGER DE SAINTE-BEUVE

UNE AMIE DE SAINTE-BEUVE

SAINTE-BEUVE
ET L'ENCYCLOPÉDIE PÉREIRE

TABLE   341

ALBERT GLATIGNY ET SAINTE-BEUVE

APPENDICE

ACHEVÉ D'IMPRIMER

le trois juin mil neuf cent dix

PAR

Cʜ. COLIN

à Mayenne

pour le

MERCVRE

DE

FRANCE

MERCVRE DE FRANCE

XXVI, RVE DE CONDÉ — PARIS-VI

Paraît le 1er et le 15 de chaque mois, et forme dans l'année six volumes

Littérature, Poésie, Théâtre, Musique, Peinture, Sculpture
Philosophie, Histoire, Sociologie, Sciences, Voyages
Bibliophilie, Sciences occultes
Critique, Littératures étrangères, Revue de la Quinzaine

La **Revue de la Quinzaine** s'alimente à l'étranger autant qu'en France; elle offre un nombre considérable de documents, et constitue une sorte d'« encyclopédie au jour le jour » du mouvement universel des idées. Elle se compose des rubriques suivantes :

Épilogues (actualité) : Remy de Gourmont.
Les Poèmes : Pierre Quillard.
Les Romans : Rachilde.
Littérature : Jean de Gourmont.
Littérature dramatique : Georges Polti.
Littératures antiques : A.-Ferdinand Herold.
Histoire : Edmond Barthélemy.
Philosophie : Jules de Gaultier.
Psychologie : Gaston Danville.
Le Mouvement scientifique : Georges Bohn.
Psychiatrie et Sciences médicales : Docteur Albert Prieur.
Science sociale : Henri Mazel.
Ethnographie, Folklore : A. van Gennep.
Archéologie, Voyages : Ch. Merki.
Questions juridiques : José Théry.
Questions militaires et maritimes : Jean Norel.
Questions coloniales : Carl Siger.
Questions morales et religieuses : Louis Le Cardonnel.
Ésotérisme et Sciences Psychiques : Jacques Brieu.
Les Revues : Charles-Henry Hirsch.
Les Journaux : R. de Bury.
Les Théâtres : André Fontainas.
Musique : Jean Marnold.
Art moderne : Charles Morice.

Art ancien : Tristan Leclère.
Musées et Collections : Auguste Marguillier.
Chronique du Midi : Paul Souchon.
Chronique de Bruxelles : G. Eekhoud.
Lettres allemandes : Henri Albert.
Lettres anglaises : Henry-D. Davray.
Lettres italiennes : Ricciotto Canudo.
Lettres espagnoles : Marcel Robin.
Lettres portugaises : Ph. Lebesgue.
Lettres hispano-américaines : Eugenio Diaz Romero.
Lettres brésiliennes : Tristao da Cunha.
Lettres néo-grecques : Démétrius Astériotis.
Lettres roumaines : Marcel Montandon.
Lettres russes : E. Séménof.
Lettres polonaises : Michal Mutermilch.
Lettres néerlandaises : H. Messet.
Lettres scandinaves : P.-G. La Chesnais ; Frithiof Palmér.
Lettres hongroises : F. de Gérando.
Lettres tchèques : William Ritter.
La France jugée à l'Étranger : Lucile Dubois.
Variétés : X...
La Curiosité : Jacques Daurelle.
Publications récentes : Mercure.
Échos : Mercure.

Les abonnements partent du premier des mois de janvier, avril, juillet et octobre.

France		Etranger	
Un numéro	1 fr. 25	Un numéro	1 fr. 50
Un an	25 »	Un an	30 »
Six mois	14 »	Six mois	17 »
Trois mois	8 »	Trois mois	10 »

MAYENNE, IMPRIMERIE DE CHARLES COLIN

www.ingramcontent.com/pod-product-compliance
Lightning Source LLC
Chambersburg PA
CBHW070332030726
47505CB00004B/1178